Scarlet
스칼렛
www.bbulmedia.com

이 봄,
너라서

# 이 봄, 너라서

1판 1쇄 찍음 2017년 5월 17일
1판 1쇄 펴냄 2017년 5월 24일

지은이 | 송지성
펴낸이 | 정 필
펴낸곳 | **(주)뿔미디어**

편집장 | 박경희
기획 · 편집 | 김수정, 심은지
표지 디자인 | 김수지

출판등록 | 2002년 9월 11일 (제1081-1-132호)
주소 | 경기도 부천시 원미구 소향로 17, 303(두성프라자)
전화 | 032)651-6513 / 팩스 032)651-6094
E-mail | scarlets2012@hanmail.net
블로그 | http://blog.naver.com/dahyangs
비북스 | http://b-books.co.kr

**값 9,000원**

ISBN 979-11-315-7898-8 03810

※파본은 구입하신 서점에서 교환하여 드립니다.

# 이 봄,
# 너라서

**송지성**
**장편 소설**

SCARLET
ROMANCE
STORY

# CONTENTS

프롤로그

슬픈 꿈은 그림자가 길다.
야속하게도,
그 그림자에 차가운 물기가 달라붙는다.
하릴없이 온몸이 얼어붙었다.

생의 겨울은 그렇게 너무 일찍 찾아왔다.
새 계절은 내게도 돌아올까.
나는 그 계절을 찾을 수 있을까.

겨울 다음의 봄.
내게도 다시,
봄이 올까.

1화. 머무는 계절

오늘은 그의 생일. 꽃누르미들을 예쁘게 두른 미니 꽃케이크를 만들었다. 그의 곁에 놓아두고 나오는 길, 도연은 품을 파고드는 바람 때문에 옷깃을 여몄다.

하늘재에는 늘 바람이 분다. 어디서 오는지 모를 바람 때문에 항상 거리의 계절보다 옷을 더 챙겨 입어야 한다. 겨울인 지금은 더욱이 그렇다.

하지만 도연은 이 바람이 싫지 않았다. 때로는 어깨를 움츠리게 만들어도, 간절히 그의 품이 그리워져. 이 바람 끝에 생각나는 커피 한 잔이 딱 그였으므로.

1층 로비 옆, 자그마한 카페에서 늘 마시던 커피를 주문하고 테라스에 앉았다. 막상 겨울 햇살 아래 맞닥뜨린 바람은 생각보다 차지 않았다. 도연은 그렇게 앉아서 어디론가 눈길을 주었다.

하늘재 문이 열리는 시간이 지나자마자 올라왔으니 새벽이 막

물러간 아침이었다. 그의 사진을 보는 것으로 만족하기에 늘 부족한 마음이 드는 시간이지만, 제 식대로 채우기로 한다.

곧 주인이 내려놓은 머그잔에서 그 사람의 온기 같은 연기가 아른거렸다.

그 연기를 먼저 마시고, 살짝 잔을 들어 향기를 마신다. 오랜 책 냄새 같은 향기가 코끝을 적시고, 이어 쌉쌀한 맛이 혀끝을 적신다. 그렇게 쌉싸래해진 향기가 어딘지 텅 빈 냄새가 나는 하늘재의 공기를 데웠다.

목에 두른 스카프를 괜히 느슨하게 만들었다. 온기가 오르는 머그잔에 두 손을 대니, 체온을 저절로 데우는 오롯한 그리움의 시간이 찾아왔다.

"저기."

"네?"

"스카프요."

대강 둘러 놓은 스카프가 너무 부드러웠던 탓일까. 언제 흘러내렸는지도 모르게 바닥으로 떨어졌던 것 같다. 도연은 낯선 남자의 손 위에 걸려 하늘거리는 하얀색 스카프를 받아 들었다.

"감사합니다."

도연의 말에 눈인사를 건네던 남자의 눈이 온기가 모락모락 오르는 도연의 머그잔에 잠시 와 닿았다 떨어졌다. 그 눈빛처럼 빠른 걸음으로 남자가 카페 카운터로 다시 돌아갔다.

"아이스 취소됩니까?"

따뜻한 음료로 재차 주문하는 나직한 목소리를 무심히 들으며 도연은 손에 쥔 스카프를 목에 다시 둘렀다. 겨울의 한중간, 응당

와야 할 공간에 있는 것 같은 아늑함이 느껴졌다. 도연이 머그잔을 다시 들었다. 오늘은 커피 향이 참 짙었다.

"도연 씨. 커피, 다시 드릴까요?"

카페 주인이 테라스 입구까지 두어 번 왔다 다시 돌아가는 것 같더니 세 번째에 말을 붙였다.

"네?"

"식은 것 같아서요."

향기로 8할을 마시던 커피가 식을 시간 동안 생각에 잠겨 있었던 모양이었다. 도연은 무심코 머그잔 안의 커피를 내려다보고는 조용히 대답했다.

"괜찮아요."

"추운데 매번 테라스에 계셔서."

도연이 별말 없이 제 자리를 내려다보았다.

하늘재 그 어디에도 여기만큼 마음이 편안한 장소는 없다. 그가 잠들어 있는 추모관과 그 추모관을 감싸는 듯한 형국의 산이 훤히 보이는 곳. 딱 이 자리, 도연이 늘 하늘재에 들를 때마다 와서 앉는 테라스의 한쪽 자리.

사실, 좋다기보다는 더 나빠지지 않게 만드는 자리였다. 굳이 이유를 붙이자면, 살아남은 자의 죄책감을 덜어 주는 자리 같다고 할까.

"오실 때마다 여기 앉으시기에 제가 이거 가져다 뒀는데."

주인의 말에 제 옆자리를 보니 예쁘게 접힌 무릎담요가 보였다. 늘 실내를 권하던 주인의 배려를 뒤늦게 발견한 도연이 살짝 고개를 숙여 감사를 표했다.

더 말을 붙이려던 주인이 돌아오지 않는 눈동자를 바라보다가 카페 안으로 걸음을 옮겼다.

슬프고 지친 눈동자들이 종일 오가는 추모공원 한편의 카페. 만지면 버석거리는 소리가 날 것 같은 눈동자들을 한두 번 본 것도 아닌데, 마음이 쓰였다.

여자는 3년 전 어느 날부터 보이기 시작했다. 하늘재에 자주 오는 사람들의 방문 유효 기간은 길어야 한 달 남짓이었다. 그런데 여기 이 여자는 두 달이 지나도, 석 달이 지나도 보였다. 낯이 눈에 익고도 남을 만큼의 그런 시간. 그 시간 동안 달라진 것을 굳이 찾으라면, 여자가 거의 매일 오다시피 하던 횟수를 주에 두어 번으로 줄인 것뿐이었다.

차 한잔할 여유조차 없어 보이던 그 핏기 없는 얼굴이 처음 카페 문을 열고 들어왔을 때는, 반갑기까지 했다.

이 겨울, 한데 앉아 있는 뒷모습이 유독 시려서일까. 이제 막 날리기 시작한 눈발 사이로 보이는 그녀의 하얀 스카프가 차가운 색으로 보여서일까.

한참 도연에게 머물던 주인의 시선이 창 너머 내리는 눈 사이로 건너갔다. 겨울의 한가운데, 무척 춥게 느껴지는 날이었다.

❅ ❅ ❅

도경은 민정의 웃는 얼굴 옆에 가져온 백합 다발을 놓았다. 풍성하게 다른 꽃을 섞지 않은 백합만 싸인 다발. 베이지색 포장지가 참 마음에 든다. 오늘 같은 날, 마침맞는 꽃과 포장인 것 같다. 무어가 그런지는 정확히 알 수 없지만 마음에 꼭 들었다.

그녀를 만나러 오던 다른 날들은 하나씩 마음에 들지 않는 그 무엇이 꼭 있었다. 아무리 고쳐 매도 비뚤어진 타이라든가, 걷어 올린 소매의 높이가 다르다든가. 그것이 민정의 앞에서 웃지 못하는 제 옹졸함 때문이었다는 것을 도경은 모르지 않았다. 오고 싶어서 오는 것이 아니라, 올 수밖에 없어서 오는 그런 것. 굳이 단어로 찾자면, 의무감 같은.

갑자기 그 의무감으로부터 벗어나려는 것은 아니다. 그것을 의무감이라고 부를 수 있다면. 그녀를 향한 마음이 희미해져 가는 것에 대한 자책이라고 해도 좋았다. 자꾸만 다른 것에서 의미를 찾고 싶었던 것 같다. 저도 모르게.

요새 들어 누나가 저를 자주 찾는다. 간혹 통화를 하기는 했어도, 최근처럼 시시콜콜히 말을 늘어놓지는 않았었다. 그리고 통화 말미에 꼭 제 해진 가슴을 건드렸다. '소개하고 싶은 사람이 있다.'라고.

소개, 소개라.

서른둘, 적은 나이는 아니다. 하지만 그다지 많은 나이도 아니다. 누나는 정확히 결혼이라는 말을 내놓지는 못했지만, 은연중에 바닥에 깔았다. 기숙학교에 들어간 조카 이야기를 하면서 슬쩍. 친구 종길의 아이 돌 선물 이야기를 하면서 슬쩍.

그 슬쩍 때문에 휴대폰에 누나의 이름이 뜨면 망설여지는 건 아는 건지. 단 한 번도 일부러 전화를 받지 않은 적은 없었지만, 마음 무겁게 받은 적은 많았다.

곁에 두고 챙기고 싶은 마음은 이해가 가는데, 도경은 도저히 제 모습을 보이고 살 수가 없었다. 저 혼자 한겨울에 머물러 있다고 해서 히터를 최고치까지 틀 수는 없으니까. 땀을 뻘뻘 흘리면서도 괜찮다고 웃을 누나의 얼굴을 볼 자신도 없었다.

그런데 어제는 조금 다른 말을 했다. 소개라는 말도 나오지 않고, 집으로 들어오라는 말도 나오지 않아 안심하고 있는데 반전이 돌아왔다.

'이제는 잊을 때가 되었다.'가 아니라 '너는 벌써 잊었다.'

어떻게 그렇게 말을 할 수 있었을까. 단 한 번의 망설임도 없이. 또 그 말을 듣는 순간 나는 또 왜 그 말이 맞는 것처럼 느껴졌을까. 단 한 번의 의문도 없이.

그 순간, 도경은 민정의 얼굴이 떠오르는 것이 아니라 그간 시원스레 마음을 내려놓지 못했던 제 얼굴이 떠올랐다. 그것만으로 충분했다. 누나의 말은 무척, 맞는 말이었다.

그래서 오늘 환하게 웃는 민정의 앞에서 허락을 받고 싶었다. 이제는 좀 그래도 되냐고. 나아갈 수 없게 짓눌러 온 의무감을 이제는 좀 벗어도 되냐고. 나도 내 인생을 살아도 되냐고.

그게 그 어떤 것에 대한 허락이든 상관없었다. 죽은 사람에 대한 의무감이라는 것은 그 말 자체로 모순이다. 형체가 없는 것에다 대고 무슨. 그렇지만 가져 왔다. 눈에 보이지 않는다고 해서 존재하지 않는 것이 아니라는 것을 지난 세월 너무도 잘 배워 왔던 자신이었다.

민정의 존재를 온몸에 걸어 두고 살았던 세월이 후회스러운 것은 아니다. 그 나름대로의 이유가 있는 의무감이었다. 기대고 싶었던 건 도리어 제 쪽이었으니까. 버틸 수 있게 만들어 준 그녀의 잔상에게 원망을 돌릴 수는 없는 일이었다. 그건 안 될 일이다.

하지만 이제 존재하지 않는 것처럼 보이는 그 무엇을 눈으로 확인하고 싶다. 그 무언가가 그리웠다. 뭐라고 설명할 수는 없지만, 확신할 수는 없지만 제게 다가올 그 무언가가.

무척, 그리웠다.


꽤 오랜 시간 도경은 추모관에 머물렀다. 나올 때는 뒤를 돌아보지 않았다. 뒤돌아볼 마음이 생기지 않게 수없이 보고, 또 보고 그리고 두고 오는 길이었다. 그녀 몫의 그리움들을. 다 주어 버려서 더는 남지 않게.

매정이 아니라 애정이었다. 이렇게 뒤도 돌아보지 않고 매몰차게 돌아서는 이 마음이 곧. 이제 그녀는 그리움 대신 다른 감정들로 제게 남았다. 그걸로 됐다. 살아 있는 자의 권리로 도경은 그렇게 어렵사리 문 하나를 닫았다.

마음이 어떻다, 라는 느낌보다 그저 제가 보낸 그리움의 몫만큼 허전했다. 저절로 무언가 생각이 났다. 그의 몸으로 들어와 채워 줄 따스한 것. 채워 주는 것만으로도 감사할 일인데 따스하기까지 한 그것. 커피가 간절했다.


❋ ❋ ❋


"어?"

핸들을 꼭 쥔 손이 살짝 들렸다. 커브를 도는데 생각처럼 움직이지 않아 당황했다.

그 짧은 시간에 눈이 쌓이리라고는 생각지도 못했다. 언덕 하나를 넘어오는 것과 같은 하늘재로 들어오는 길에도 당연히 그렇게 눈이 쌓였다.

당황한 도연이 차를 한쪽에 세웠다. 경사가 꽤 급한 내리막길에 들어서기 바로 직전이었다. 체인도 없고, 4륜도 아닌 차를 가지고 그 내리막길을 내려갈 자신이 없었다.

'걱정 마. 눈 오는 날은 바퀴에 닿은 눈이 녹을 정도로 천천히 다니면 돼.'

그의 웃음이 섞인 목소리가 눈발처럼 흩날렸다. 이제 눈이 오는 날 걱정하지 말라고 말해 주는 따스한 목소리는 없다. 지금 들리는 목소리는 그저 아무 온기 없는 환영일 뿐이었다. 광택이 없는 유백색의 목소리, 그런 목소리.

그런데 그걸 알면서도 도연은 자꾸 그의 말을 떠올렸다.

그녀는 잠시 그대로 서서 내리는 눈을 바라보았다. 더 이상 반짝반짝 빛나지 않는 그의 말처럼 눈도 유백색으로 내렸다. 주변의 색을 모조리 빨아들인 듯한 눈은 지금의 상황을 잠시 잊을 정도로 아름다웠다. 마치 그렇게 말하는 것 같았다. 화려한 색을 내지 않아도 아름다울 수 있다고. 소중할 수 있다고.

하늘을 향한 도연의 얼굴 위로 눈송이들이 펑펑 쏟아져 내렸다. 진짜, 겨울이었다.

도연이 내리막길을 한 번 더 내려다보고 운전석 쪽으로 다가갔을 때였다. 목소리 하나가 눈 사이를 뚫고 다가왔다.

"저길, 내려가려고 합니까? 그 차로?"

조용히 뒤돌아 목소리를 확인했다. 멀찍이 선 남자의 짙은 회색빛 코트가 제일 먼저 보였다. 흡사 코트가 하얀 눈 위에 서 있는 것 같은 모습이었다. 표정은 눈에 가려 제대로 보이지 않았다. 하늘재 직원은 아닌 것 같고, 추모객 같았다. 도연은 주위를 둘러보았다. 혹, 제게 한 말이 아닐 수도 있다는 생각이 문득 들었기 때문이다.

"당신 말입니다. 하얀 차."

그 말들이 다가오는 순간에도 도연의 하얀 차는 더 하얗게 변하고 있었다.

"같이 내려가시고, 눈 녹으면 가지러 오세요. 위험합니다."

남자의 말이 한 마디, 한 마디 늘어날 때마다 거리가 가까워졌다. 그의 진회색 코트에 달린 단추가 보일 만큼의 거리가 되자, 다시 그 유백색 목소리가 들렸다.

'위험해!'

남자의 말 속 위험하다, 때문인 것 같았다. 절대 떠올리고 싶지 않은 비명과도 같은 소리였다. 도연은 저도 모르게 귀를 막았다.

그 모습을 물끄러미 보던 남자가 장갑을 벗어 내밀었다.

"귀 시리면, 장갑 끼고 감싸세요."

그 말에서 도연은 서걱거리는 불편함을 느꼈다. 내리막길을 무리하게 내려가려는 차를 막아선 것까지는 친절한 사람의 다정함일 수 있지만, 장갑은 아니었다. 선을 긋듯이 구분할 수 있는 그런 일은 아니지만, 도연의 느낌이 그랬다. 친절은, 상대가 편안해야 친절인 법이다.

"괜찮아요."

"체인 있는 차 타고 내려가야 해요. 다행히 아직 많이 쌓이기 전이니까, 제 차로는 내려갈 수 있을 겁니다."

괜찮다는 말 다음 붙은 그의 말에는 제 '괜찮아요.'가 포함되어 있지 않은 듯했다. 도연은 조용히 내리는 눈을 다시 한번 바라보았다.

그때, 카페 주인이 운전하는 하늘재 트럭이 와서 그들 곁에 섰다. 도연의 눈에 제일 먼저 보인 건, 털털거리는 트럭의 커다란 바퀴에 걸쳐진 체인이었다.

"도연 씨?"

"내려가는 길이세요?"

"네. 눈이 너무 많이 와서 퇴근요."

"그럼, 차 좀 같이 타고 내려가도 될까요? 큰길까지만요."

"아, 그러세요."

카페 주인이 얼른 고개를 끄덕이며 조수석 문 잠금장치를 열었다. 도연의 곁에 선 남자의 어깨가 크게 한 번 들썩였다.

도연은 남자에게 작게 묵례를 했다. 차분한 걸음으로 제 차에 가서 한쪽 공터에 주차를 한 뒤 가방을 가지고 왔을 때에는, 그의 차가 내리막길 중간을 지나고 있는 중이었다.

"눈이 너무 많이 오죠."

"네."

"여기가 산이나 마찬가지라."

"네."

"도연 씨."

"네?"

"이거, 실례일 수 있는데."

도연의 시선이 조용히 그녀에게로 와 닿았다. 무심해 보였지만 실례일 수 있는 말은 하지 말라는 그런 눈빛으로 보였다. 정말 그 래서일까, 도연이 여자보다 먼저 입을 뗐다.

"내리막 조심하세요. 미끄러워 보여요."

"아. 그래도 앞차가 내려가면서 길은 만들어 놓고 갔네요."

그 말에 도연이 앞 유리 너머를 바라보았다. 체인을 채운 커다란 차바퀴 자국이 선명히 나 있었다. 마치, 이 바퀴 자국만 따라오라 는 듯이.

❋ ❋ ❋

도로를 한가운데에 둔 가로수들이 한들거렸다. 하늘재에 하얗게 내리던 눈은 다른 세상의 일이었다. 도심에는 눈발이 조금 흩날리다 만 것 같았다. 앙상한 나뭇가지 위 미약하게 흔적이 남았을 뿐이다.

드문드문 지나는 차들이 바람을 일으켰다. 그 개운하지 않은 바 람에도 겨울을 느끼며 도연은 잠시 한쪽에 섰다.

정오가 머지않은 늦은 아침, 햇살이 제법 강하다. 무작정 걷고 싶던 기분은 이 쨍한 햇살 때문이었는데, 막상 그 아래에 있으니 별로다. 뭐고 적당한 것이 좋은데.

잠시 올려다본 가로수, 언제 이렇게 허전해졌는지 모를 일이다. 그늘을 파고드는 햇살에 살짝 찡그린 눈매가 가야 할 길 쪽으로 얼 른 돌아섰다.

큰길만 지나면 정원이 있다. 몇 걸음 남겨 두고 멈췄던 것이 머쓱해 도연은 첫걸음을 크게 떼었다. 그때였다.

"선생님."

도연은 소리가 나는 쪽으로 돌아보았다. 목소리의 주인이 웃었다.

"아, 사장님."

"아이 참. 사장님 소리 듣기 좀 어색하다니까."

"전혀 어색하신 목소리가 아닌걸요."

해경이 더 환하게 웃었다. 딱딱 끊어지는 것 같은 말투가 묘하게 편안하게 들렸다. 그 말투 그대로 그녀가 또렷하게 말했다.

"그냥 해경 씨라고 해요."

"그럼 저도 그냥 도연 씨라고 하세요."

"아니, 그럴 수는 없지. 우리 선생님한테."

웃을 때 눈매가 곱게 휘는 여자는 도연이 운영하는 압화 클래스 수강생이었다. 그리고 제 정원과 같은 층, 카페 '달' 의 주인이자 건물주이기도 했다.

강습을 듣겠다고 처음 정원에 왔을 때의 그 산뜻한 얼굴 그대로 해경이 무언가를 내밀며 말했다.

"딸기가 좋아서 사 왔는데, 이거."

"괜찮아요."

"나 부탁할 게 있어 주는 뇌물인데, 좀 받아 주면 안 될까요?"

"뇌물이요?"

원래의 제 모양이 어땠을지 짐작이 가지 않을 만큼 어그러진 도연의 에코백을 보며 해경이 입매를 늘어뜨렸다.

"얘들 너무 자기주장이 강한데요."

딸기 팩을 넣어 주려 뻗은 팔이 부드럽게 에코백을 벌렸다. 에코백 안에 든 화병 같은 것들이 작게 달각거렸다.

"감사해요. 오늘 클래스 때 다 같이 나눠 먹어요."

"선생님 혼자 드시지. 꼭."

"지난번 쿠키도 너무 잘 먹어서요."

해경이 웃으며 먼저 한 걸음 걸었다. 곁을 내어 주는 것 같은 걸음에 잠시 멈추었던 도연의 발소리가 다시 이어졌다. 해경의 팔이 다정하게 도연의 옆자리를 채웠다. 잠시 허전했던 하도연의 그림자를 풍성하게 채우고도 남을 만큼.

"나 왜 선생님한테 자꾸 뇌물을 주는지 안 물어봐요? 뇌물이 약소해서 그런가?"

"네?"

도연의 표정을 살피던 해경이 이어 말했다.

"묻지 않을 거 같으니까, 내가 먼저 말하지 뭐. 나 선생님한테 흑심이 있어요."

"네?"

"아, 내 성적 취향은 무척 노멀하니까 걱정은 말아요."

"사장님도."

도연이 어설프게 미소 지었다.

"어? 선생님 웃는 거, 무척 보기 힘든데."

"네?"

"아니, 처음 보는 것 같아요. 웃는 거."

"아, 제가 그랬나요?"

사람의 표정은 무언가로 한정할 수 있는 것이 아니다. 글이든, 말이든. 웃는 표정도 수도 없고, 무표정도 때에 따라 달리 보이는 법이니까.

그런데 도연에게는 표정이 몇 가지밖에 없었다. 이제까지 알던 시간보다 짧은 지금의 대화에서 더 많은 표정을 발견한 것이 그 증거였다.

진즉 이렇게 말을 걸어 볼 것을, 싶지만 도연에게는 늘 그러기 힘든 표정이 있었다. 예쁘장한 얼굴을 어딘가 처연하게 만드는 그 표정. 특유의 그 표정.

그래도 해경은 오히려 꾸미지 않은 그 표정이 너무 마음에 들었다. 순수해 보이기도 하고, 호기심이 일었다. 더 알고 싶은 마음이 드는, 그런 묘한 분위기가 도연에게 있었다.

지금 발견한 이 작은 미소에, 더없이 기쁜 마음이 드는 것처럼.

"예쁘네요."

도연이 어색하게 얼굴을 붉혔다. 그 얼굴을 보던 해경이 짓궂은 말투로 말했다.

"어머. 여자인 나도 반할 것 같은 얼굴이다."

"무슨 말씀이세요."

"도연 씨. 참 예뻐."

"그러지 마세요. 뇌물은 제가 드려야 할 것 같은데요."

"뇌물 받았으니까, 청탁 들어줄 거예요?"

"들어 보고 결정해도 돼요?"

"거봐. 쉽지 않을 것 같았다니까."

"말씀해 보세요."

"아니. 나중에 좀 쌓이면 말할게요."

"뭐가 쌓이면요?"

"그런 게 있어요."

도연은 모르는 것 같았다. 그녀를 만나고 오늘 제일 많은 대화를 나눴다는 사실을.

"딸기 받지 말 걸 그랬어요."

"이미 받은 걸 무를 수는 없을 테고."

다정한 말 몇 마디가 더 오가는 동안 두 사람은 도연의 가게 앞에 도착했다. 유리문이 정갈한, 대강 넘겨다보아도 향기가 그득한 도연의 꽃집이었다.

[연의 정원]

햇살이 잔뜩 밴 것 같은 나무 팻말이 걸린 작은 꽃집. 그 앞에 놓이듯 선 여자의 뒷모습과 썩 잘 어울리는 곳이다. 그런데 여자는 제 가게에 들어가지 않고 머뭇거리듯 발끝을 까닥였다.

"왜요?"

"들어가세요. 이따 클래스에서 뵐게요."

갑작스러운 말에 해경이 도연의 얼굴을 가만히 바라보았다. 그러다 곧 고개를 끄덕이며 도연을 지나쳐 걸었다. 도연의 그림자 자리를 벗어나기 전 웃으면서 한마디 하는 것도 잊지 않았다.

"부담은 좀 가져도 좋아요. 청탁."

부드러운 얼굴로 배웅 아닌 배웅을 한 도연이 작게 한숨을 쉬며 정원 안을 바라보았다. 도연의 시선 너머에는 가지와 잎처럼 싱그럽게 붙어 있는 남녀가 있었다.

"똑똑똑. 나 노크했다."

제 귀에만 들릴 정도의 작은 중얼거림이었지만 하도연의 입 노크는 그들에게 무서운 촉으로 먼저 가닿았음이 분명했다. 기척 없이 들어선 도연의 발이 정원 안에 닿기도 전에 현수의 목에 두르고 있던 민혜의 팔이 떨어졌다.

"아, 모닝 키스 중인데."

현수가 나른하게 말했다.

"아쉽니."

"조금."

"그럼 더 하든가."

"오, 그럴까."

"윤현수 아주 못 오게 한다."

민혜가 어깨 위로 올라온 현수의 손끝을 만지작댔다. 잡힌 손이 더 나른하게 말했다.

"오면 그만이야."

현수의 말에 도연이 무심한 눈으로 바라보았다. 그리고 조용히 말했다.

"대충 했으면 내 정원에서 이제 좀 나가 줄래?"


기어코 커피를 한 잔 마시고서야 현수가 사라졌다. 청소를 하겠노라며 와서 입으로 청소를 하고 나선 이가 사라지자 정원이 차분해졌다.

"도연아."

"왜."

"오늘도 하늘재 다녀온 거야?"

뭐라 더 말을 붙이려는 민혜에게 대답 대신 그녀의 남은 커피 잔을 밀어 준 도연이 빈 머그잔들을 손가락에 걸며 정리했다.

하도연에게 유민혜는 특별하다. 유민혜에게 하도연도 물론 그렇고. 교복을 입고 학교를 다니던 그 시절부터 둘은 그랬다. 그걸 잘 아는 하도연은 유민혜의 괜한 걱정을 다르게 해석하며 살았다.

그런데 오늘은 남은 말을 마저 듣기가 싫다. 하늘재에 소복이 쌓이던 함박눈이 시내로 들어서자 언제 그랬냐는 듯 그쳤던 것처럼, 오늘은 그저 그쳤으면 싶다.

그가 사무치게 그리운 날이었다. 이름 한 자라도 나오면 눈물을 쏟을 것 같은 날이었다.


민혜는 컵을 씻으면서 도연을 흘깃대며 살폈다. 승우와의 사고 이후로 뭐든 의미를 두지 않고 사는 친구에게 이질적인 무언가가 느껴지는 것 같아서.

도연이 정원으로 들어오기 전, 현수의 어깨 너머로 도연의 얼굴을 보았다. 윤현수가 알면 큰일이 날 노릇이지만, 어쨌든 키스 중에 보았다. 지그시 감은 그의 눈을 감상하고 싶어 떴으니 뭐 그다지 윤현수에게 손해는 아니다. 그리고 제게도 손해가 아니었다. 도연이 다정하게 누군가와 나란히 서 있는 모습을 보았으니까. 눈을 뜬 것을 현수에게 들키지 않고 있었던 그 시간까지는. 그리고 아마도 도연은 정원 문을 열고 들어올 때까지 그렇게 서 있었을 터다.

묘하게 질투심 같은 것이 고개를 든다. 저한테는 다정한 말 한마디 제대로 하지도 않으면서.

도연의 클래스에 빠지지 않고 오는 카페 달의 여사장님은 도연을 표가 나게 좋아했다. 도연의 무심한 말들 때문에 제가 무안할 만큼.

그런데 그 누구에게도 마음을 열지 않는, 아니 감정을 보이지 않는 도연이 웬일로 제법 선선히 고개를 끄덕여 가며 서 있던 그 자리. 그 자리엔 제일 먼저 제가 섰어야 하는데.

……뭐 하니, 너.

가볍게 도리질을 한 민혜가 도연에게 다시 말을 건넸다. 무슨 말이라도 해야 할 것 같은 심정이었다.

"오늘 주문 뭐 있어?"

"믹스 부케 두 개, 캘리 엽서 스무 장."

"이 언니의 일필휘지가 또 빛나겠군."

"내 가방에 문구 있어."

민혜는 제게 눈길도 주지 않고 제 할 일만 하는 도연을 제대로 흘겼다. 오늘 주문이 중요한 게 아니라, 대화를 하고 싶은 건데. 이 로봇 같은 계집애는 현수와 섹스를 하고 있었어도 '아, 하던 거 계속해.' 라고 했을 것이다.

"지금 나 씹고 있지."

"어, 어?"

"유민혜가 조용한 순간은, 그때뿐이라."

"오해다."

"당황한 거 다 들켰어."

"그럴 리가."

"빨리 캘리 써. 오전에 찾으러 올 거야."

"넵."

도연의 반듯한 이마가 조금 들리자 투덜대던 민혜의 입술은 쑥 들어갔다.

이내 정원 안에 마른 꽃과 종이 바스락대는 소리가 나직이 깔렸다. 도연은 믹스 부케를 네 개 만들었다. 오늘 꽃 색의 비율이 무척 마음에 들었다. 그에게 가져다주고 싶었다.

생화를 미친 듯이 좋아하던 때가 있었다. 그도 도연만큼 그렇게 좋아했다. 새벽 꽃 시장, 그 파르스름한 공기 사이에서 눈에 띌 수밖에 없었던 남자. 꼭 마음에 드는 색의 수국을 먼저 집어 들던 커다란 손. 어설픈 꽃 포장지의 질감이 제게도 느껴지는 것 같던 그 손.

도연은 그때의 그 포장과는 비교도 되지 않는, 제 손에 들린 예쁜 포장지를 저도 모르게 슬며시 구겼다. 그 구겨짐마저 의도한 포장의 일부처럼 고와서 조금 펴 들고 그를 위한 꽃 아래 두고 포장을 했다. 이로써 하늘재에 다시 갈 이유가 생겼다. 그 이유를 만들고 싶었는지, 만들어야 했는지 알 수는 없다. 그냥 그 이유가 생겨서 좋았다. 그는 제게 그런 사람이었다.

"왜 네 개야?"

"하나는 이승우 거. 하나는……."

민혜의 눈이 반짝거렸다. 왜 네 개냐고 묻는 순간에 이미 알고 있을 답을 굳이 해 주기 싫지만, 그 반짝임이 예뻐서 말하기로 한다.

"유민혜 거. 뭐, 윤현수 집으로 가게 되겠지만."

"악."

"그 듣기 싫은 소리는 어떤 의미니?"

"알아보는 이에게 작품을 주는 이 현명함. 내 어찌 너를 예뻐하지 않겠어?"

달려드는 민혜를 피해 슥, 엉덩이를 의자 끝으로 밀어 보지만 역부족이다. 밀려오는 친구의 바디로션 향기가 믹스 부케 위로 한들한들 내렸다. 어딘지 따스해지는 향이다. 추운 겨울을 위로하려는 것처럼.

연의 정원에도 겨울이 그렇게 내렸다.

❋ ❋ ❋

무심코 엘리베이터 버튼을 누르려다가 말았다. 겨우 3층인데. 습관이라는 것이 이렇게 무섭다. 해경은 같은 건물에 있는 동생의 사무실에 가는 길이었다. 걸어 올라온 것은 탁월한 선택이었다. 동생을 생각하면 늘 생각의 꼬리가 길어져서 금방 올라와 버리고 마는 엘리베이터의 시간으로는 부족했을 것이기에.

대개의 사무실들이 그렇지만, 유독 이 사무실 앞에 서면 건조한 느낌이 든다. 해경이 심플한 문 앞에 잠시 섰다. 긴 복도를 걸어오면서 해경은 주위를 부지런히 살폈다. 그녀 기준에 너무 황량한 이 복도에서 할 일은, 그것뿐이었다.

[해인 세무사무소]

어머니 이름이 박힌 팻말 앞에서 해경은 한참을 서 있었다. 나무 토막 하나가 가졌다기에는 너무 힘이 센 그리움이었다.

나이가 든다고 해도 익숙해지거나 무뎌지지 않는 것들이 종종 있다. 지금 제 등에 와 박히는 외롭게 들리는 목소리도 그중 하나였다.

"뭐 해. 얼른 안 들어가고."

"나갔다 오니?"

"출장."

"이 아침에?"

"음, 그럼. 출근."

"이 커피는 뭐고?"

"대강 넘어가."

"신발 꼴이 왜 그래. 오늘도 하늘재 다녀온 거야?"

입구부터 시작된 해경의 말들은 동생의 어지러운 책상 앞에 설 때까지 이어졌다. 동생이 사 온 커피를 마뜩잖은 눈으로 보던 해경이 제가 가져온 커피 컵을 내려놓으며 말했다.

"그만 가라고 오늘도 말하면 백만 번째야."

"백만 번은 안 됐어."

"기어이 채우려고?"

"구해경 씨. 괜한 걱정은 갱년기에 해롭습니다."

해경의 어깨를 감싸 안으며 도경이 조용히 웃었다.

"나 갱년기 빨리 오면, 다 너 때문이야."

잠시 안고, 안겨서 있는 걸로 두 사람은 뒤늦은 인사를 했다. 뒷머리를 한 번 쓸어 내는 손길이 해경이 지나온 복도처럼 건조했지만, 군더더기 없는 애정 표현이었다.

"구 소장."

"왜."

"선보자."

"싫어."

"그럼 소개팅하자."

"그게 그거지."

"만남의 지속성, 무게가 조금 다르다고 본다. 나는."

"그게 그거야."

"그럼 연애 좀 하자."

그 말에 웃음기를 싹 거둔 도경이 제 누나를 내려다보았다. 무어라 말을 하려던 찰나, 사무장이 웃옷을 고쳐 입으며 사무실로 들어왔다.

도경의 시선이 기특한 그에게로 옮아간 사이, 해경이 생긋 웃으며 동생의 어깨를 빠르게 한 번 두드리고는 사무실 밖으로 나갔다.

오늘도 어김없이 도경이 좋아하는 원두를 기어이 내려 주고 나서야 일과가 시작되는 것 같은 기분이 찾아왔다. 마음 같아선 커피가 아니라 밥을 매일 챙기고 싶은데, 고집불통 구도경은 그리 만만한 놈이 아니다. 그래서 오늘은 직구를 던진 건데. 내 타들어 가는 마음도 모르고, 이 녀석이.

선을 보일 상대도, 소개팅을 시킬 상대도 정해 놓지 않았다. 그런데 던지듯 했던 말들 끝에, 어렴풋이 달라붙는 얼굴 하나가 있다.

해경은 그저 흐뭇하게 웃었다.


도경은 누나가 쯧쯧, 혀를 차며 지적한 신발을 벗어 책상 아래 두고 실내화로 갈아 신었다. 푹푹 발이 빠졌던 그 눈밭이 꿈만 같다.

누나가 했던 말은 수도 없이 들었던 말이다. 단, 수화기 너머로. 이렇게 직접 대놓고 말한 적은 없었는데. 다른 데서 사 온 커피가 충격이었나.

하늘재의 커피를 그대로 들고 왔다. 이상하게도 거기선 마시고 싶지 않아 그대로 두었다. 기껏 따뜻한 커피로 다시 주문을 해 놓고서는. 그 커피, 이제는 식었다. 원래 마시려던 아이스의 냉기도, 모락 김이 오르던 타인의 커피 잔 때문에 충동적으로 바꾸었던 온기도 아닌 애매한 온도.

그 애매한 온도처럼 평소와는 다른 이상한 느낌 하나가 가슴을 비벼 댄다. 그 이물감의 원인은 선도 아니고, 소개팅도 아닌 것 같았다. 곰곰이 생각해 보면, 다름 아닌 연애였다.

해경의 입에서 연애라는 말이 나온 순간, 하얀 눈밭과 그 하얀 눈밭에 서 있던 여자의 뒷모습이 떠올랐다. 왜였을까.

하늘재에는 거의 매주 간다. 거기에서는 근무하는 사람들 말고는 같은 사람을 만난 적이 없다. 당연하다. 들고 나는 사람들 중, 추모관에서 오늘 만난 사람을 다음 주에 또 만날 확률이 얼마나 될까.

그렇게 마주치지 않은 까닭도 있겠지만, 사람들이 추모하는 유효 기간은 대부분 그리 길지 않았다. 보통은 기일에 찾거나, 특별한 날 찾아오는 정도일 것이기에.

제가 기억하기로 그녀와는 다섯 번 정도 마주쳤다. 횟수를 셀 수 없을 만큼은 아니지만, 이제 몇 번 더 보면 그렇게 될, 딱 그만큼의 횟수. 인사 한번 나누어 보지도 못한. 아니, 가까이 스쳐 지나가 보지도 못한 여자에게 오늘 했던 말들은 지나고 보니 정말 가당치도 않는 것이었다.

그런데 괜히 변명을 하고 싶은 마음이 든다. 그저 스쳐 지났을지도 모를, 그런 사이. 다섯 번이라는 횟수를 저도 모르게 세었기 때문일까.

메마른 의문만이 담겼던 여자의 커다란 눈동자가 뒤늦게 둥실 떠오른다. 이상한 일이었다.

✳ ✳ ✳

윤현수가 쉬는 날 점심은, 늘 그의 집에서 먹는다. 물론 밥만 먹는 건 아니었다.

"나도 물."

"여기."

내민 물병을 민혜가 얼른 받아 들었다. 전해져 오는 뭉근한 눈빛에 물이 미지근한 것 같다. 아니, 미지근한 건 물이 아니다. 그녀 위에 올라타 지그시 누르는 그의 몸이 미적지근했다.

"마음에 안 들어."

"뭐가?"

"미지근한 네 몸."

"샤워해서."

"그러니까."

현수가 웃으며 민혜의 불만스러운 볼을 쓸었다.

"왜. 같이 해야 하는데?"

"아니."

"그럼?"

야무지게 토라진 입술 곁, 제 입술을 착 가져다 두고 말을 했다. 유민혜는 이럴 때가 제일 예쁘다.

민혜는 제 몸에서 떨어지자마자 욕실로 들어가는 현수가 마음에 안 들었다. 언제부턴가 말하고 싶었는데. 물론 정말 바로 샤워를 하는 것은 아니다. 안아 주고, 닦아 주고, 키스하고. 할 건 다 한다. 제가 말하는 '바로' 와 윤현수의 '바로' 는 아주 다른 개념이라 그럴지도 모른다.

저는 아직 뜨거운데, 빠르게 식으려 하는 그에게 서운했다. 언제나 섹시한 그의 뒷모습이 유일하게 꼴 보기 싫어지는 이때를, 그가 알았으면 싶다.

제 얼굴 솜털을 간지럽히는 것 같은 그의 웃음소리가 얄미워 민혜는 그의 팔을 꼬집었다. 그러자 간지럽히다 못해 아주 제대로 긁어 댄다. 그게 더 얄미워 손톱을 더 세웠다.

"유민혜."

"왜."

"샤워 먼저 해서 화난 거야?"

"아니."

"그럼?"

"같이 좀 있어도 되잖아."

자고 나서 담배 먼저 무는 것과 다른 게 뭐야.

"언제는 끈적거려 싫다더니."

"그땐 그랬고."

민혜의 입술이 더 나왔다. 현수가 그런 그녀의 입술을 장난스레 잡아당겼다. 응해 주지 않는 입술에 대고 쪽, 소리가 나게 입을 맞췄다.

"그럼 다시 해."

"뭘?"

"이번에는 하고 나서 샤워 안 할게."

"뭐?"

몸 위가 잠시 가벼워지나 싶더니, 다시 적당히 묵직해졌다. 자리를 잡은 현수의 엉덩이를 민혜가 찰싹 때렸다.

"안 내려와?"

"싫은데."

가벼운 실랑이 끝에 유민혜가 승기를 잡았다. 그 이기고 싶은 마음이 남자의 마음과 같다는 것이 함정이긴 했지만.

"샤워하러 쏙 들어가기만 해 봐."

"이번에는 네가 샤워하고 싶게 만들어 줄게."

벌써 반응하는 몸이 현수의 그 말에 팽팽한 긴장으로 빠듯하게 올라붙었다. 미지근한 그의 몸이 뜨거워지는 것을 피부 아래로 느끼며 민혜가 웃었다.

"소용없는 일을."

그 말에 현수가 웃었다. 소용없는 일이라니. 샤워하러 안 갔으면 벌써 잠들었을 거면서.

데워진 공기가 출렁거리며 두 사람의 몸으로 계속 달라붙었다. 이번에는 샤워를 함께 해야 할 것 같았다.


"가슴이 막 이유 없이 뛰어."

"날 보면서 가슴 뛰는 게 하루 이틀 일이야?"

"그래, 하루 이틀이 아니지."

농담으로 말을 더 이으려던 현수는 폭, 한숨을 내쉬는 민혜를 보며 말꼬리를 짧게 잘랐다.

"또 왜."

현수의 집에서 화장대로 쓰는 협탁 위, 립스틱을 탁 소리가 나게 놓으며 민혜가 중얼거렸다. 도무지 남자에게, 아니 그 무엇에게도 관심을 두지 않는 제 친구가 이해가 안 된다.

벌써 3년이었다, 3년. 3년이면 이 좋은 섹스를 하고, 애를 낳고, 돌잔치를 하고도 남을 시간이다. 그런 점에서 하도연의 3년은 무척 비생산적이었다.

늘 가슴이 아리는 도연의 3년이지만, 이맘때쯤은 가슴이 당기는 강도가 평소보다 조금 더 셌다. 조금 있으면 도연의 생일이었기 때문이다. 그리고 그날이 승우의 기일이었다.

혀를 차며 민혜가 못마땅한 표정으로 미스트를 들었다. 칙, 뿌리는 손길이 거칠게 얼굴 위를 오갔다.

"하, 섹시해. 그 손길."

"나 옷 다 입었어."

블라우스 안으로 쑥 들어오는 손을 민혜가 밀어 냈다. 하지만 밀쳐지지 않은 손이 의뭉스레 조금씩 올라왔다. 가까워진 입술은 여전히 뜨거웠다.

"아, 현수야."

"왜."

"오늘 마치고 쇼핑하러 가자."

"알았어."

"뭐 사려는지 안 물어봐?"

"뭐든 사겠지."

민혜는 이런 현수가 좋았다. 두 살 연하인 것도, 침대에서 허리

놀림이 끝내주는 것도 물론 좋지만 항상 제 말 뒤를 깨끗하게 만들어 줘서 좋았다.

오늘 쇼핑은 하도연을 위한 것이다. 제 생일을 앞두고도 아무 생각이 없을, 텅 비어 있는 친구의 가슴을 조금이나마 두드리고 싶었다.

미스트 뚜껑을 닫아 내려놓는 손을 잡은 그가 가볍게 손등에 입을 맞추었다.

이 좋은 걸, 왜 안 하나 몰라. 등신 중에 상등신.

접혔던 가슴 한구석이 펄럭이며 바람을 일으켰다. 그 서슬에 서늘해진 가슴을 현수의 손을 잡아 데웠다.

도연의 생일, 그리고 승우의 기일. 아무것도 아닐 수 있는 날짜 하나가 제 가슴을 오래 선득하게 만들었다.

❄ ❄ ❄

"선생님."

"네."

"이거……."

연의 정원에 온기가 가득 찼다. 앞치마 하나씩을 두르고 탁자에 둘러앉은 사람들의 손이 작고 마른 꽃들 사이로 바쁘게 움직였다.

오후의 압화 클래스. 오늘은 꽃누르미로 작은 액자를 만드는 수업이다. 도연의 클래스라면 어떤 것이든 다 등록을 하는 열혈 회원 하나가 연신 질문을 해 댔다. 제자리에서 대답을 해 주다 안 되겠는지 도연이 다가가 도와주었다.

"하도연."

"왔어?"

민혜가 정원으로 들어서자 시끌시끌해졌다. 필요한 말 외에는 하지 않는 도연과는 다르게 민혜는 회원들과 수다로 정점을 찍었다. 누구 어머니, 누구 언니 이야기까지 다 나오는 인사가 한참을 이어지고 민혜의 손길도 바쁘게 탁자 위를 돌아다녔다.

"민혜 쌤. 도연 쌤은 왜 연애 안 해?"

아주머니 회원 하나가 민혜에게 속닥였다.

"제 말이요."

"나 정말 괜찮은 남자 아는데, 소개해 줄까?"

"이 클래스, 마음에 안 들어요?"

"응?"

"아서요. 도연이가 쫓아낼라."

"응?"

민혜가 무어라 설명을 덧붙이려는데, 맞은편에 앉아 있던 해경이 자연스럽게 말했다.

"때 되면 하시겠죠."

"아우. 아까워 어째. 우리 아들이 나이만 좀 더 찼어도 어찌해 보는 건데."

그 말에 민혜는 저도 모르게 고개를 끄덕였다. 내내 펄럭이던 제 가슴을 잡아 제자리에 놓아두는 것 같은 말이었다.

아까워 어째. 그래, 아깝다. 무척이나 아깝다. 무어가 아깝냐고 물으면 뭐라 정확히 말할 수는 없지만 마냥 아까웠다. 도연의 3년 전 얼굴을 기억하는 사람이라면, 모두가 그렇게 말할 것이라고 생각한다.

그중에서 제일 아까운 것은 하도연의 얼굴이다. 정확히 짚자면 정원과 너무도 잘 어울리는 그 예쁜 이목구비가 아니라, 눈이 부실 정도로 환했던 그 미소가 아깝다.

민혜는 고개를 살짝 숙이고 집중한 도연의 뒷모습을 바라보았다. 늘 보던 뒷모습인데 오늘은 왜 이렇게 안쓰럽고 마음이 아린지 알 수가 없다. 매년 돌아오는 도연의 생일쯤만 되면 이러는 것 같다. 태어난 날을 만끽할 수 없는 친구가 아릿해 미칠 것 같았다.

훌쩍거리는 코를 들킬세라 얼른 싸쥐며 민혜는 서둘러 제 자리로 가 커피 두 잔을 내렸다. 기계음을 타고 조르륵 머그잔으로 떨어지는 커피 방울이 손등에 살짝 튀었다. 입을 맞추던 현수가 생각이 난다. 그런데 아주 엉뚱하게도, 이 자리에 서서 커피 방울이 튈 때마다 죽은 제 연인을 떠올릴 친구를 어쩌지 싶다. 이게 뭐라고, 울컥 눈물이 나려고 했다.

민혜가 애써 씁쓸히 웃는데 어딘가 격앙된 해경의 목소리가 들렸다. 아까 그 이야기가 끝나지 않은 모양이었다.

"아무나 갖다 붙일 수 있나요."

해경의 말에 발끈한 아주머니가 제법 목소리를 키우며 말했다.

"아니, 우리 아들이 아무나야?"

"보지 못했으니 아무나죠."

오해라고, 그렇지 않다고 평소 같으면 넘겼을 말이다. 그런데 해경은 그러기가 싫었다.

마음에 들지 않는 여자였다. 배우러 와서 배울 생각은 않고 끈끈하게 던지는 말들이 추파에 가까웠다. 도연에게 직접적으로는 말하지도 못하면서. 도대체 저 중년 여자가 말하는 정말 괜찮은 남자는 정말 괜찮은 걸까. 정말 괜찮은 남자라면 우리 도경이 정도는 되어야지.

알 수 없는 불쾌함이 일어 해경은 미간을 찌푸렸다. 높아진 여자의 목소리가 시끄러웠다.

해경이 더는 대꾸 않으니 가라앉긴 했으나 꼬리는 길었다. 그마저도 도연의 눈길이 와서 닿자 슬그머니 사라졌다.

개운하지 않은 마음으로 해경은 클래스를 마쳤다. 도연이 제 동생도 아니고, 친구도 아니고, 그렇다고 정말 긴밀하게 마음이 통하는 그런 사이도 아니었다. '사이'라고 엮을 것이 있다면 정원의 수강생과 강사 정도일까.

그런데도 마음이 가고, 신경이 쓰였다. 꽃 장식을 사려고 처음 정원에 들어왔을 때, 카페에 가끔 들르던 여자가 오트밀색 앞치마를 입고 앉아 있던 걸 본 그 순간부터.

해경은 도연이 클래스를 마치고 정리를 하는 동안에도 자리를 뜨지 않고 괜히 오늘 만든 액자의 귀퉁이를 만지작거렸다. 도연이 흘깃, 한 번 그녀에게 시선을 두더니 조용히 안쪽으로 사라졌다 곧 나타났다. 손에 딸기 접시를 들고서.

"민혜야."

"응?"

"이거 먹고 하자."

"뭔데?"

안에서 손을 씻던 민혜가 다가와 반색했다.

"딸기네? 맛있게 생겼다."

"여기 사장님이 주셨어."

"그래?"

민혜가 딸기를 하나 베어 물더니 엄지를 척, 해경 앞으로 들어 올렸다.

"사장님이라고 하지 말래도 그러시네."

"아. 습관이 되어서요."

"이름 불러요. 이제 누가 불러 주기도 힘든 이름."

둘의 대화에 끼어든 민혜가 우물거리며 되물었다.

"왜 누가 이름 불러 주기도 힘들어요?"

"아우. 결혼해 봐. 누가 이름 불러 주나. 누구 와이프, 누구 엄마. 이렇게 되고 말지."

"어머, 결혼하셨어요?"

민혜의 눈이 커다래졌다. 곁에 선 도연도 크게 놀라움을 표현하지는 않았지만, 의외라는 표정으로 바라보았다.

"어머라니, 내 나이가 몇인데."

"나이가 몇이신데요? 아, 실례인가요?"

민혜의 웃는 얼굴에 담긴 순수한 궁금증을 알아본 해경이 소리 내어 웃으며 대답했다.

"해 지났으니까 서른여덟인가."

"네?"

민혜의 중얼거림이 오래 이어졌다. 열 살 차이인데, 피부 나이는 왜 차이가 없냐는 둥. 아가씨로 보고도 한참이 남겠다는 둥.

투덜거림 같은 말을 듣는 해경도 싫은 눈치가 아니었다.

"고우세요."

"도연 씨, 그러지 마. 정말 확 늙은 것 같잖아."

도연이 잔잔하게 바라보며 해경에게 포크를 건넸다.

"아, 내 뇌물 보니 청탁 생각이 절로 나네."

"말씀하세요."

"각오가 된 말투네요."

"네. 딸기 씻으면서 했어요."

"내가 무슨 부탁을 할 줄 알고."

"글쎄요. 무리한 부탁은 안 하실 줄로 알아요."

"나를 뭘 믿고?"

"제 선 자리 물리쳐 주시던 그 눈빛을 믿고요."

"물리치는 걸로 보이던가요?"

"네."

"제대로 봤네."

해경의 입매가 우아하게 늘어났다. 그 부드러운 입매 같은 목소리로 그녀가 말했다.

"우리 카페, 장식 좀 부탁해도 될까요?"

"장식요?"

"정원 꽃을 가져다 놨더니, 다들 예쁘다고 난리라."

"제가 하는 일이 그런 건데요. 뇌물 괜히 주셨어요."

그런데 그것과는 별개로 해경의 입에서 나온 다음 말에는 도연도 잠시 침묵했다.


"다녀올게."

민혜가 앞치마를 벗어 걸고 가방을 집어 들었다. 내내 일이 손에 잡히지 않아 조금 늦게 나선 참이다. 일손을 날린 건, 도연이 화장실에 갔을 때 마침 걸려 온 전화 한 통 때문이었다.

"아무것도 안 가지고 가?"

"응?"

"샘플, 가져가야지. 수업 가면서."

"아. 맞다."

"유민혜 정신머리."

그 말을 가만히 내놓은 도연이 작업을 하던 테이블로 시선을 내렸다. 민혜는 도연의 시선이 제게서 사라지자 죽였던 숨을 몰아쉬었다. 나는 도둑도 아닌데, 왜 제 발이 저리는 걸까. 다 너 잘되라고 그러는 거다, 하도연. 그런 거다.

도연이 말한 대로 샘플을 넣은 에코백을 든 민혜가 서둘러 정원 출구로 향했다. 그런데 막 걸음을 뗐을 때 나직한 목소리가 따라왔다.

"갔다가 바로 퇴근해."

돌아본 자리에는 여전히 고개를 숙이고 작업을 하는 친구의 모습만이 있었다.

"너는? 저녁은?"

"생각 없어."

"끼니를 생각으로 먹니?"

"현수, 쉬는 날이잖아."

"그래. 알았어."

어딘지 아쉬움이 묻어 있는 것 같은 민혜의 목소리에 도연이 고개를 돌려 물끄러미 보았다.

"왜."

"너답지 않아서."

"왜. 끼니 생각 없다는 하도연에게 잔소리 안 해서?"

"그러게."

"나도 이제 너한테 잔소리 안 할 거야. 밥을 먹든지 말든지."

도연이 웃는 듯 마는 듯 그런 표정을 지었다. 그것도 잠시, 물끄러미 곧던 시선이 다시 테이블로 미끄러졌다.

"내일 봐."

민혜는 막 나온 정원의 입구를 한참이나 바라보았다. 느지막한 오후의 햇살이 은은하게 정원에 들고 났다. 이제 곧 사라질 거면서, 아닌 것처럼.

그래도 하도연의 어두침침한 마음보다는 낫다는 생각이 든다. 적어도, 지금은 빛이니까. 내일 다시 뜰 거라는 일말의 기대가 있는, 그런 아쉬운 빛이니까.

그 어둑한 구석 자리에 볕 들 날을 기대하며 오늘 정원으로 누군가를 초대했다. 그의 입장에서 제 생각은 아주 불순한 것이었지만, 제 역할을 잘해 주기만 한다면 그도 충분한 보상을 받으리라.

도연의 마음을 너무나 잘 알고 있는 민혜는 그렇게 제 가슴속을 쿡쿡 찔러 오는 죄책감 같은 것을 밀어 냈다.

코를 한 번 훌쩍거리고 어깨에 에코백을 추켜 메었다. 마침 불어오는 바람이 너무 차다. 외투를 여미며 한 발짝 주황빛 놀을 밟았다. 해가 곧 질 것 같았다.


어딘가 어색했던 표정이 걸려 민혜의 빈자리를 보니, 샘플만 챙기고는 도구를 두고 갔다. 도연은 달력을 보며 오늘 요일을 짚었다. 아트센터 수채화 강의. 센터에는 사용하던 도구들이 대강 있을 테니 가져다주지는 않아도 될 것 같다.

"유민혜. 정말."

일어난 김에 민혜의 테이블로 다가갔다. 무엇 하나 제자리에 있는 것이 없는 어지러운 테이블, 다시 가지러 올지도 모를 도구만이라도 정리를 할 생각으로.

가까이 가 보니 그리다 만 수채화 리스 위에 올려진 붓에서 물기가 배어 나와 그림의 색이 번졌다. 뭐가 그리 급해서 붓도 하나 정리 못 하고 나갔는지는 알 수 없다. 시간이 임박한 것도 아닌데.

그때 정원의 문이 열리며 바람종 소리가 들렸다. 혹여 민혜가 도구들을 가지러 돌아오나 싶어 도연이 고개를 들었다.

아주 의외의 인물이 빛을 등지고 서 있었다.

❀ ❀ ❀

사무실에 홀로 남아 서류를 정리했다. 모두들 퇴근을 시키고도 한참이 지난 시간이었다.

큼직한 손으로 뒷목 언저리를 짚으며 일어났다. 저녁을 먹어야 할 시간도 훌쩍 넘은 것 같았다. 그 생각을 하자마자 잊었던 허기가 밀려온다. 도경은 진회색 코트를 옷걸이에서 챙겨 들었다.

집으로 갈까 하다가 카페에 가서 샌드위치나 하나 먹고 말 생각으로 천천히 계단을 내려갔다. 어둑한 복도를 지나는데, 생각 이상으로 배가 고팠다. 주머니에서 휴대폰을 얼른 꺼내 통화 버튼을 눌렀다. 그리 오래지 않아 통화 연결 신호가 끊겼다.

"샌드위치 하나. 특대 사이즈로."

— 어딘데?

"3층."

— 빨리도 얘기한다.

"도착할 때쯤 따끈한 커피랑 같이 먹고 싶어."

— 내려오기나 해.

가능한 주문인지는 생각하지 않기로 한다. 그러기엔 너무 배가 고팠다. 본능은 희한하게 자각을 한 순간 간절하게 바라게 된다. 그 생각을 하며 도경이 조용히 웃었다.

카페 뒷문을 여는 순간, 고소한 커피 냄새가 코끝을 밀고 들어온다. 허기진 자에게는 아주 애가 타는 냄새였다.

사무실서 바로 나온 것이 생각나서 도경은 코트를 벗어 탕비실에 놓아두고 다시 뒷문으로 나왔다. 제 전용 테이블이나 마찬가지인 가게 끝 쪽 테이블 위가 깨끗한 걸 본 참이었다.

화장실에 가서 손을 씻고 돌아 나오는데, 갑자기 복도가 어둑해졌다. 제 머리 위 조명은 그대로인데, 1층 끝 상가의 불이 꺼진 것 같았다. 가게 하나 불이 꺼졌다고 이리도 컴컴해지나 싶어 그쪽을 살피는데 달각이는 소리가 나더니 작게 발소리가 들렸다.

가게의 불이 꺼지고 문이 열리는 소리를 듣지 못했다면, 눈치채지 못했을 그런 발소리였다. 울림이 큰 제 발소리를 떠올린 도경이 그렇게 서 있을 때, 그 발소리가 그의 쪽으로 다가왔다.

그를 지나친 발소리는 방금 그가 열고 나온 카페의 뒷문을 열고 들어갔다. 순식간의 일이었다. 어둑한 복도에서 또렷하게 보이던 옆얼굴이 어디서 본 적이 있는 얼굴이라는 걸 알아챈 것도.

카페 뒷문으로 들어갔어?

뒷문은 누나와 저, 그리고 일하는 직원들만 아는 통로다. 아무런 망설임 없이 그 문을 열고 들어갈 수 있는 사람은 제가 알기엔 그 정도였다.

1층 끝 상가에서 나와 카페의 문을 열고 들어간 여자. 하늘재 언덕 끝에서 하염없이 하늘을 바라보던 여자. 추모관 입구의 나무 문고리를 잡고 숨을 고르던 여자.

도경은 당황했다. 카페 뒷문으로 들어가는 단순한 뒷모습에 차르륵 떠올라 버린 잔상들 때문에.

더 당황스러운 일은 카페에 들어서고부터였다.

도경은 누군가를 찾는 것 같은 제 눈길이 낯설어 얼른 해경부터 찾았다. 샌드위치를 오븐에서 꺼내고 있는 모습이 보였다. 치즈가 녹아서 보기 좋게 늘어진다. 아주 우습게도, 그 늘어진 치즈를 보는 순간 마음도 그렇게 느슨해졌다. 도경은 아무것도 떠올리지 않고 카페를 훑었다.

곧 여자를 찾을 수 있었다. 하얀 스카프, 그 스카프 때문이었다. 차가운 겨울 한가운데서 보았을 때에는 추워 보였던 순백이 카페 안으로 옮겨 왔을 뿐인데 포근해 보인다. 스카프의 차분한 느낌처럼 도경의 눈길이 가라앉았다.

"구 소장."

그것도 잠시, 해경의 목소리가 들리자 막 깨어난 사람처럼 도경이 눈을 깜박였다.

"응."

"배고파 죽을 지경 아니었어?"

"응."

"어서 와. 너 좋아하는 크로크무슈."

해경이 우드 트레이를 테이블에 내려놓으며 웃었다. 흘깃, 여자가 앉은 자리 쪽을 보는 것 같기도 했다.

"아, 사무장이 외상 달아 놓고 갔어."

"언제?"

"너 외근 나갔다고 기회라던데."

외근이라고 해 봐야 지하 주차장에서 서류를 받아 왔을 뿐이다. 그 짧은 시간에 와서 외상을 달고 가? 박종길. 이 자식을 그냥.

"얼만데."

"지금 이 크로크무슈까지 12만 4천8백 원."

"……."

"왜 대답이 없어?"

사무장과 박종길과 친구는 동일인이다. 그 망할 친구님께서 밥집도 아니고 카페에서 10만 원이 넘게 외상을 달았단다.

"여기 밥집이야?"

"아닌데."

"뭐가 그렇게 많이 나와?"

"커피랑 디저트. 인당 하나씩 가져가던데."

"박종길……."

"손님. 선불입니다."

도경이 미간을 좁히며 지갑을 꺼내 들었다. 5만 원권 석 장이 해경의 손으로 건너갔다.

"크로크무슈 한 번을 그냥 안 주냐."

"내가 왜 그냥 줘? 땅 파서 장사하니? 억울하면 이사 와. 식구는 공짜니까."

"잔돈은 됐습니다."

새침한 표정의 해경을 한 번 흘긴 도경이 따끈한 빵 위로 나이프를 댔다. 15만 원짜리 크로크무슈. 기가 차게 맛이 있을 것 같다.

노란 지폐를 팔랑거리며 기분 좋은 걸음으로 해경이 사라지자, 슬쩍 미뤄 둔 시선을 꺼냈다.

희미한 어둠이 그대로 들이치는 창가에 여자가 앉아 있다. 지나가는 차의 헤드라이트 불빛이 언뜻 어리는 것 같은 순간, 살짝 고개를 숙이는 모습부터 보인다. 아무 표정 없이. 그 얼굴은 한참 동안 이어졌다. 앞에 앉은 남자의 등이 미동 없이 꿈쩍도 하지 않는 것처럼.

무채색의 배경 앞에 온통 무채색으로 입고 앉은 여자의 하얀 스카프만이 확 튀어 보였다. 살짝 쥐었을 때의 그 부드러웠던 감촉과는 어울리지 않는 표정이 어쩐지 보기가 불편하지 않았다.

보기가, 편해?

그 생각을 하자마자 불편해졌다. 입에 든 크로크무슈의 고소한 맛이 갑자기 짜게 느껴졌다. 그리고 카페에서 볼 수 있는 아주 흔한 형국일, 남자와 여자가 마주 보고 앉아 있는 모습이 묘하게 껄끄럽게 보인다.

도경은 눈을 가늘게 뜨고 무채색의 사람들을 오래 바라보았다. 입을 쓰게 만들 이유는 아무것도 없다고 생각하며, 마치 그 이유를 찾기라도 할 것처럼.

구해경 취향의 재즈 음악이 조용히 깔린 카페, 하지만 그의 귀에는 그 어떤 소리도 들리지 않았다.

✳ ✳ ✳

오늘은 걷기로 한다. 어제도 걸었고, 그제도 걸었으니 '오늘은'이 아니지만 그냥 그렇게 생각하고 싶다. 그런 생각을 하다가 도연은 머릿속을 닫았다. 뭔가 의미를 두고 싶어지는 것이 생기면 이렇다. '오늘도'가 '오늘은'이 되면 뭐. 그래 봐야 한 끗 차인데. 셔터를 내린 생각은 더는 이어지지 않았다.

하늘재 정문을 지나지 않는 언덕 아래 주차장에 차를 대고 걸었다. 또 눈이 내릴까 봐 그런 것도 있지만, 조금 천천히 걷고 싶었다. 제가 부러 찾는 장소 중 여기만이 유일하게 혼자 온 곳이었다. 그가 없이.

그래서 그가 보고 싶으면 하늘재를 찾는다. 그는 기억을 못 하는 알 수 없는 공간, 저만 아는 공간. 추억이 없으니 아프지 않게 그를 떠올릴 수 있었다. 제가 할 수 있는 최소한의 도피였다.

그런데 오늘은 그 남자, 이승우에다 다른 것이 더 얹혔다. 그래서 조금 걸어야 할 것 같았다. 추모관 앞에 섰을 때의 그 가슴 아득할 순간을, 힘이 들어 그렇다고 변명이라도 하고 싶은 걸까. 뭐가 어떻든 상관없다. 그냥 걷고 싶었다.

제 발에 차이는 바람이 싸늘하다. 더 추워질 것 같다. 추운 날씨, 그다지 나쁘지 않다. 도연은 제 목에 두른 하얀 스카프를 손으로 한 번 쓸었다. 이제 좀 더 톡톡한 것으로 바꿔야 하려나. 이게 없으

면 많이 허전할 것 같은데. 그래서 추워지는 것이 또 반갑지만은
않다.

……무슨 상관이라고.


"오셨어요."

"네. 안녕하세요."

하늘재 입구, 낯익은 얼굴의 관리인이 알은체를 한다. 열린 차창
너머로 가볍게 목례를 한 도경이 시선을 앞으로 돌렸다.

서행을 하는 그의 차 앞으로 커다란 개 한 마리가 보였다. 느릿
느릿 꼬리를 살랑이며 걷는 모습이 귀여웠다. 차가 지나갈 자리를
막고 걷자, 관리인이 서둘러 목줄을 당겼다. 쉽게 끌려오지 않아
난처해하는 얼굴에 대고 도경이 말했다.

"두세요. 천천히 들어가죠."

"이 녀석이, 참."

도경이 룸미러를 흘깃 보았다. 두세요, 라고 말을 하고 보니 뒤
따라 하늘재로 들어오는 차를 한 대 본 탓이다. 다행히 뒤차도 별
다른 액션 없이 천천히 제 차를 따라 들어왔다.

목줄을 쥔 관리인의 등 뒤를 새벽 찬 공기가 휘감았다. 바람을
피할 데가 없는 이 오르막길은 한참을 걸어야 본 건물이 나왔다.

"저기."

"네?"

"타시겠어요?"

"괜찮아요. 래시도 있어서."

"괜찮아요."

"아우. 이거 실례인데."

"제법 올라가야 하는데, 타세요. 뒤에 차들도 올라오는 것 같고요."

그제야 관리인이 고개를 끄덕였다. 도경이 뒷좌석 잠금장치를 열었다. 개를 태운 관리인이 감사하다는 말을 연발하며 차에 올라탔다.

"그런데 개 이름이 래시예요?"

"네. 멋있죠."

"그 영화."

"맞아요. 영화에 나오는 그 래시. 여기서 이름을 받았죠."

가만히 고개를 끄덕인 그가 조금 속도를 냈다. 지나치게 천천히 갔다가 아예 멈춰서 사람을 태우는 동안에도 아무 기척 없이 기다려 줬던 뒤차를 위해서.

언덕을 오르는 차가 웅, 소리를 내며 하늘재 제일 높은 주차장으로 향했다.

관리관에 관리인을 내려 주고 추모관 앞에 주차를 했다. 차 문을 여는데 싸늘한 바람이 불었다. 그 언덕에서 사람과 개를 잘 태웠다는 생각이 저절로 들었다.


"래시!"

관리관 앞에서 개를 부르는 목소리가 들렸다. 관리인은 아닌 것 같았다. 누군지 보이지는 않지만 어째 익숙한 느낌이 든다.

고개를 갸웃한 도연이 이내 시선을 돌렸다. 눈으로 보지 않아도 언젠가 커다란 눈망울로 저를 올려다보던 개가 경중경중 뛰는 것이 눈앞에 선했다. 오르던 길과는 다르게, 서늘한 바람이 부는 하늘재의 아침이 어쩐지 조금 따스하게 느껴졌다. 추모관 입구에 들어서기 전까지는.

습관처럼 추모관 문고리를 잡고 숨을 골랐다. 오늘은 정말 숨이 찬다. 폐부 가득 공기 대신 차오르던 것을 들이쉬는 숨으로 겨우 밀어 냈다. 역시, 걸어 올라오기를 잘한 것 같았다.

추모관은 온도가 다르다. 그게 색과 촉감이 달라서일지도 모르겠다는 생각을 잠깐 했다. 추모관 바로 앞까지는 온통 잔디였다. 잘 관리된 초록의 잔디가 파릇하게 밟히는 촉감. 살아 있는 잔디를 밟고서 죽은 사람들이 가득 들어찬 곳으로 간다는 것이 어쩌면 어울리지 않을지도 모른다. 어쨌든 잔디를 밟다가 추모관의 딱딱한 회색 대리석 바닥을 밟으면 이물감이 들었다. 그리고 동시에 이질감이 들었다.

'이제 여기는 다른 세상이다.'

엄마 손을 잡고 들어온 아이도 입을 다물게 만들 것 같은 그 어떤 압박감 앞에서 도연은 무력하게 잠시 멈춰 서 있었다.

수없이 왔던 이 길이 낯익게 느껴진 적이 없다. 올 때마다 낯설다. 그가 있는 곳의 알파벳을 찾고, 번호를 찾고. 전혀 복잡하지 않은 그 길을 복잡하게 걷고. 타박타박 고스란히 들리는 제 발소리가 너무 크게 느껴졌다.

혹시 곡을 하는 소리를 감추라고 이렇게 발소리가 잘 나는 바닥재를 깔았을까. 그런 생각이 들어 도연은 발에 힘을 주어 걸었다. 오늘 치 제 슬픔이 가려지려면 그 소리가 조금 커야 했으니까.

그를 찾았다. 변함없는 얼굴로 환하게 웃고 있다. 그의 동생인 승규가 내려놓고 간 것이 분명한 술병들이 조르르 곁에 서 있었다. 외롭지 않아 보였다.

외롭다……. 그곳에선 그런 감정이 느껴지기나 할까. 내가 해 준 김치볶음밥이 제일 맛있다던 사람인데, 배는 고프지 않을까. 내가 손을 잡아 줘야 따뜻하다는 사람인데, 춥지는 않을까. 아무리 맡아 봐도 알 수가 없는 제 체향이 제일 달콤하다던 사람인데, 역한 냄새가 나지는 않을까. 보일까. 들릴까. 느껴질까. ……내가 보고 싶을까.

아무 맛이 느껴지지 않는 것이 볼을 타고 흘러내렸다. 도연은 얼른 닦아 냈다. 어떨지 모르는 그 앞에서 울기는 싫었다. 잘 지내고 있는 것처럼 보이지는 않더라도, 아무렇게나 사는 것처럼 보이기는 싫었다.

누가 살려 준 목숨인데. 누가 건네준 사랑인데.

순간, 새벽에 꾸었던 꿈이 생생하게 떠올라 팔 바깥으로 소름이 오스스 돋았다. 무서운 꿈이었다. 끔찍한 꿈이었다. 그와 헤어지던 그 순간, 그 냄새, 그…… 흩어져 조각난 기억들.

승규를 만났기 때문일까. 그의 말을 수백 번 곱씹었기 때문일까. 안 들은 말로 치부하고 싶어 하면서.


'이제 그만해.'


무얼 그만하라는 것인지에 대한 언급은 단 한 마디도 없었지만 너무나 잘 알고 있는 자신이 싫었다. 단번에 알아듣고는 아무 말 못 하고 고개만 숙였던 자신이 싫었다. 그렇게 하겠다고 말할 수 없었던 자신이 싫었다.

그를 잊을 수 없는 자신이 싫다. 아니, 사실은 언젠가 그를 잊을 지도 모르는 자신이 싫다.

모두가 잊으라고 했다. 단 한 사람만 빼고. 승규는 형을 잊지 말라는 말을 하지 않았다. 그저 아무 말도 하지 않았을 뿐이지만, 적어도 직접적으로 그 말을 도연에게 건네진 않은 것이다.

도연은 그의 침묵에 위로를 받았고, 그 누구의 반대보다도 힘이 센 그의 침묵 때문에 마음 편하게 하늘재에 드나들었다. 일종의 허락이었다.

거짓말이라도 해서 승규를 좀 더 편안하게 해 줄 수는 없었을까. 하지만 길게 생각해 보지 않아도 알 수 있었다. 제 거짓말을 그가 눈치채지 못할 리가 없다는 것을. 그리고, 저는 그 거짓말을 할 수 없다는 것을.

조용히 가슴이 비어 갔다. 아까 간절히 원했던 공기는 이미 느긋하게 자리를 잡았는데, 어째서. 가지런해진 숨 사이, 어설픈 원망이 들이밀어지는 것을 슬픈 눈으로 바라보았다.

왜. 나를 혼자 두고 가서. 이렇게 힘들게 해. 왜. 도대체. 왜.

양팔로 제 몸을 감싸듯 안으며 도연은 가슴에 원망이 섞이지 않게 다스리려 애를 썼다. 그에게 뻗는 그리움이 자꾸만 원망에 물이 들었다. 저만 혼자 남겨 두고 간 그런 이에게 보내는 원망.

그 원망이 완전히 가시기 전까지는 하늘재를 찾는 발걸음을 어찌할 수 없을 것 같다. 그는 원망을 할 수 있는 사람이 아니니까.

오늘 살짝 물든 원망을 꺼내서 도연은 그 앞에 적나라하게 내밀었다. 그의 웃는 얼굴 앞에서 그 원망이 서서히 물러났다.

힘이 없는 제가 기댈 수 있는 건, 지금 그의 환한 얼굴이 담긴 사진뿐이었다.

래시가 도경의 곁을 빙빙 돌았다. 이제 친한 사이라는 듯 꼬리를 한낮의 봄바람처럼 한들거렸다. 곁에 섰던 관리인이 웃으며 말했다.

"태워다 주셔서 감사한데, 커피 한잔하시죠."

"아. 추모관에 아직 들르지 못했습니다."

"그럼 다녀오시겠어요? 카페 사장님이 아시면 야단하실 테지만, 오늘은 제가 대접하고 싶어요."

"그럼 다녀올게요. 한 잔 주십시오."

서글서글한 인상의 관리인은 많이 봐도 제 또래 정도로 보였다. 도경은 좋게 웃으며 추모관 쪽으로 내려갔다. 손에 들린 백합 꽃다발이 바람에 부딪혀서 바스락 소리를 낸다. 가슴 쪽으로 꽃다발을 안아 든 그가 차를 지나쳐 추모관 입구를 향해 걸었다.

도경은 지난밤, 잠을 이루지 못했다. 아무 의미 없이 눈을 감고 지난 까만 시간은 생각보다 길었다. 늘 그렇게 잠들었던 것이 아깝게 느껴질 만큼.

그 밤, 그는 생각했다. 하늘재, 죽은 그의 연인 오민정, 그리고 하얀 스카프. 각인되듯 머릿속에 선명하게 박힌 그 하얀 스카프 때문에 어지러웠다. 솔직히 말하자면, 그 여자 앞에 앉아 있던 남자 때문에 혼란스러웠다.

황당했지만, 그건 질투였다. 이름도 모르는, 하늘재에서 다섯 번 남짓 마주쳤을 뿐인 그런 여자에게. 마주친 장소가 하늘재여서 그런 걸까.

민정이 죽고 처음으로 다른 여자가 보였다. 그냥 보는 것이 아니라, 그 눈을 쉬이 뗄 수 없게 보이는 여자.

어쩌면 제 가슴속 피딱지를 통째로 뜯어낼 것 같기도 하고, 아프게 할퀴고 그냥 지나가 버릴 것 같기도 했다. 어느 쪽인지 확인하고 싶은 욕구가 강하게 일었다.

이제 지쳤는지도 모른다. 잊을 때가 된 것인지도 모른다. 그 하얀 스카프의 의미는, 고작 그런 것인지도 모른다. 그래서 확인하고 싶었다. 만약, 다섯 번이 여섯 번이 된다면. 그리고 일곱, 여덟……셀 수 없는 횟수가 된다면.

그는 바스락대는 비닐에 싸인 백합을 조용히 내려다보았다. 섞인색이 없는 꽃잎에 희미하게 결이 있다. 거기에 조금 섞여 들 정도로만 그는 죄책감을 내려놓았다. 죄다 가지고 살 생각이었는데, 이정도는 조금 내려놓아도 될 것이라고 생각을 하면서. 하늘재에 오는 동안 늘 이렇게 내려놓는 연습을 해 왔는지 모른다. 자신도 모르는 사이에.

도경은 고개를 들고 시원한 걸음으로 걸었다. 입구의 문이 활짝 열린 추모관을 향해서.

"어?"

그리고 시선이 높아지자마자 보이는 의외의 광경에 그가 절로 소리를 냈다.

여자의 숙인 고개가 울고 있었다. 어쩐지 그런 것 같았다. 얼굴을 보지 않아도 누군지 알 것 같은 기분처럼. 물론 그 멍한 눈동자가 우는 모습은 쉬이 짐작이 되지 않는다. 그럼에도 단순히 고개를 떨군 모습이, 너무나 우는 것같이 보였다.

왜일까.

여자가 고개를 들었다. 그 얼굴을 제대로 확인하기도 전에 도경은 몸을 확 돌려 한쪽 기둥 뒤로 비켜섰다. 가타부타 생각할 겨를 없이 본능적으로 나온 행동이었다.

이건 또 왜일까.

제법 가까이로 여자가 스쳐 지나갔다. 사람이 있건 없건 관심도 두지 않는 발걸음이었다. 민망하게 모았던 발을 하나 기둥 앞으로 내밀어 섰다. 돌아서야 할 것 같은 몸과는 다르게 시선이 지난 이를 좇았다.

그러는 동안 스쳐 갔던 느린 걸음이 제법 멀어졌다. 도경은 길게 눈길을 한 번 주고는 제 갈 길로 걸음을 두었다. 강하게 추모관 밖의 그녀 쪽으로 향하는 마음에 묘하게 거부감이 일었다.

도경은 손에 들린 백합 다발을 내려다보았다. 그리고 그녀가 사라진 방향으로 다시 한번 시선을 두었다. 종잡을 수 없는 마음 때문에 붙박인 발이 움직일 줄을 몰랐다.

사선 앞에 선 사람처럼 그는 오래 움직이지 못했다. 떠오르는 건 단 하나뿐이었다. 하얀 스카프 위, 젖은 얼굴.

"하."

짧은 숨이 터지듯 나왔다. 쉬이 인정할 수 없는, 일그러진 숨이었다.

## 2화. 시간의 잔향

"래시."

참 붙임성이 좋은 개다. 도경은 제 주위를 반갑게 도는 래시의 목덜미를 가볍게 쓰다듬었다. 부드러운 털이 손에 닿을 듯 말 듯 간지럽다. 참 잘 자란 개였다.

아까 보고 또 봐도 반가운 모양이다. 목덜미의 털이 손에 가볍게 감길 때까지 쥐어 본다. 부드럽게 손가락 사이를 빠져나가는 털의 감촉에서 주인의 흔적이 느껴졌다.

관리인이 머그잔을 하나 내밀며 웃었다. 웃으면 팔자주름이 깊게 파이는 선한 인상의 사람이다. 그 부드러운 얼굴과 방금 통성명을 한 참이었다.

건네진 머그잔에서 오르는 향기가 예사롭지 않았다. 구해경의 카페에서 느껴지는 향미만큼.

"커피 향이 좋습니다."

"그렇죠."

"잘 부탁합니다."

"커피를요?"

"아뇨. 추모관 늘 살피시니까."

우현의 웃던 얼굴에서 자연스럽게 웃음기가 빠져나갔다. 그런데 그 표정이 나쁘지 않다. 사람의 자연스러운 얼굴이란 이런 것인가, 싶은 그런 표정이었다.

"이제 안 올 사람처럼 얘기하네요."

"그야 전, 가족이 아니니까요."

"가족이 아니다……. 꼭 가족이어야만 이 하늘재를 찾는 건 아니죠."

도경이 그 말에 대꾸 없이 웃었다. 더는 언급을 하고 싶지 않은 것을 눈치챈 것일까. 우현이 아직도 방방 뛰어다니는 래시의 목줄을 슬쩍 잡아끌며 마주 웃었다. 머그잔에서 오르는 뽀얀 연기가 두 사람 사이를 떠돌았다. 잠시간의 침묵 끝에 도경이 먼저 입을 열었다.

"그런데. 래시 이름은 왜 래시라고 지은 겁니까."

"아. 무언가 원하는 걸 찾기를 바라는 마음으로요."

"찾기를 바라는 마음요?"

"그 영화에서 보면 강아지가 주인을 찾잖아요. 제힘으로."

무슨 말인가, 싶은 얼굴로 도경이 집중을 했다. 우현이 말을 이었다.

"여기 오시는 분들 거의가 그렇거든요. 뭔가를 찾으러 오죠. 그게 위로든, 죄책감이든."

"……."

"길을 잃고 여기까지 흘러온 강아지, 그 강아지가 원하는 무언가를 찾는 상징이라면 다들 그럴 수 있지 않을까, 뭐 그런 마음이었죠."

"멋있네요."

"하하. 사실 그건 있어 보이려고 한 말이고, 그냥 딱 처음 생각나는 이름이 그거였습니다. 래시."

이제 강아지라고 부르긴 좀 힘들어 보이는 개가 저를 부르는 줄 알고 얼른 다가와 주인의 앞에 배를 보이고 드러누웠다. 느긋한 손길이 다정하게 갈색 몸을 쓸었다.

"구도경 씨는, 찾았습니까?"

"네?"

"여기서 찾으려고 한 것."

"……."

도경은 기억하지 못하겠지만, 언젠가 이런 질문을 한 적이 있었다. 추모관 앞에 멍하니 한참을 서 있던 그 어느 날.

'……고객님은 누굴 찾아오셨습니까?'
'저는 저를 찾으러 옵니다. 저를 찾아 주는 사람이 없어서요.'

나를 찾아 주는 사람이 없어, 나를 찾으러 온다고. 그 말이 참 마음에 들었다. 그가 올 때마다 말 한마디씩을 내밀며 제 마음이 받은 위로를 조금씩 갚았다. 그는 그 마음을 아마 모르겠지만, 이제 조금씩 내보이고 싶었다. 자신을 찾는다는 말로 슬픔을 승화시

킬 수 있는 사람과 친구가 되고 싶었다. 그리고 이제는 에둘러 묻지 않고 정확하게 직구로 물을 수 있는 사이 정도는 되는 것 같았다. 우현은 단단한 목소리로 물었다.

"애인이었나요?"

"……네."

"사랑했군요."

"그랬죠."

"얼마나 됐죠?"

"5년쯤."

"음. 5년 전이면, 내가 절절하게 첫사랑을 하고 있을 때네요."

"첫사랑이요?"

"용광로처럼 들끓는 첫사랑 다음에, 여자를 서넛 더 만났죠."

서글서글한 인상과는 다르게 종잡을 수 없는 말을 하는 사람을 도경은 조금 신기하게 바라보았다. 여전히 웃는 얼굴인 그가 조용히 말을 이었다.

"5년이라는 세월은, 그런 시간입니다. 연애를 해도 몇 번은 더 하고, 결혼을 해서 애도 낳을 수 있는 그런 시간."

그 말을 듣는데 감이 온다. 이 사람은 하늘재의 관리인이다, 라는 감. 슬픔을 이고 오는 사람들을 수없이 보아 온 그런 사람. 길 잃은 강아지 이름에 그 사람들에게 주고 싶은 의미를 붙여 지을 수 있는 사람. 어쩌면 마지막일지도 모른다는 말에 덕지덕지 붙은 죄책감을 알아본 사람.

"주제넘는 말인……."

"주제넘네요."

"역시 그렇죠?"

"그래서 마음에 듭니다."

"네?"

이번에는 우현 쪽이 당황했다. 도경이 그의 넉넉한 웃음을 흉내 내며 웃었다. 그러고는 조용히 추모관을 한 번 돌아보았다. 그 눈길을 따라 커피 한 모금을 마신 우현이 고개를 틀었다.

"어? 저기도 뭘 찾아야 할 분이 한 분 계시네."

그 여자였다. 두 뼘도 안 될 것 같은 어깨로 울던. 그 자그마한 어깨가 우는데, 온몸이 우는 것 같던 그 여자.

다행히 지금은 우는 얼굴은 아니었다. 아니, 우는 모습을 본 것이 제 착각이었던 양 말끔한 얼굴로 잔디 정원 벤치에 앉아 있었다.

그녀를 아는 것 같은 우현의 말끝에 절로 질문이 붙으려는데, 아주 고맙게도 우현 쪽에서 먼저 말을 꺼냈다.

"저분도 거의 3년이 다 되어 가지 싶어요."

"3년……요?"

"제가 여기 오고 얼마 지나지 않아서부터 보이셨으니까."

도경은 그녀의 시간에 심심한 위로를 보냈다. 그런데 그 마음과 같이 떠오르는 안쓰러움의 정체는 알 길이 없다. 다섯 번이 여섯 번이 되는 것과는 상관없을 것 같은, 그런 동질감 같은 마음.

혹시.

"추모관에, 부모님이십니까?"

"저분요?"

"네."

"기길 바랐는데, 아쉽게도 젊은 남자더군요."

기길, 바랐다? 아쉽다고?

도경이 저도 모르게 눈을 살짝 치켜뜨고 우현을 바라보았다.

"아. 농담입니다. 저렇게 눈에 확 띄는 청초한 미인은 처음이라서."

웃음이 섞인 그 말에 젊은 남자라고 했던 말이 걸러졌다. 그래서 치켜뜬 눈매가 내려오지 않았는데, 달리 오해를 한 것 같은 우현이 변명처럼 말을 이었다.

"연인이 죽었다더군요. 사고라고 했나."

"추모객들 사연을 그렇게 모두 속속들이 압니까?"

"아뇨. 하늘재 카페 사장님 아시죠?"

"네."

"그분 아들도 사고로 죽었습니다."

"네?"

"그래서 여기서 커피 장사를 하시는데, 유골 놓은 자리가 같은 라인이라 만나서 우연히 들었다고 하더라고요."

"아."

"제가 쓸데없이. 이런 말은 누설하면 안 되는 건데. 구도경 씨가 꽤나 마음에 들었나 봅니다. 못 들은 걸로 하십시다."

커피가 금방 식어 버렸다며 뜨거운 물을 조금 가지고 오겠다고 한 우현이 숙소 건물로 들어갔다. 그 자리에 박힌 듯 선 도경은 추모관 쪽을 멀거니 바라보았다.

경험해 본 자의, 무의식의 발로였을까. 묘한 제 동질감 같은 마음이 조금 이해가 된다. 텅 비어 보이던 그녀의 눈동자가 저의 그것과 무척 닮았음을 알았던 것일까.

3년. 3년이라고.

그 시간의 무게가 절로 여자를 안쓰러운 눈으로 보게 만들었다. 저의 5년의 시간은 까맣게 잊은 채로.

우현이 곧 나와 뜨거운 물을 머그잔에 조금 부어 주었다. 다시 따뜻해진 커피가 식을 때까지 두 사람은 오래 이야기를 나누었다. 가벼운 농담과 유쾌한 시간 사이사이로 래시가 경중경중 뛰어다녔다.

겨울의 볕이 제법 따스했다. 눈이 언제 왔나 싶어 둘러보는 눈길에 그늘 아래 아직 녹지 않은 눈들이 드문드문 걸렸다. 잔디밭을 배경으로 뛰노는 래시의 모습이 어쩐지 눈이 부시다, 싶은 순간 도경은 손목의 시계를 내려다보았다. 지금 출발해야 출근까지 빠듯하게 도착할 시간이었다.

"시간이 벌써."

"아쉽네요."

우현이 뒷주머니에서 제 휴대폰을 내밀었다.

"저, 여자 좋아합니다."

"네?"

"오해 마시라고요."

도경이 환하게 웃으며 기꺼이 제 번호를 그의 휴대폰에 한 자리씩 찍었다. 우현이 도경의 전화번호를 받은 건, 그가 하늘재에 다시 오지 않을 것 같은 예감 때문이었다.

아무도 찾지 않아서 자신을 찾으러 온다던 사람. 여기서 다른 무엇을, 찾은 걸까?

❇ ❇ ❇

"도연아."

그녀가 천천히 뒤로 돌았다.

"유민혜."

"아, 잘 잤어?"

민혜가 어색하게 웃으며 말했다. 도연이 또렷하게 고개를 가로저었다.

도연은 의뭉을 떠는 일이 없다. 예의상으로라도 제가 민망할까봐 괜찮다거나 하는 일은 없었다.

좀 괜찮다고 말해 주지. 정말 안 괜찮은 건, 다 괜찮다고 하면서.

"밥은 먹었어?"

"아니."

"샌드위치라도 하나 먹고 들어갈까? 나도 안 먹었는데."

더는 대답이 없다. 가만히 들여다보는 눈에 머쓱해진 민혜가 애써 웃었다.

"가자."

민혜의 앞가슴으로 도연의 몸이 스쳤다. 순간적으로 민혜는 도연의 어깨가 지나는 길을 터 주었다.

"안 오고 뭐 해."

"가."

들키지 않게 낮은 한숨을 쉰 민혜가 천천히 걷는 도연의 뒤를 따라 걸었다. 어쩐지 나란히 걷기가 어려워서 서너 발짝 떨어져 걸었다.

아무 말도 하지 않는 도연이 무섭다. 아니, 이제 곧 말을 할 도
연이 무섭다. 무엇이 무서운지는 모르겠지만, 괜히 심장이 콩닥대
며 뛰었다. 베낀 숙제를 제출하고 나서 안절부절못하는 학생처럼.

무심코 오늘의 선생님을 멍하니 바라보았다. 무슨 말을 할지는
모르지만, 어쨌든 지금은 아무 말 없으니까.

그런데 어디에 눈을 두어도 죄다 여자다. 그것도 혼을 낼 수도
없을 것 같은, 그런 가냘픈 여자. 같은 여자가 봐도 너무 여자다.

두꺼운 겨울옷도 채 가리지 못한 가느다란 몸의 선이 부드러웠
다. 오래 보고 있으니 긴 머리카락이나 스커트 같은 데로는 이제
눈이 안 간다. 민혜는 저도 모르게 어딘지 허전한 친구의 옆자리로
눈길을 두었다.

지금 외로운 팔을 보며 하는 이 생각을 달래는 방법은 그것뿐이
었다.


하도연의 공간은 참 눈에 띈다. 아니, 하도연 자체가 눈에 띈다.
오늘 도연이 코트 안에 받쳐 입은 흰 블라우스와 니트에서 꽃향기
가 나는 것 같았다. 클래스를 마치고 손을 닦던 민혜의 눈에 말린
꽃을 조물거리는 도연이 유독 크게, 맑게 보였다. 어딘지 창백한
친구의 얼굴빛이 그렇게 보이도록 만든 것 같았다. 기왕이면 그 창
백의 연유가 예쁜 것이면 좋겠어서.

지은 죄가 있어서인지 눈치를 보던 민혜가 먼저 말을 걸었다.

"잘돼 가? 작업?"

"응."

"뭐 도와줄 거 없어?"

"승규한테 뭐라고 했어."

말끝이 떠 있었다. 이 물음표도 느낌표도 아닌 말을 어떻게 해석해야 하는 걸까.

민혜는 잠시 고민했다. 꽃만 만지작대던 도연이 고개를 들기 전까지.

"민혜야."

"왜, 왜."

"너 보기에는 내가."

서술어가 생략된 말이 어째 무섭다. 그냥 '왜 그랬어.' 정도로 지나갈 거라고 생각했는데, 그게 아니었던가 보다. 다물리지 않은 입술에 대고 선수를 치기로 했다. 그런데 도연의 말을 이을 말이 생각나지 않았다. 이럴 땐 되묻는 게 선수다.

"네가 뭐."

"불쌍해 보여?"

"뭐?"

불쌍. 그 단어가 도연의 입에서 나온 순간, 민혜는 크게 당황했다. 불쌍했기 때문이다. 너무너무 불쌍하고, 또 불쌍했기 때문이다.

"불쌍하지."

저는 차마 할 수 없는 말을 아주 익숙한 목소리가 대신했다. 도연의 3년을 지켜본 사람만이 낼 수 있는 그런 음성으로.

정원에 막 들어선 현수가 마침 들어야 할 말을 들은 듯 당연하게 대꾸한 것이다. 도연의 고개가 조금 더 들렸다.

"윤현수. 많이 컸네."

"이제 알았어? 나 190 다 된 지가 언젠데."

"그래서. 승규 불렀어? 이제 그만하라고?"

"그런데."

더는 말이 이어지지 않았다. 무심히 올려다보는 말이 없는 눈동자. 현수는 그 눈동자를 오래 바라보았다. 보는 동안 입가에 물렸던 장난스러운 미소도 가라앉았다.

제 눈동자와 도연의 눈동자 사이, 있어야 할 무언가가 없는 느낌이다. 도연의 이 느낌이 참 싫다. 더 이어져야 할 것 같은데 뚝뚝 끊기는 느낌. 내놓지 않는 말들을 가슴에 차곡차곡 쌓아 두고 있을 것 같은 느낌. 마주 보고 있는 사람 기분 더럽게 하는 이 느낌.

거기다 벽을 마주하고 있는 것 같은 이 기분을 틈틈이 민혜가 맞닥뜨렸을 생각을 하니 짜증이 치고 올라왔다.

"누나는 이런 게 참 뭐 같아."

"현수야."

민혜가 둘 사이로 끼어들었다. 어지간하면 빙글대는 현수의 얼굴에 새겨진 정색이 저절로 그렇게 만들었다.

"유민혜. 윤현수."

현수의 팔을 잡고 정원 입구 쪽으로 밀던 민혜가 돌아보았다.

"왜."

"니들 둘이 놀아."

"무슨 말이야."

"놀려면, 니들 둘이서 놀라고."

논다. 그래, 나는 현수하고 논다. 이 노는 것도 못 하는 주제에 그런 세상 다 산 얼굴을 해 가지고.

민혜는 발끈하는 제 남자 친구의 팔을 붙들고 친구의 이름을 불렀다.

"하도연."

"사람 마음은 가지고 노는 거 아냐."

"뭐?"

참. 남 말 하듯 한다. 사실 남 말이 맞다. 도연의 말 속 마음은, 아마도 승규의 것일 테니까. ……아니, 도연이 말하는 마음이 정말 승규의 마음이 맞을까? 그 마음을 걱정하는 거라고 생각해도 될까?

제가 아는 도연은 당연히 그의 동생을 걱정하는 도연일 테지만, 점점 낯설어 가는 도연의 모습은 당연해야 할 것을 자꾸 당연하지 않게 만들려고 했다.

지금의 도연에게 익숙해져 가는 것이 어쩐지 무서웠다. 지금 이 얼굴을 앞으로도 하도연의 모습이라고 기억하게 될까? 그건 정말 무서운데.

"누나한테 마음이라는 게 있기는 해?"

현수의 그 말을 듣는 순간, 민혜는 눈물이 핑 돌았다. 입을 다문 도연 대신 아니라고 말하고 싶은데, 찡한 코끝 때문에 말이 안 나왔다. 순간 들여다본 도연의 눈동자에 비친 제 얼굴이 너무 무안해 보였다. 아무 반응 없는 눈에 대고 화 아닌 화를 내고 있는 장신의 현수가 무척 작아 보였다.

커다란 제 남자 친구를 이렇게 작아지게 만드는, 정말 자그마한 여자는 너무 단단했다. 그 단단함이 풍파 앞에 무뎌져 버린 바윗덩이 같아서 마음이 먹먹했다.

"말을 말지. 유민혜. 수채화 클래스, 끝났어?"

"어? 응."

"그럼 잠깐 나가."

어찌 말릴 틈 없이 민혜의 손목을 붙들고 현수가 나가 버렸다. 그 모습을 보던 도연이 천천히 제 테이블 위로 시선을 내렸다. 마음이 없는 여자가 만들었다기에는 무척 따뜻한 압화 액자가 반쯤 완성이 된 채로 그녀를 올려다본다. 그 시선을 어쩐지 마주할 수 없어 도연은 자리에서 일어났다.

기분이 나빠야 할 것 같은데 그렇지가 않았다. 제가 나빠야 할 기분을 상대에게 다 밀어 낸 것 같다. 그래서 이해가 됐다. 현수의 말과 민혜의 표정. 그리고 엉성하게 감추었던 승규의 일그러진 얼굴이. 그 복잡한 얼굴이.

천천히 걸어 마른 꽃들이 담긴 바구니를 찾았다. 정원 가득 늦은 오후의 빛이 사선으로 들이쳤다. 부드러운 그 빛에 꽃들을 하나하나 놓아 가며 도연은 한참을 서 있었다. 손에 닿는 바스락대는 촉감만이 제게 남은 유일한 감각인 것처럼.

※ ※ ※

"왜 화를 내?"

"뭐가."

"도연이한테."

"화가 나잖아."

"현수야."

가만히 저를 올려다보는 여자 친구를 보던 현수가 꽤 길게 한숨을 내쉬었다.

"도연이가 승규 말을 들어야 할 이유는 어디에도 없어."

"그게 아니라."

"내가 성급했어. 두 사람 마음 다 알면서."

"오죽 답답했음 그랬을까."

"뭐. 그랬다기에는 뭘 한 게 없긴 한데."

"그러게."

"그치. 우리가 지금 왜 이러고 있는 거니?"

"그러게. 나도 모르겠다."

정원 옆 자그마한 골목 안으로 민혜를 먼저 밀어 넣은 현수가 그녀의 어깨를 끌어안았다.

"도연 누나 저럴 때 눈동자. 진짜 기분 나빠."

"왜."

"죽은 사람 같아. 시체. 아니면 마네킹."

"죽은 사람 눈동자 본 적 있어?"

"없지. 그러니까 같다고."

"그런 말 하지 마."

그 말을 끝으로 민혜의 입술이 꾹 다물렸다.

너는 진짜 시체 같은 하도연의 눈동자를 본 적이 없어서 그래. 어쩌면, 저 정도로 버티고 있는 걸 고마워해야 할지도 모르겠다. 오늘은 정말, 괜한 짓 했다. 정말로.

현수의 말 때문에 도연이 보였던 어느 날의 눈동자가 떠올라 버

리자, 그 위를 자책감이 우르르 쏟아지며 덮었다. 하릴없이 민혜는
눈을 꼭 감았다 떴다.

"현수야."

"왜."

"사랑해."

"왜 이래. 그 말 죽어도 안 하는 사람이."

"나는 네가 없다면 저렇게 버틸 수 없을 거야."

"뭐?"

"상상도 하기 싫어."

그 말에 가만히 민혜를 보던 그가 잡았던 어깨에서 손을 떼 그녀
의 얼굴로 가져왔다. 볼에 따스한 손바닥이 먼저 닿고, 입술에 더
따스한 입김이 와 닿았다. 포근하고 말랑한 입술은 또 다른 입술을
벌리고, 허리를 감싼 단단한 손은 블라우스 아래 틈을 벌렸다.

골목 벽으로 등이 붙는 데 걸린 시간은 그리 길지 않았다. 고개
마저 젖혀져 벽에 닿자, 현수의 손이 와서 뒤를 받쳤다. 그 손이 그
렇게 든든할 수가 없다.

머릿속이 텅 비고 매끈하고 부드러운 남자의 향만 느껴진다. 아
침, 샤워를 하고 바로 맡았던 냄새가 고스란히 느껴졌기 때문일까.
그에게 안겼던 그 기분 그대로 민혜는 저를 맡겼다.

"상상을 왜 해. 멍청하기는. 내가 이렇게 생생히 느끼게 해 주는
데."

하나로 얽혀 골목 밖으로 뻗은 두 사람의 그림자가 꽤나 길었다.
서로를 확인하듯 더듬는 연인의 키스도 그처럼 길었다.

❋ ❋ ❋

몸 주위로 찰랑거리는 물이 조금 뜨겁다. 팔을 뻗어 찬물을 틀까 하다가, 그냥 두었다. 잠겨 있는 팔과 수면 근처로 나가던 팔 사이의 온도 차이가 그리하게 했다. 제 머리와 가슴의 차이처럼.

집으로 오자마자 욕조에 물부터 받았다. 아무 생각도 하고 싶지 않아서. 그래서 물의 온도가 어떻다, 생각할 겨를도 없이 몸을 넣었는데 오히려 위아래가 다른 온도 때문에 생각이라는 걸 하게 되었다.

"하아……."

뽀얗게 젖은 공기 무더기가 달라붙은 차가운 타일 벽을 물에 잠겼던 팔을 올려 문질렀다. 비 오는 날, 정원의 안쪽 유리처럼 닦인다. 아무것도 보일 것이 없건만 괜히 들여다본 타일은 그저 축축했다.

승규의 말이 절로 떠오르는 축축함이다. 그의 말은 딱 이만큼의 물기가 있었다.

'누나가 그만해야, 나도 그만둬.'

뭘 그만둔다는 건지 알 수가 없다. 아니, 실은 너무도 잘 알고 있다. 그래도 지금 이 생각의 주체는 이승규니까, 나는 모르겠다. 모르는 체하고 싶다.

그 주체는 더는 할 말이 없어 보였다. 머리끝까지 욕조의 수면 아래로 내려간 도연의 매끄러운 몸도 쉬이 올라올 생각이 없어 보였다. 덩달아 대기하고 있던 민혜와 현수의 얼굴도 같이 가라앉았다. 그러자 비워진 공간 안으로 기다렸다는 듯이 목소리 하나가 날 아들었다.

'도연아. 하도연.'

모든 소리가 웅웅거리는 물속에서도 또렷이 들리는 이 목소리. 낮은 그 목소리가 뿌연 욕실 증기를 뚫었다. 펑, 물속에서 터트렸던 제 찜찜함도 꿰뚫었다.

이승우의 목소리. 사랑하는 그의 목소리.

이 목소리가 들려올 때마다 도연은 크게 몸을 떨었다. 그밖에는 할 수 없는 사람처럼. 지금처럼 욕조에 몸을 담그고 있을 때는 그나마 낫다. 당연하게 따르는 눈물방울을 숨기지 않아도 되기 때문에.

억울했다. 마냥 억울했다. 왜 보고 싶어도 볼 수 없는지, 왜 만지고 싶어도 만질 수 없는지, 왜 부르고 싶어도 부를 수가 없는지. 그는 저를 수시로 불러 대고, 만져 대고, 쳐다보는데. 허공에 대고 미친 사람처럼 따지고 싶기도 했다.

눈물로 욕조를 채워도 넘칠 것 같은 가슴을 가진 오늘 같은 날. 이런 날은 더 억울하다. 말라 버렸다고 생각한 눈물이 실은 더 흘리기 위해 채워지는 중이었다는 걸 깨닫는 이런 날은 정말이지, 억울하다.

그와 함께하지 못한 시간이 억울하고, 그 시간 안에 눈물 대신 채워졌을 그의 체온이 억울했다. 도연은 홀짝이며 제 팔을 감싸 안았다. 늘 제 체온보다 조금씩 더 뜨거웠던 그의 체온이 그리웠다.

눈물 같은 그가 너무 그리웠다.

　서서히 식어 가는 욕조 안의 물처럼 도연의 체온도 미지근해졌다. 눈물이 데리고 가 버린 마음은 생각보다 더 뜨거웠나 보다.


＊ ＊ ＊


　아무도 살지 않는 집이 이상하게 허전해 보이지 않는다. 가늠해 보는 것 같은 눈이 이곳저곳을 훑듯이 살폈다.

　"언제 들어와?"

　"왜. 귀찮아질까 봐 걱정돼?"

　"그럼. 엄청 귀찮아질 거 같아."

　"지금이라도 무르든가."

　"그럴까 보다."

　도경은 괜히 글썽이는 것 같은 눈을 모른 체했다. 마음과는 다른 말을 하면서 웃는 해경의 얼굴을 보는데 무척 마음이 불편했다.

　"구 소장."

　"왜."

　"무슨 일…… 있는 건 아니지?"

　"무슨 일?"

　"아니."

　그도 그럴 것이 그렇게 들어오라고 할 때, 들은 체도 안 하던 사람이 갑자기 이사를 한단다. 해경은 도경 몫으로 비워 두었던 층을 고스란히 내주었다.

　"달 사장, 여기 사람 살았던 흔적이 없는데?"

"세줬었는데?"

"그래?"

미심쩍은 눈길이 집 곳곳을 오갔다. 카페 건물 꼭대기 층, 저를 위해 비워 뒀다는 사실을 모를 리 없는 도경이 조용히 웃었다.

"확실히 들어오는 거지?"

"그래."

"짐 있는 거 다 버리고 와. 새로 싹 해 주게."

"나 결혼할 때 새로 해 줄 거라더니."

민정이 떠나고 난 뒤부터 해경은 동생에게 제 건물에 들어와 같이 살자고 했다. 한집은 아니지만, 아래위층으로 살면서 살뜰하게 챙겨 주고 싶은 누나의 마음으로.

그런데 동생은 번번이 거절을 했다. 볼 때마다 까칠해지는 얼굴이 마음을 에어도, 표현할 수도 없게. 아주 단호하게.


'나 매일 보면 누나가 미칠 거야. 더 말하지 마.'


그나마 사무실이라도 3층에 꾸려 줘서 다행이었다. 그것도 얼마 되지 않은 최근의 일이었다. 더는 물러날 수 없다는 제 뜻을 마지못해 받아 주던, 그 어느 날의 얼굴이 떠오르자 눈가가 더워졌다.

그런데, 거기에다 생각지도 못한 말을 한다. 결혼할 때 새로 해 주라고. 결혼.

가슴이 뛰었다. 혈육이라고는 하나뿐인 남동생. 결혼은커녕 제 애인을 따라 죽기라도 할 것처럼 위태로워 보이던 구도경.

이제 괜찮은 걸까.

"……도경아?"

"그때 해 줘."

해경의 눈에 아슬하게 매달려 있던 눈물이 떨어졌다.

"아우. 나도 주책이지."

"그래. 가게 만날 비우고 동생이랑 수다나 떨고."

"빨리 사라지라는 말이지?"

"주책이긴 해도, 눈치는 빨라."

흘기는 눈이 하나 밉지 않다. 슬쩍 어깨에 올린 손 위로 따뜻한 손이 겹쳐 올라왔다.

"네 물건, 하나도 안 버렸어. 안방에 가 봐."

"내려가."

"벌써 네 집이라고 주인 행세야? 간다, 가."

해경이 현관문을 닫고 나가려다 말고 도경을 한 번 더 들여다보았다. 짧지 않은 시선 너머로 누나의 마음이 훤히 들여다보인다. 흘기는 것을 좀 더 뾰족하게 만드는 것으로 애써 마음을 어설프게 감춘 눈이 여운을 남기며 사라졌다.

달칵, 문이 닫히는 소리. 그 소리 뒤 찾아온 정적 때문에 불편해진 도경이 몸을 일으켰다. 안방에 있다는 제 물건이라도 좀 보러 가야 할 것 같았다.


내려가라고 해 놓고, 금세 따라가는 모양새가 영 마음에 안 들지만, 별수 없다. 진한 에스프레소 한 잔이 간절한 남자가 엘리베이터 앞에 섰다. 빨간색 숫자 1이 멈추어 있다. 기다리는 것보다 걸어 내려가는 쪽이 낫겠다. 괜히 그러고 싶었다.

안방에는 제가 쓰던 책상과 침대가 그대로 있었다. 세를 들였다면, 절대 그냥 두었을 리 없을.

책상에 앉아 무심코 연 서랍에는 미처 챙기지 못한 제 5년 전 모습들이 있었다. 보이고 싶지 않아 사라지다시피 곁을 떠났는데, 참으로 무색하게도 제 모습은 거기에 그대로 남아 있었다.

민정과 찍은 사진들. 그 옆에는 제가 있기도 하고, 해경이 있기도 했다. 그때는 해경의 연인이었던 매형의 모습도 있었다. 모두가 웃고 있었다. 어딘지, 어떤 시간인지 알 수도 없는 그 사진 속에서 환하게.

그 웃는 얼굴들이 너무나 낯설었다. 이 세상에 없는 민정뿐만 아니라, 사진 속 모두의 웃는 얼굴을 본 적이 언제인가 싶었으니까.

서랍 안에는 사진들밖에 없었다. 다른 것은 다 치우고 이것만 남겨 놓은 이유가 뭘까. 잠시 생각하던 도경은 사진을 착착 정리해 다시 서랍에 넣고 닫았다.

짐작할 수 없는 누나의 마음에 대해서 생각하기보다, 제 마음의 파동에 대해서 생각했다. 민정의 웃는 얼굴을 보며 했던 그 생각들에 대해서.

천천히 그녀의 잔상을 떠올렸다. 그 그림자는 이내 하늘재에 가서 닿았다. 그녀는 그런 존재였다. 시작은 웃는 얼굴일지라도, 끝은 추모관인. 그리운 존재, 그렇지만 기다릴 수 없는 사람.

영원히 제 곁에 머물 거라고 생각했던 그 무엇이 그리움으로 남는 것은, 생각보다 더 잔인한 일이다. 그 잔인함 속에서 신음하던 도경은 고통으로 인해 오래도록 그리움에 대해 생각할 수 있었다.

그것은 시간이 지날수록 더 짙어졌다. 오히려 색이 바랬다면 그

것 나름으로 안타까이 여길 수 있었을 것을, 진해지는 그리움엔 연민조차 느낄 수 없었다.

그는 그 끝에서 연민 대신에 핑계를 찾았다. 숨을 쉬려면 그 수밖에 없었다. 핑계를 찾겠다는 핑계로 굴 밖으로 나왔다. 수염을 깎고, 아무렇게나 입던 옷을 반듯하게 차려입고 나니 정신이 번쩍 들었다. 무릉도원에라도 가 있었더라면 차라리 아쉽지 않을, 도끼가 썩어 버린 시간이 너무나 아까웠다.

하지만 제 사랑에 그 원망을 돌리지는 않았다. 그리움으로 남겨 둔 것은 저 자신이었으니까. 이렇게 싱그러운 얼굴들을 보지 않고, 듣지 않고, 말하지 않고 살았던 것은 저 자신이었으니까.

잊지 않는 것만이 그 사람을 사랑하는 방법은 아니라는 것을 깨달았다. 진정한 그리움이 아닐 것만 같았다.

거기다 오민정을 생각하느라 구해경은 그냥 뒀다. 그것도 잘못된 사랑이었다.

그 생각을 하는 순간, 아물거리는 죄책감이 느껴졌다. 그렇다는 것은, 스스로도 잘못을 했다고 생각한다는 뜻이었다. 도경은 마음을 다잡았다. 죽은 사람 대신 산 사람을 생각한다고 해서 잘못은 아니니까.

나는 오민정을 사랑했던 거지, 오민정에게 사로잡힌 사람이 아니다.

······그 사실을 깨닫는 데 너무 오래 걸렸다.

자신은 기다렸는지도 모른다. 실체는 없지만, 분명 확인할 수 있는 그 무언가를. 민정에게서, 혹은 다른 누군가에게서.

나는 힘이 드니까. 마땅히, 기다리는 무언가가 나타날 때까지 그래도 되니까.

그런 식으로 도경이 자신에게 면죄부를 주는 동안 누나는 동생의 서랍에 사진을 두고 기다리고 있었다. 구해경은 무엇을 기다린 걸까. 아니, 무엇을 기대한 걸까. 서랍 속에 사진을 넣어 두고 그가 아무렇지 않게 볼 수 있는 날을 기다린 걸까.

가슴속 가득 쌓였던 것들이 어지럽게 뒤섞였다. 웬만큼 했다고 생각했는데, 정리가 안 된 것들 사이에서 그는 어렵게 중심을 잡고 오늘 새로 얻은 것을 떠올렸다. 이제 막 방에 들어서 정리를 할 필요가 없는, 그런 것 같은 얼굴 하나를.

아니, 둘을.

이제는 좀 따뜻한 사람이 되고 싶다. 그래서 이 집에 오려고 한다.

도경은 떠오르는 얼굴 중 하나가 더욱더 진해지기 전에 1층에 도착했다. 심히, 아쉬웠다.

✻ ✻ ✻

"가까운 데서 먹지."

"간만에. 기분 좀 내자."

가볍게 고개를 끄덕이더니 도연이 민혜의 맞은편 자리에 앉았다. 밤 내내 울었던 얼굴을 감추려고 종일 민혜의 얼굴을 보지 않았는데, 정작 민혜는 친구의 기분을 살피듯 눈치를 보았다. 그러지 말라고 말하려 하다가 그만두었다. 그러면 민혜는 얼굴이 왜 부었는가에 대해서 대화를 하려 할 테니까.

민혜가 메뉴판을 들고 주문을 했다. 별말 없이 창밖을 바라보던 도연이 말했다.

"유민혜."

"왜?"

"그 종이 가방, 내 거야?"

"어?"

"네 자리 옆에."

"아, 이거."

당황하던 민혜는 곧 입술을 쭉 내밀었다.

"들켰으니, 자."

"뭔데."

"열어 봐."

도연이 종이 가방을 받아 들고는 가만히 민혜를 바라보았다. 원래부터 표정이 없는 것 같은 그 얼굴에 잠시지만 다른 얼굴이 걸렸다. 고맙다거나, 좋다거나 그런 종류의 것은 아니다. 하지만 싫은 얼굴도 아니었다. 민혜는 그걸로 만족했다.

상자를 꺼내어 보는 것으로 고맙다는 말을 대신한 도연이 열어 보지는 않은 채 옆자리에 선물을 내려놓았다.

궁금하지 않냐고 하려던 민혜가 다른 말로 대신했다. 어차피 제가 하게 될 말, 굳이 도연이 하게 할 필요가 없었다. 이 편이 훨씬 빠를 것 같기도 하고.

테이블 위에 샐러드와 빵이 놓였다. 가만히 그걸 바라보는 도연을 바라보며 말했다.

"우리 여행 가자."

"여행?"

"거기 편안한 티셔츠랑 신발 들었어."

"나 옷 많은데."

"그래. 많겠지."

아니, 무관심이 많겠지.

민혜는 자그맣게 한숨을 내쉬었다. 아무리 백화점을 돌고 돌아도, 하도연에게 필요한 것을 찾기는 힘들었다. 이걸 골라도 별로 안 좋아할 것 같고, 저걸 골라도 별로 안 좋아할 것 같았다. 도연에게 갖다 붙일 수 있는 건 다 생각해 봤지만, 별수 없었다. 아무런 의욕도 없는 사람의 곁에 있는 건, 꽤나 힘든 일이라고 생각하면서 정말 아무거나 샀다. 반가워하지 않을 그 무언가를 사며 제 곁에 현수가 있는 것에 감사했다.

바람을 쐬러 가고 싶었다. 3년 전 생일, 계획했던 여행을 못 간 그녀가 그 이후 놔 버린 그것. 여행을 가고 싶었다. 언제까지 이렇게 의욕 없이 살게 할 수는 없었다. 이제껏 알면서 모른 체했던 걸 조금은 적극적으로 드러내 보기로 했다. 카페 달의 사장과 하는 대화를 보니 그래도 괜찮을 것 같았다. 적어도 예전처럼 사람 무안하게 아무 말 않지는 않으니까. 그리고, 이제 좀 우는 것 같으니까.

"나하고 여행 가자. 응?"

"유민혜."

"새 옷 입고, 새 신발 신고. 그때처럼. 응?"

"그때?"

그때를 언급하는 도연의 입가가 굳어졌다. 민혜는 딱딱한 그 말을 피하지 않고 마주했다.

"그때."

도연이 조용히 포크를 들어 샐러드를 한입 먹었다. 대답을 기다리는 것 같은 민혜를 흘깃 보더니 포크를 내려놓았다.

"내가. 널 이해시킨 적이 한 번도 없다. 그렇지."

"이해?"

"미안해."

미안해. 하도연의 입에서 나온 말이 맞는지가 의심스럽다. 대낮, 레스토랑 안 조명에 눈이 부신 것처럼 그녀가 눈을 슥 비볐다.

"정말 미안한데, 나 좀 그냥 두면 안 될까?"

"뭐?"

"너까지 생각하지 않게 나 좀 그냥 두라고."

"도연아."

"손가락 하나 다쳐 본 적 있어?"

"무슨……."

저를 보던 도연의 시선이 미끄러져 테이블 위로 가닿았다.

"꽃 포장하다가 중지를 좀 다쳐서 밴드를 감아 뒀어. 사용을 하지 않으려고 마음먹고. 그런데 머리를 감는데 그 손가락 하나가 없으니까 개운하게 감기지가 않는 거야. 양치질을 할 때도 어색하고. 옷을 입는데, 블라우스 단추가 잘 안 잠겨. 수저질도 영 이상하고."

"하도연. 무슨 말을 하는 거야."

"손가락 하나도 그렇다고."

"이승우가 손가락이다?"

"너도 그렇고."

"나?"

"그래, 너. 너도 내 손가락이지."

"도연아."

"너도 쓸 수 없을까 봐 겁나."

"도연아."

"이해해 달라고 말하려고 했는데, 생각해 보니 한 번도 너한테 이해를 시키려고 한 적이 없었던 것 같아서. 지금 하는 거야."

"나는……."

"손가락 다쳤다고 안 죽잖아. 그냥 좀 불편한 거야."

"그럼 나는. 나는 너 불편한 거 그냥 보고만 있으라고?"

"그래서 미안하다고 하잖아."

손도 대지 않은 민혜 몫의 접시 옆으로 메인 메뉴가 하나씩 나오기 시작했다. 기가 막힌 것처럼 말문이 막혀 버린 민혜는 무언가를 입으로 밀어 넣고 싶은 생각이 전혀 들지 않았다.

"먹어. 맛있는 거 먹자며."

너는 지금 이게 넘어가니, 라고 말하려는 순간 나이프를 들고 스테이크를 써는 도연의 앙상한 손이 보였다. 이해를 시키려고 했다고? 틀렸다. 전혀 이해가 되지 않는다. 도연의 앙상한 손은 손가락 하나가 문제가 아니었다. 그 어떤 손가락이든 사용할 의지가 없는데, 있건 없건 그게 문제인가.

그리고 이승우는 하도연의 손가락이 아니었다. 저처럼 하나 없어진다고 불편한 정도의 손가락은 절대 아니었다. 그런 그를 손가락이라고 말하는 도연이 너무 아파 보였다. 손가락이었으면 좋겠다고 생각하는 것처럼 보였다.

이해, 한다. 너를 이해하는 것이 아니라, 네 손가락의 거슬림. 네가 이승우를 손가락이라고 생각하려고 하는 그 마음. 그렇게 나는 이해하려고 한다. 심장이 손가락으로 바뀌었으니까 이제는 스치는 바람 같은 걸로 바뀔 날도 오겠지. 나는 그렇게 이해한다.

기어코 민혜의 눈에서 눈물이 뚝뚝 떨어졌다.

"나하고 여행이 그렇게 가고 싶어?"

하도연의 거슬리는 손가락이 울었다. 그녀의 미간이 불편하게 움직였다.

"가. 여행. 대신 운전은 내가 해."

방울방울 떨어지던 눈물이 이제는 줄줄 흘렀다. 마지막 말에서 그녀는 도연의 마음을 제대로 읽었다. 민혜는 대낮 레스토랑에서 하릴없이 오래 울었다.


눈물로 적신 스테이크는 글쎄, 그다지 맛이 없었다. 레어로 주문한 것도 아닌데 칼을 대는 순간 스며 나오던 핏물.

유민혜의 눈물과 그 핏물 중 어느 것이 더 간이 센 것이었을까. 아마도 민혜의 눈물 쪽일 것이다. 씹어도 씹어도 밍밍하던, 고기 조각이 그렇게 느끼게 했다.

참, 비싼 점심이었다.

어디선가 그 누릿한 고기의 맛처럼 비릿한 냄새가 났다. 멀리 갈 것도 없이 제 코에서.

"어."

코피가 쏟아졌다. 무심코 티슈를 찾으며 고개를 들었다. 티슈 케이스가 있는 쪽을 아무리 더듬어 봐도 손에 잡히는 건 아무것도 없었다. 허전한 손 안쪽만큼이나 가슴이 허하다. 코피가 나면 고개를 들지 말라 했었는데. 고개를 내려 주며 얼른 티슈를 갖다 대던 그 손은 없다.

흐르는 피가 제법이라 바닥으로 툭툭 떨어졌다. 오늘 민혜의 테이블에 떨어지던 눈물방울 같다. 퍼지지 않고 오목하게 솟은 액체 방울의 색이 아주 붉었다.

이렇게 오목하게 솟지 않고 땅으로 꺼지던 핏방울들이 생각난다. 이제 떠올려도 공황 상태가 오지 않는다. 그렇지만 아픔이 무뎌지는 것이 꼭 좋은 것만은 아닌 것 같았다. 왜냐하면 다시 아플 일이 더는 두렵지 않으니까. 무척 두려워야 하는데 자꾸만 괜찮을 것 같으니까.

적응을 하고, 체념을 하는 과정은 그리 녹록한 것은 아니다.

도연은 피가 흐르는 코를 말아 쥔 채 한참을 그렇게 서 있었다.

제법 떨어질 때까지 가만히 있던 도연이 정신을 차리고 다시 티슈를 찾는데 아무리 봐도 보이지 않았다. 할 수 없이 팔을 들어 가까이에 있던 손 닦는 수건을 집어 들었다.

정원에는 아무도 없다. 빈 티슈 케이스에 뻥 뚫린 입구만큼 순간 자신만의 이 장소가 휑해 보였다.

"누나!"

덜 마른 것 같은 수건에서 물 냄새가 났다. 그보다 더 축축한 목소리가 들릴 때까지 도연은 그저 수건을 더 적셨다.

"왔어? 민혜 집에 보냈는데."

"이리 내."

커다란 손이 수건을 휙 빼앗아 들더니 고개를 받치고 코 위를 꾹꾹 눌렀다.

"이게 다 뭐야."

"윤현수."

"죽다 살았으면, 좀 사람같이 살면 안 돼? 이게 뭐야. 언제부터 났어?"

"얼마 안 흘렸어."

코피가 나는 건 도연의 잘못이 아니다. 피 좀 흘린다고 사람같이 살지 않는 것도 아니다. 그렇지만 현수는 그렇게 말하고 싶었다. 속이 상해서. 뭐라고 뱉어야만 괜찮을 것 같아서.

손바닥 위에 올려놓은 뒷머리가 뜨끈했다.

"가. 집에."

"너나 가. 민혜 상태 안 좋아."

"아, 좀. 가자고."

도연이 그의 손바닥에서 제 머리를 떼 내었다. 수건을 받아 든 손에 묻은 핏자국이 벌써 탁하게 굳어 갔다.

길게 내쉬는 현수의 한숨 위로 도연이 말을 얹었다.

"민혜가 오늘 좀 울었어."

"왜?"

"그러니까 얼른 가 봐."

어차피 현수는 민혜를 찾아 정원에 왔을 것이었다. 오던 방향대로 그의 등을 떼민 도연이 제 얼굴에서도 수건을 떼 내었다.

"이제 안 나."

"밥은 먹었어?"

"통화 안 했어?"

"몰라. 전화 안 받아."

"상태 안 좋다니까."

"지금 누가 누구 상태를. 민혜는……."

민혜는 내가 있어서 괜찮다, 라는 말을 하려다가 현수는 입을 꾹 다물었다. 이대로 홀로 정원에 남겨져 있을 도연이 짜증 났다. 손에 묻은 핏자국을 지우고, 피가 뚝뚝 흐른 바닥을 치우고, 그리고는 아무렇지 않은 얼굴로 앉아서 마른 꽃이나 만져 댈.

……나도 모르겠다.

그냥 코피를 쏟는 타이밍에 정원에 들어왔을 뿐인데, 웃지 않는 도연의 얼굴이 이제 익숙해져 가는 참인데. 또 새록새록 억울한 마음이 울컥 솟는 이유를 모르겠다.

현수는 한참을 노려보듯 도연을 보다가 정원 밖으로 나갔다. 제가 챙겨야 할 건, 옆에 있어도 쳐다도 보지 않는 하도연이 아니라 오늘 상태가 좋지 않다는 유민혜였으니까.

"하여튼."

한쪽 입술을 말아 문 현수가 서너 걸음 밖에서 정원을 오래 바라보았다.


이미 젖은 수건으로 코를 닦아 내는데, 또 뚝뚝 떨어진다. 푹 젖어 버린 수건은 제 역할을 하지 못하는 것 같았다. 그냥 세면대에 쏟아 버리는 게 나을 것 같아서 도연이 한 걸음 떼었을 때였다. 사락, 사람 움직이는 소리가 났다.

"어?"

"가만히 있어요."

낯설고 날 선 목소리.

의아한 도연의 눈에 제일 먼저 들어온 건 손수건이었다.

이승우의 하얀 면 손수건.

＊ ＊ ＊

"유민혜. 민혜야."

벨을 눌러도 답이 없는 집 문을 두드렸다. 이름을 부르면서 두드
리는데, 그런 생각이 들었다.

이 소리가 클까, 벨 소리가 클까.

짧은 생각을 마친 현수가 다시 벨을 누르려고 손가락을 뻗었다.

달칵.

문이 열렸다. 묶인 머리가 엉망으로 흐트러져 있는 걸 보니 누워
있었던 모양이다. 그 와중에 예쁘다는 생각이 들었다. 이 붕어눈이
도대체 뭐가 예쁘다고.

"왜 전화를 안 받아?"

"잤어."

"이 시간에?"

"응."

"나 들어가도 돼?"

민혜가 대답 없이 한쪽으로 비켜섰다. 가볍게 숙인 고개 아래 입
술이 웃었다.

"아쭈. 웃어?"

"웃기잖아."

"뭐가."

"우리 집에 들어오면서 웬 허락."

"그냥, 그래야 할 것 같아."

"왜."

"네 얼굴이 그러래."

내 얼굴. 내 얼굴이 어쨌다고.

민혜는 현관 거울에 얼굴을 비춰 보고는 나직이 소리를 냈다. 눈이 퉁퉁 부었다. 그러고 보니 머리가 지끈지끈 아프다. 아마 잠들기 전부터 아팠던 것 같다. 이제껏 못 느꼈는데. 윤현수 얼굴을 보니 갑자기 아프다. 허락이라니, 어서 오라고 큰절을 해야 할 입장이다. 아니, 못 느끼던 걸 느끼게 만들었으니까 괘씸해해야 하나.

민혜가 현수의 가슴께를 툭 쳤다.

"어? 왜 때려."

"너 때문에 머리 아프잖아."

"이제껏 아팠던 건 아니고?"

"이 귀신."

"네 머리가 더 귀신같다."

"내 머리?"

제 작은 머리통에 손을 얹고 이리저리 살펴 가며 거울을 보는 민혜를 현수가 뒤에서 끌어안았다.

"나는 네가 귀신이라도 좋은데."

"나도 네가 귀신이라도 괜찮아."

"'좋다' 다음에 '괜찮다'는 좀 그런데?"

"왜, 부족해?"

"응."

현수의 대답에 돌아선 민혜가 제 남자 친구를 꼭 끌어안았다. 윤현수 냄새. 그에게만 나는 냄새. 가만히 코를 묻고 얼굴을 비볐다.

귀신이라도 괜찮다는 말은 취소다. 민혜는 이렇게 살아 있는 윤현수가 좋았다. 하지만 입 밖으로 내놓지는 않기로 했다. 못 느끼던 걸 느끼게 만들었던 사람에게 하는 소심한 복수였다.

"밥은 먹었어?"

"아니."

"그럴 줄 알았어."

그가 내려놓았던 종이봉투를 들어 민혜에게 내밀었다. 익숙한 생선 그림이 보였다. 민혜가 나직하게 입을 떼었다.

"사실은 점심 먹으러 갔었는데."

"하도연이 깽판 쳤구나."

"뭐, 비슷해."

현수의 입술이 대답 대신 가벼운 한숨을 내놓았다. 가느다란 여자의 주변에 흐트러졌던 핏자국, 올려다보던 창백한 눈동자. 제 한숨이 그 여자 때문인지, 눈앞의 여자 때문인지 구분이 가지 않는다. 말을 하지 말까, 하다가 눈에 새겨진 핏자국이 점점 진해지는 것 같아서 할 수 없이 현수는 입을 열었다.

"정원에 갔었는데."

"그랬어?"

"응."

"도연이는 어쩌고 있대."

"코피."

"뭐?"

"코피를 뚝뚝 흘리고 있더라. 혼자."

민혜의 눈이 커졌다. 일시정지를 눌러 놓은 화면처럼 그 커진 눈도 깜박이지 않던 민혜가 얼른 방으로 뛰어 들어갔다. 현수가 멍하니 보고 있는 사이 작은 가방을 들고 나온 그녀가 신발을 급하게 꿰신었다.

"뭐 해."

"가 봐야지."

"어딜."

"정원."

"왜."

"도연이 코피……."

또박또박 대꾸를 하던 민혜가 뭔가 이상해서 고개를 들었다. 좀처럼 무언가를 캐묻는 법이 없는 현수였다. 캐묻는 것에, 가라앉은 목소리까지 더해졌다.

"현수야."

"가지 마."

"왜 그래. 무슨 일 있었어?"

"너 말이야. 너 때문에."

"나 왜."

"너도 지금 안 좋잖아. 무슨 깽판을 어찌 쳤는지 모르지만, 너도 지금 상태 안 좋다고."

"현수야."

"생각을 해 봤는데."

"무슨 생각?"

"정원에서 일하는 거, 그만둬."

생각지도 못한 이야기에 당황한 민혜의 눈가가 파르르 떨렸다.

"윤현수."

"하도연 옆에 있으면 안 될 것 같아."

"그게 무슨 말이야."

"이제 그만할 때도 됐잖아."

"너나 그만해."

"유민혜가 내 친구면, 하라고 하겠어. 그런데 내 여자니까 힘든 거 싫어."

도연의 정원 앞에서 느꼈던 감정은 감당하기 쉬운 것이 아니었다. 온통 무력감에 범벅이 된 것 같은 감정들. 백지 같은 얼굴에 차마 들이밀 수 없는, 드러내기 쉽지 않은 그런 감정들.

감정을 느끼는 것은 오롯이 저이지만, 쌍방으로 통하는 것들이 있다. 현수는 그게 바로 사랑이라고 생각했다. 그런데 도연에게는 그 사랑을 건넬 수가 없다. 아무리 감정을 건네도 돌아오는 것이 없었다. 아니, 돌아오기까지 바란 것은 아니다. 그냥 받아만 줘도, 시늉이나마 해도 민혜가 덜 힘들 텐데. 그 모습을 늘 보는 저도 덜 힘들 텐데.

오늘 갑자기 든 생각은 아니다. 그렇다고 오래된 생각도 아니다. 적당한 노출을 가진 생각이었다. 더 바랐다면 익숙해져 버렸을 그런 생각. 그러나 저러나 이제 그만, 그만 보게 하고 싶었다. 익숙해져 버리면 돌이킬 수 없을 것 같았다. 뭐를 돌이킬 수 없는지는 모르겠다. 무척 기분이 나쁜 익숙함이었다.

밝지도 않은 그 빛 따위. 본분을 잊은 그 빛 따위.

빛이라고 해도 어색하지 않을 만큼 도연은 밝았다. 밝음 곁에 밝음이 있는 것은 당연한 일이었다. 덕분에 그렇게 밝은 유민혜를 만났다. 그 '덕분' 때문에 현수는 오래 침묵했다. 도연은 그에게도 무척 소중했다. 소중하기에 3년이라는 시간 동안 지켜보고, 지켜주고, 지켜 내었다.

그런데, 그 본분을 잃은 빛 때문에 제 옆의 여자가 자꾸만 힘이 든다. 마치 마른 꽃 옆의 생화가 시들어 가는 것처럼. 물기 없는 마른 꽃이 그 습기를 차라리 가져가 버리기라도 했으면, 무력감은 들지 않았으리라. 쓸데없이 내버려지는 민혜의 눈물을 더는 보기가 힘들었다. 아니, 보기가 싫었다.

"윤현수."

"가지 마. 나 오늘 여기서 자고 갈 거야."

숨을 한 번 크게 내쉰 민혜가 현수의 손을 잡고 집 안으로 들어왔다. 도연의 코피보다 지금은 이쪽이 더 급한 것 같았다. 그 생각을 하는데, 가슴이 싸르르 운다. 어쩔 수 없는 순번이었다. 그 밀려난 순번에게는 다음이 없다는 것이 못내 가슴이 아프다. 오늘 내내 아팠던 머리가 쩡하니 다시 울었다.

민혜는 원점으로 돌아가려는 생각을 과감하게 접었다. 그냥 현수의 품에 아무 생각 없이 파고들고 싶어졌다.

✻ ✻ ✻

그녀의 눈 아래가 미세하게 떨었다. 아무 무늬 없이 건네진 그 손수건처럼 눈이 뻑뻑해져 오는 것 같다. 시선의 움직임에도 소리

가 있다면 꽤나 껄끄러운 소리가 들릴 것 같은 눈으로 그는 도연을
보았다.

"누구……세요?"

뒤늦게 코를 싸쥔 도연의 손이 떨렸다. 그사이를 참지 못하고 피
가 또 주륵 흘렀다. 남자의 손이 얼른 수건을 다시 가져다 대었다.
그런데, 도연의 물러섬이 더 빨랐다.

투둑. 피 두어 방울이 여자의 블라우스 위로 떨어졌다. 하필이면
새하얀 색 위로.

도연의 손이 피를 닦았던 젖은 수건을 쥐었다. 손에 드는 순간
섬뜩한 감촉이 감겨 왔다. 상쾌하지 않았다. 제 앞에 선 남자의 느
낌만큼이나.

"그거 젖은 것 같은데. 이걸로 닦아요."

도경의 손수건이 곧장 도연의 코로 향했다. 그 짧은 순간에도 그
는 여자가 수건을 돌려주거나 다시 피할 거라고 생각했다. 그러면
서도 이미 뻗고 있는 손을 어쩌지 못하고 그냥 가던 길을 가게 내
버려 두었다.

그런데 아주 의외로 도연이 그의 손수건을 받아 들었다. 시선을
내려 보니 받아 든 수건으로 피를 닦는 도연의 숙인 얼굴이 보였
다. 무언가 알 수 없는 안도감이 드는 자신이 너무 황당해서 멍하
니 피를 닦는 도연의 손을 보던 그때였다.

"고맙습니다."

"……네?"

너무 크게 되물은 걸까. 여자의 까만 눈동자가 올려다보는 순간
절로 드는 생각이었다. 의외의 행동, 의외의 말. 그 의외로운 것 때

문에 의외라는 반응을 보이는 건 당연한 건데. 그게 무척 민망하게 느껴졌다.

그 의외는 그녀의 '누구세요.' 가 시작이었다. '누구세요.' 다음 '고맙습니다.'

······아무래도 이 여자는 그가 누군지 전혀 기억을 못 하는 것 같았다.

수건을 꾹꾹 눌러 피를 닦아 내던 여자가 작게 묵례를 하더니 한쪽에서 수습을 하고 왔다. 코피를 흘린 흔적이라곤 블라우스 위에 번진 핏자국만 남긴 채로 돌아와 조용히 물었다.

"클래스 등록하러 오셨나요?"

"등록이요?"

여자의 눈이 정원 앞에 붙은 종이에 가닿았다. 그 종이에 뭐가 적혀 있는지는 알 수 없다. 아니, 그 종이가 붙어 있는 것도 전혀 몰랐다.

"네."

그리고, 자신이 이렇게 대답을 할 거라는 것도.


하늘재에서 내려오는 길, 여자를 만났었다. 여자의 눈물이 지나간 그 시간, 그 언저리에서.

하늘재에서 만난 건 두 사람인데, 간극이 너무 커서 하나는 현실이 아닌 것같이 느껴졌다. 그게 우현인지, 제 차 앞에서 걷고 있는 여자인지는 알 수가 없다. 도경은 그저 눈을 길게 늘였다.

왜, 걸어서 가지? 올 때도 이 언덕을 걸어서 올라온 건가? 혹시 눈이 올까 봐 차를 두고 왔나? 버스 정류장이 저 아래에 있었던가?

……여기까지.

도경은 생각을 멈추고 한쪽에 차를 세웠다. '왜.'라는 물음이 가슴 한구석을 빠듯이 채웠다. 움직이지 않아야 퍼져 나가지 않을 것만 같았다.

이 비슷한 느낌을 분명 받은 적이 있다. 이제 그게 언제인지를 떠올리려 노력해 본다. 아니, 그럴 필요가 없었다. 저절로 눈이 여자의 뒷모습으로 향했으니까. 그 시선이 말하고 있었다. 저 뒷모습을, 옆모습을, 앞모습을 보았을 때 그러했다고.

의도와는 다르게 '왜.'가 서서히 온몸으로 퍼져 간다. 움직이지 않으면 될 거라고 생각했던 건 아주 커다란 오산이었다.

'저기.'

창문을 내리고 그녀를 부르고 나서야 생각했다. 저는 이 여자의 이름조차 모른다고.

지나는 듯 들었던 이름이 희미하게 떠오르려 한다. 도경은 모른 체하며 그 생각을 슥슥 지웠다. 또렷하게 그녀의 입으로 들으면 될 일이었다. 아무 근거 없이 괜히 그럴 수 있을 것 같았다.

그 생각과는 별개로 그녀는 뒤도 돌아보지 않고 걸었다. 흰 눈이 소복이 쌓였던 그날도 그랬다. 그런데 그 모습이 무척 그녀답다는 생각이 들었다.

연인이 죽었다. 슬퍼한다. 찾아온다. 눈물을 흘린다. 다른 건 아무것도 보이지 않는다.

그제서야 도경은 그 '왜.'에 대한 답의 끄트머리를 발견했다. 아무것도 모르는 상대에게 받은 익숙한 느낌. 기시감. 나를 닮은 느낌.

내가 누구보다 너그러울 수 있는 존재, 거부감이 없는 존재. 그건 바로 자신이었다. 그런 자신을 보는 것 같은 여자.

그런 여자.

"네. 등록이요."

뭐든 등록하고 싶다. 오로지 그 생각만으로 도경은 대답을 했다. 잠시 여자의 눈빛에 당황이 스치나 싶더니, 소리도 없이 움직인 여자가 작은 팸플릿 하나를 가져왔다.

"생각해 둔 클래스 있으신가요?"

"네."

"아, 그러세요? 어떤."

"이거요."

도경이 팸플릿에 적힌 클래스 중 하나를 짚었다. 빼곡히 적힌 글자들 중 확인한 건, 오로지 시간 하나였다. 퇴근 후 올 수 있는 시간.

"아. 수채화 클래스. 잠시만요."

여자가 이어 내민 종이에 반듯한 글자가 적혔다. 그 글자를 내려다보던 여자는 곧게 뻗어 오는 남자의 시선을 보지 못했다.

코피는 완전히 멎어 있었다.

❊ ❊ ❊

귀 안쪽에 홧홧하게 열이 오른다. 고막이 뜨겁다. 어찌할 수 없는 온도라 도연은 그냥 가만히 의자에 앉았다.

코피는 이제 멎었다. 정말 멎었다. 힘차게 펌프질을 하던 심장이 멎어 버린 듯, 내려앉던 그때부터.

도연은 제 손에 들린 손수건을 오래 보았다. 하얗고 약간 가슬가슬한 느낌의 면 손수건. 저도 모르게 얼굴 가까이로 가져와 향을 맡았다. 그 어떤 향을 찾으려는 것처럼. 다행히 향은 다르다. 피 냄새가 연하게 스민 손수건에서는 다른 향이 나지 않았다. 아무것도 없는 데에다 대고 무언가를 찾으려 드는 자신이 우스워져서 도연은 얼른 손수건을 코에서 떼어 놓았다.

깜짝 놀랐다. 가슴이 쿵, 바닥으로 떨어지는 것 같았다. 남자가 내민 손에서 느껴진 온기가 아니었다면, 꼼짝없이 승우로 착각할 뻔했다. 이승우는 손이 찬 남자였으니까. 그 차가운 손은 저만이 느낄 수 있는 온기로 가득했다. 원래 따스한 손은 가질 수 없는 이 질적인 온기.

그래서 얼른 정신을 차렸다. 하얀 손수건이 가지고 온 파장 위에 아예 커다란 돌 하나를 더 던졌다. 파문이 제대로 일자 정신이 확 든다. 그제야 제 앞의 낯선 회원이 눈에 들어왔다. 이 시간에 정원에 들어온 모르는 남자. 코피를 흘리는 주인을 위해 손수건을 선뜻 내어 줄 아량을 가진 사람. 꽃을 사러 왔을 수도 있는데, 그 손수건 때문에 등록을 하러 왔느냐고 물었다. 왠지 할 말이 많아 보이는, 그런 느낌이어서.

그 사람이 건네고 간 손수건에 자꾸만 눈길이 가서 찬물을 틀어 여러 번 헹궜다. 그냥 물을 받아 담가 둘까 하다가 공을 들여 빨았다.

볕이 드는 창가, 하지만 제자리에서 잘 보이지 않는 곳에 손수건을 넣어 두고 앞섶을 제법 가리는 앞치마를 둘렀다. 다 가려지지는 않지만 핏자국이 흉하게 보일 정도는 아니었다.

거울에 앞치마를 두른 제 몸을 비춰 보던 도연이 팔을 들어 묶은 머리를 풀었다. 손가락으로 살살 그러모아 쥐고 다시 묶는데 거울에 비친 어항이 보인다. 무언가 느낌이 이상했다.

다가가 보니 물고기 한 마리가 세로로 서 있다. 이상한 느낌은 그 모습 때문이었나 보다. 자세히 살펴보니 물고기는 죽어 있었다. 머리를 위로 향한 자세로, 미세한 물결을 만들어 내는 제 친구들 곁에서.

묘하게 신기한 모양이다. 지난달 한 마리가 죽었다며 호들갑을 떨던 민혜도 이렇게 죽은 물고기를 보았을까. 왜 놀던 때처럼 죽지 않았을까. 물 밖으로 나가고 싶은 마음에, 숨을 쉬고 싶은 마음에 머리를 하늘로 두고 죽은 걸까.

작은 뜰채를 가져와 물고기를 건지려다 도연은 그 모습을 조금 더 바라보았다.

죽는다는 건, 이렇게 다르다. 가로로 헤엄치며 물살을 가르던 몸이 흐느적거리며 세워져 버린 것처럼.

내가 죽었더라면, 세로로 세워진 나를 보며 그가 슬퍼했을까. 그게 더 나을까, 지금이 더 나을까.

도연은 눈을 질끈 감았다.

"도연아!"

다급한 목소리. 그 소리의 주인은 제가 울컥하는 걸 그다지 좋아하지 않는다. 속울음을 삼킨 도연이 소리가 나는 쪽으로 눈을 돌렸다.

"왜 다시 나왔어."

"너 코피."

"이제 멎었는데."

"다른 데는. 다른 데는 괜찮아?"

"괜찮아."

"아, 진짜."

민혜가 한숨을 쉬며 조용히 도연의 앞치마를 벗겼다.

"갈아입어."

"됐어."

"보기 싫어."

그 말을 듣고서야 도연이 민혜의 티셔츠를 받아 들었다.

"그건 왜 들고 있어?"

"아, 이거."

민혜의 말에 도연이 들고 있던 뜰채를 꼭 쥐고 어항 뚜껑을 열었다.

"뭐야. 죽었어?"

"민혜야."

"왜."

"물고기 원래 이렇게 죽어?"

"뭐가."

"이렇게 세로로 서 있듯이 죽냐고."

"어? 나도 처음 봤는데."

"그래?"

도연이 죽은 물고기를 건져 종이컵에 놓았다. 그냥 쓰레기통에 버리기는 조금 그랬다.

물비린내가 난다. 그 냄새 때문에 피비린내가 덮이는 것 같아서 오히려 반가웠다. 가슴 깊숙한 곳 승우의 피비린내를 덮기엔 많이 부족했지만, 쥐고 있는 것만으로도 향긋한 민혜의 티셔츠를 입으면 조금 더 나아질 것 같았다.

"집에 가서 쉴래?"

"아니."

"코피……."

"만날 흘리는 코피, 뭐."

민혜는 한숨을 쉬었다. 멀쩡한, 아니 멀쩡한 체하는 하도연이라도 보니 공기가 폐로 들어가는 것 같았다. 후두 어디쯤에서 걸려버린 것 같던 산소가 이제야 제 갈 길로 간다.

숨이 제대로 쉬어지는 것 같으니 그제야 집에 남겨 두고 온, 아니 버려두고 온 윤현수가 걸린다. 화를 내는 목소리를 지르밟으며 뒤도 돌아보지 않고 나왔는데.

난 오늘 죽었다.

3화. 면역이 있는 남자

"현수야."

집에 없을 줄 알았다. 그의 집으로 가야 하는 건가, 오래 고민하다가 제집으로 온 민혜는 소파에 우두커니 앉은 현수를 보았다. 문이 열리는 소리를 분명 들었을진대 미동 없이 앉아 있던 그가 그녀의 목소리에 자리에서 일어났다.

"어디 가?"

"집에."

"왜?"

현수의 무표정한 눈동자가 말을 이었다.

"왜? 내가 여기 왜 있어야 하는 건데."

"응?"

"내가 왜 너네 집에 있어야 하는 거냐고."

"현수야."

집 안이 컴컴하다. 덩그러니 남겨졌던 그는 불도 하나 켜지 않았다. 식탁 위, 아직 뜯지도 않은 종이봉투가 외롭게 올려져 있다. '잠깐만.'이라는 말만 남겨 두고 정신없이 나가 버리던 여자의 뒷모습을 마냥 기다리는 시간은 너무 길었다.

잠깐만이라며. 너는 늘 그렇지. 잠깐만, 잠시만. 그런데 그 잠깐만이 내게 얼마나 긴지 안다면, 그러지 못했을 거다. 한두 번이면 그래, 이해한다. 하도연이 전화라도 했으면 그래, 그거였다면 이해한다.

유민혜는 그냥 하도연뿐이었다. 이맘때가 되면 마음이 아프다고. 정작 유민혜는 제대로 아프지도 못했다. 도연을 위해 대기하는 사람처럼. 언제, 어디서든 제 친구에게 문제가 생기면 달려갈 준비가 되어 있는 여자. 그 친구는 도와 달라는 눈빛 한 자락 보내지도 않는데.

이제는 짜증이 난다. 제게 소홀한 유민혜에게가 아니라, 스스로에게. 알겠는데, 너무 잘 알겠는데 더는 못 하겠다. 아무것도 해 줄 수도 없이, 아등바등하는 너를 보는 내 마음을, 너는 모르겠지.

"가지 마."

민혜가 얼른 몸을 돌려 현수의 목에 팔을 둘렀다. 뻣뻣한 현수의 몸은 살짝 숙여 주는 아량 같은 건 베풀지 않았다. 까치발을 들어 겨우겨우 그의 얼굴을 올려다본다. 몇 초 지나지도 않았는데 힘이 들었다. 완전히 그에게 기대지 못한 탓이다.

민혜는 눈치를 보며 그를 가만히 끌어안았다.

"사랑해. 현수야."

"그 말 짜증 나."

"그래도 사랑해."

"그 로봇한테나 가서 해."

"지금, 도연이한테 질투하는 거야?"

"질투?"

어이가 없다. 아주 기분 더럽게 어이가 없는 이유는 도연에게 질투를 하느냐는 물음도, 그가 실제로 질투했다는 것도 아니었다. 질투를 하는 대상이 남자도 아닌 그녀의 친구라는 점이다. 그래서 제가 작아지는 것이 너무 싫었다. 그러지 말아야 할 것 같은 그 느낌이 싫다.

제자리를 찾고 싶어 하는 것뿐인데. 단지 그것뿐인데.

"조금만 봐주면 안 돼? 도연이가 웃을 수 있을 때까지만."

"영원히 못 웃으면."

"뭐?"

"그러고도 남을 로봇인데."

"너 요새 말이 조금 심해."

"뭐가 심해. 3년이야 3년. 참는 것도 한계가 있지."

별거 아닌 일상이라는 것이 있다. 정말 별거 아닌 거. 밥을 먹는다든가, 잠을 잔다든가. 물을 마시고, 연인과 통화하고. 그 별거 아닌 일상을 민혜는 도연에게 맞추었다. 밥은 먹었는지, 잠을 잘 잤는지.

별거 아닌 일상에 별일이었다. 처음에는 그런 유민혜가 안쓰러워서 별일에 관대했다. 그런데 이제는 제계까지 별일이 되었다. 별일이 되어 버린 그 별거 아닌 일들은 생각보다 무척 힘이 들었다. 그저 그렇게 지나가야 하는데, 일일이 브레이크가 걸린다. 피곤했다. 짜증이 났다.

처음에는 이해하려고 하지 않아도 이해가 됐다. 하도연의 얼굴은 데려와서 옆에 딱 붙여 놓고 싶게 만드는 얼굴이었으니까. 꼭 누군가를 따라 죽고 싶은 것 같은 표정. 그 표정을 본 사람들은 아마도 절로 이해하게 되리라. 저도 그랬으니까.

그런데, 계속 그렇게 살 수는 없는 노릇이었다.

며칠 전 제안한 둘만의 여행에 민혜는 도연을 끌어들였다. 순간 '왜?'라는 생각이 먼저 들었다. 셋이 어울리는 거, 좋다. 늘 그래 왔고, 나쁘지 않았으니까. 그렇지만 둘의 시간도 필요한데, 이렇게 집에서 있는 아주 개인적인 시간들 말고도.

아주 우습게도 이 집에 도연이 같이 살지 않아 다행이라는 생각이 갑자기 든다. 그랬다면 이미 오래전, 지쳐 나가떨어졌을 것이라는 생각과 함께.

"네가 가 버리고 그런 생각이 들었어."

"무슨 생각."

"나는 그냥 잠자리만 같이 하는 섹파인가. 그런 생각."

"현수야."

"네가 나만 봐 주는 시간은 그 시간밖에 없는 것 같아서."

"그런 거 아니야."

"아니긴 뭐가 아니야."

민혜가 둘렀던 팔을 풀었다. 둘러 오던 그 시간에 비하면 너무나 순식간이었다.

"그래서."

"뭐?"

"그래서 어쩌라고."

"유민혜."

"미안해. 미안한데 나는 이게 최선이야. 그래서 뭐 내가 어쩔까. 어째야 하는 건데."

"이게 최선이라고?"

"그래."

최선.

적어도 너는 나한테 최선이라는 말은 하면 안 되지. 네 최선은 하도연에게 가 있지 내게 있지 않으니까.

제가 유치하다는 것은 잘 안다. 도연과 승우의 사고 이후 챙기는 것을 잊었던 그녀와의 기념일들이 서운하다든가, 정원에서 살다시피 하는 것이 못마땅하다든가. 힘들어하는 애인의 친구를 두고 질투하는 게, 참 유치하다는 사실은 잘 안다.

한때는 그렇게도 생각을 했다. 민혜를 사랑하는 방식에 조금 여유를 두자고. 그녀의 반경, 그 범위에 여유를 두자고. 그것마저 사랑하는 남자가 되자고.

그런데 안 되겠다. 저는 유치하고, 옹졸하고, 애 같은 그런 남자일 뿐이었다. 그런 주제에, 뭐라고.

"네가 나한테 다할 수 있는 최선이 이거라면, 나는 됐다."

"됐다고? 윤현수. 그게 무슨 뜻이야."

"무슨 뜻인지 잘 생각해 봐."

그는 그 말을 끝으로 민혜의 집을 나왔다. 거실이 어두웠던 탓일까, 현관에 들어오는 센서등이 지나치게 밝았다.

저 센서등, 불이 나가서 내가 갈아 놓은 것을 유민혜는 알까. 현관 신발장 귀퉁이가 어긋나서 고쳐 놓은 것은 알까.

부질없다.

마음이 콩밭에 가 있는 애인에게 서운한 것을 대라면, 수천 가지쯤 댈 수 있을 것 같았다. 관심을 바라는 어린아이가 되어 버린 기분이 정말 몸서리치게 싫었다. 저를 이렇게 만든 여자, 그리고 그 빌어먹을 친구.

정말 기분이 엿 같았다.

✳ ✳ ✳

아침부터 비가 내렸다. 눈이 오기엔 온도가 조금은 넘치는 날이었다. 겨울을 긋고 지나가는 비는 제법 촉촉했다. 마른 나뭇잎들이 흩어진 길 위를 오래 바라보던 도연은 겹쳐 오는 다른 잔상들 때문에 서둘러 시선을 돌려야 했다.

지난밤 승규가 전화를 했다. 이름 석 자가 선명하던 그 휴대폰 화면을 보기라도 한 것처럼 그는 제 번호를 지우라고 했다. 이제 전화를 하지 않겠다며 속울음 가득한 목소리로 말했다. 그 말대로 할 수는 없었다. 그의 이름 석 자도 그대로 있는데. 동생 이름 정도야 조금 거들어도 괜찮다는 핑계를 대면서.

그나저나 승규는 아직도 울어. 소리 내지도 못하고 그렇게. 이제 괜찮다더니, 나더러 이제 그만 잊으라더니.

그의 동생과 저를 당연하게 같은 자리에 올려 두고 도연은 그렇게 중얼거렸다.

어제는 새벽까지 정원에서 압화 액자를 만들었다. 그리 크지 않은, 그에게 가져다줄 액자. 마지막 꽃을 붙여 넣고 미루었던 숨을 한꺼번에 내쉬는 것 같던 순간을 기억해 낸다. 그 순간에게 오늘 아침 이 공기를 보여 주고 싶었다. 상쾌한 아침 공기 속에서 도연은 오래 심호흡을 했다.

주에 한 번 오는 것이 전부였던 하늘재에 왠지 자주 걸음 하는 것 같은 기분이다. 아니, 기분이 그런 것이 아니라 실제 그러했다. 이승규 때문이다. 정말 여기도 못 드나들게 할까 봐.

그리고 어제 그 하얀 손수건. 코피가 잘 나는 저를 위해 그가 늘 주머니에 챙기고 다니다 얼른 꺼내 주던, 하얀 손수건. 그 손수건 때문이다. 밤 내내 그 하얀색이 가슴 아리게 떠올라 잠을 이룰 수가 없었다.

하늘재로 가는 길은 언제나처럼 오르막이다. 얼마 걷지 않아 숨이 찼다. 오늘도 역시 가슴 가득 공기 대신 다른 것이 차 있는 것 같다. 쉬이 빠져나오지 않는 그것들은 폐부에 딱 달라붙어 버렸다. 얼마나 버틸 수 있을지는 모르겠지만 응원을 보내고 싶지는 않았다. 그 마음의 정체는 무엇일까. 잠시 궁금했다.

추모관의 로비, 비 오는 바깥과는 전혀 다른 느낌의 공기가 저를 맞았다. 그 묵묵한 공기에 제 어깨에서 뚝뚝 떨어지는 물기가 습기를 더했다. 바닥으로 떨어져 퍼지는 물방울 모양이 선명히 보였다.

"비 맞으셨어요?"

방금 고개를 숙이기 전만 해도 아무도 없던 로비에서 목소리가 들려왔다. 도연의 숙인 고개 아래로 물방울이 하나 더 톡 떨어졌다.

"가방이 젖을까 봐 우산을 많이 기울였나 봅니다."

이거? 아, 이거.

그제야 제 왼쪽 어깨가 심하게 젖은 걸 알아챈 도연이 고개를 들었다.

"그런데 누구⋯⋯."

아. 기억이 난다. 어제저녁 정원의 그 사람?

"오늘은 알아보시나 봅니다."

도연의 눈이 두어 번 깜박였다. 알아본다, 라는 말 앞의 '오늘은' 때문에. 어제 말고 만난 적이 있었냐고 물으려다 그만두었다. 그러면 어떻고, 또 아니면 어떻고.

그냥 한쪽 어깨를 고스란히 내주어 가면서 젖지 않게 지키고 싶었던 액자를 어서 승우에게 가져다주고만 싶었다.

"그럼."

가볍게 묵례를 한 도연이 그를 지나쳐 걸었다. 두 사람의 긴 그림자가 잠시 겹쳤다. 젖은 바짓단이 거추장스럽게 발목에 달라붙었다.

오늘은 오던 날도 아닌데. 이 비가 오는데 왜 와서는.

눈 감고도 찾아갈 수 있는 블록 쪽으로 그녀가 걸었다. 도연의 그 걸음만큼 조용한 목소리, 그러나 아직 귀에 선 목소리가 그녀를 잡아 세웠다.

"이름이 뭡니까."

"네?"

잘못 들은 건가, 싶어 도연이 그를 돌아다보았다.

"이름이요."

"⋯⋯제, 이름이요?"

"네."

남자가 웃었다. 도연의 눈매가 기름해졌다.

"이름이 궁금한 이유를, 물어도 되나요?"

"오늘 저녁 클래스에서 만날 강사님에 대한 질문으로 적절하지 못합니까?"

"네. 아주요."

"이름은 시작이니까요."

"네?"

다음 말을 바짝 붙이려는 듯하던 남자가 시선을 위아래로 한 번 훑고는 웃으며 그녀의 목적지 반대편으로 걸어갔다. 내리뜬 눈길이 되돌아갈 때의 그 득의연한 표정.

그의 시선이 닿았던 곳은 압화 액자가 든 에코백이었다. 정확히 말하자면, 그녀의 이름이 수놓아져 있는 가방의 *끄트머리*였다.

처음으로 여자의 섬세한 눈을 보았다. 목적이 있는, 이유가 있는 눈. 몇 번 마주 본 적이 있었지만 단 한 번도 본 적이 없는 눈이다. 의아함, 당황함. 그리고 꼬리를 돌돌 말 호기심이 있었다. 장담한다.

여자의 호기심은 이름 때문일 것이었다. 갑작스러웠겠지. 자신과의 만남을 횟수로 세고 있는 인간이 있을 거라고는 상상도 못 했을 뿐더러, 여자에게 그는 그저 어제 클래스 등록을 하러 온 사람일 뿐일 테니까.

어제 연의 정원에서 여자의 눈은 솔직하게 적대감을 드러냈다. 낯선 사람을 대할 때의 서걱거리는 그 어색함. 무표정은 그대로였으나, 손수건을 볼 때 살짝 흔들리는 눈빛 때문에 가슴에 미세하게 실금이 가는 것 같았던 순간이 떠올랐다. 꽃들이 내뿜은 습기가 계절에 걸맞잖게 무척이나 더웠던, 여자의 정원.

궁금했다. 우선, 이름이. 제게는 그것이 시작이고, 또한 그것이 마지막이다. 처음 소개도 이름으로 하고, 죽어서도 이름을 내걸고 죽는다. 처음과 끝. 그 모순되는 말에 같이 붙일 수 있는 편이 없는 말.

그 공정한 말에 의미를 붙이고 싶었다. 아니, 시작하고 싶었다. 상대는 모르는 그런 시작일지라도, 선전포고처럼 외치고 싶었다. 고작 이름이 아니라, 겨우 이름이 아니라, 기껏 이름이 아니라. 제가 생각하는 이름의 의미를 가득 담아.

혀끝에만 이름이 머물 때가 있다. 안 지 얼마 되지 않아 설익었을 때와, 부르지 않아 잊히는 때. 누군가의 이름을 부르고 싶은데, 그럴 수 없어 망설였던 기억들이 와르르 쏟아진다.

어떤 경우에도 저 여자는 속하지 말았으면 싶은 마음이 들었다.

그 마음이 이름을 물은 제 이유였다. 의미였다.


올해는 봄이 빨리 오려나. 아무 생각 없이 입고 나온 코트 차림으로도 그다지 춥다는 느낌이 없다. 시내도 아니고, 하늘재 제일 높은 자리인데.

그런데 바람은 방향을 알아챌 수 없이 불었다. 머리카락이 이리저리 흩날린다. 오늘 가져온 에코백에는 머리끈이 없을 텐데.

도연이 머리카락을 손으로 그러모아 쥐었다. 비가 그치고 난 뒤의 깨끗한 하늘이 거칠 것 없이 눈에 들어왔다. 시원했다.

시원함도 잠시, 허전한 목 근처로 그래도 차가운 겨울바람이 분다. 승규의 목소리 때문에 일일이 챙기지 못해 두고 온 스카프가 아쉬웠다.

"애국가 3절 같은 하늘이죠?"

갑자기 불쑥, 하늘 아래로 목소리가 끼어들었다. 돌아본 자리에는, 그 남자가 서 있었다. 이름을 묻고는 스스로 찾아 간 남자.

"무슨.

"한참을 하늘만 올려다보고 있길래요."

아무 말도 하지 않으려고 했는데 저도 모르게 대답을 하고 말았다. 몇 마디를 주고받는 것부터 대화로 치는지는 모르겠지만, 이미 이 낯선 남자와 대화라는 걸 시작하게 된 것 같았다.

남자는 웃었다. 비가 그치고 막 갠 지금 제가 올려다보던 하늘 같은 얼굴이었다. 아니, 애초에 비가 온 적이 없는 그런 얼굴. 추모관 복도에서 마주친, 누군가를 추모하러 온 남자. 그런데 얼굴이 밝은 남자. 제게 말을 거는 남자. 제 이름을 묻던 남자.

남자의 묘사 중 어느 것 하나 매끄럽게 지나가지는 것이 없다. 거슬린다. 특히, 저 미소.

하지만 이미 대화가 시작되었으니, 번거롭지만 마무리도 해야 했다. 도연은 조용히 대답했다.

"⋯⋯비가 그쳐서요."

"내 말의 핵심은 '한참'인데."

"네?"

"한참을 보고 있었다는 말입니다."

"한참?"

"저도 한참을 보고 있었고 말입니다."

도연의 시선이 서서히 올라왔다. 마주친 눈이 호선을 그리며 휘었다. 한 번도 제대로 보지 못한 낯선 얼굴의 표정이 너무나 익숙하게 느껴진다. 사방에서 불어오는 바람이 앞머리를 흩어도 남자는 웃었다. 그런 것은 느끼지 못하는 사람처럼. 한곳으로만 시선을 두고.

⋯⋯이 대화, 마무리 못 한다. 그냥 마감 없이 일방적으로 끝내

야 할 것 같다.

도연이 입을 꾹 다물고 그의 뒤쪽으로 걸음을 놓았다. 경계를 신고서, 긴장을 덮고서.

그의 곁을 지날 때, 그가 서 있는 쪽의 공기가 더 따스한 것 같다고 느낀 것은 착각이었을까. 그리고 애국가 3절 같은 하늘은, 도대체 어떤 하늘일까.

❋ ❋ ❋

카페 달에 잠시 들렀다. 해경이 부탁한 꽃 장식 때문에 물어볼 것이 있었다. 커피 향이 코끝에 닿자, 하늘재 카페에 들르지 않고 온 것이 생각났다. 한 번도 그런 적이 없었는데.

그 생각을 하는데, 하늘재 언덕 위에 서서 내려다보던 남자가 떠올랐다. 딱 한 번 뒤를 돌아보았는데, 했었던 말처럼 그렇게 내려다보고 있었다.

'한참을 보고 있었다는 말입니다.'

무엇을. 하늘을?

……나를?

가슴이 불편하게 서걱거렸다. 작게 고개를 저어 낸 도연에게 해경이 따뜻한 머그잔을 하나 내밀었다.

"그리고. 여기 한 잔 더. 민혜 선생님 거."

한 손에는 머그잔을, 다른 한 손에는 테이크아웃용 컵을 들고 도연이 어색하게 서 있었다. 그 모습을 보던 해경이 그녀의 어깨를 끌어 가까운 자리에 앉혔다.

"천천히 마시고 가요."

"민혜 커피 식는데요?"

"우리 집 커피는 식어도 맛있어."

"그렇긴 해요."

"오래 머물러 주면 감사의 표시로 내, 한 잔 더 줄 수도 있고."

"고민되네요."

커피를 마시는 도연을 빤히 바라보던 해경이 돌연 손을 뻗었다. 도연이 저도 모르게 움찔거리며 뒤로 물러났다.

"아. 먼지가 붙어서."

"제가 뗄게요."

해경의 손이 막 닿으려던 곳을 더듬어 먼지를 떼어 내려던 도연이 살짝 입술을 물고 생각을 했다.

한참을 보았다는 남자의 말이 자꾸만 떠오르던 참이었다. 그래서 저도 모르게 해경의 얼굴을 한참 보게 되었다. 그 남자의 한참을 보았다는 뜻이 퇴색되기를 바라는 사람처럼. 당신의 한참도 이런 뜻이죠, 라고 말하고 싶은 것처럼.

도연은 그 한참의 의미를 다르게 생각하기로 했다. 그만이 할 수 있는 것이 아니라, 저도 할 수 있는 그런 가벼운 한참. 의외의 장소에서 누군가를 만났을 때 내놓을 수 있는 가벼운 관심.

그런 관심으로 해경을 보았더니 조금 민망해하는 얼굴이 보였다. 그래서 할 수 있는 말을 하기로 했다.

"좀 떼 주시겠어요? 안 보여서요."

"오케이."

흔쾌히 재차 뻗은 손이 도연의 볼 위에 붙은 가느다란 섬유를 떼어 냈다. 확인을 시키듯 도연의 손바닥 위에 올리더니 해경이 환하게 웃었다.

"죄송해요."

"괜찮아요. 너무 좋네."

"네?"

"나 처음에 정원 갔던 날. 도연 씨는 기억하려나 모르겠는데."

처음부터 마음에 들지 않는 것이 하나도 없던 도연의 정원. 클래스를 신청하고는 돌아서는데, 주인 여자의 팔 위에 스테이플러 심이 보였다. 꽃 포장을 하다 튄 것 같은 모양새에 혹여나 찔리기라도 할까 싶어 떼어 주려고 손을 뻗었을 때였다. 여자가 화들짝 놀라며 뒤로 물러섰다. 그 서슬에 뒤에 놓였던 장미 바구니 안의 꽃들이 와르르 쏟아졌다. 빨간 장미들 사이 당혹스러워하던 여자, 도연의 그 얼굴.

변명처럼 내놓은 말이 '사장님 손이 커서요.' 였다. 웃을 수도, 그렇다고 웃지 않을 수도 없어 애매하게 얼버무렸던 그날의 기억. 마음에 드는 아가씨가 거절한 제 손이 무안해 저도 모르게 '내 손이 좀 크지.' 하고 넘겼던 기억.

사람의 호의를 무시한다며 언짢았을지도 모를 일인데 단아하고 정갈한 인상과 꼭 같구나, 라고 넘겼던 건 도연이었기 때문이다.

그런데 오늘은 더 마음에 든다. 그동안 다 마음에 드는데 단 한 가지, 사람들에게 너무 철벽을 치는 것이 걸렸었다. 가볍게 보이지 않는 것은 좋지만, 과하다는 느낌이 들 때가 간혹 있었기 때문이다. 그런데 그런 아가씨가 의식적으로 마음을 연 것처럼 보였다. 그래서 너무 좋았다.

해경은 도연이 커피를 마시는 모습을 물끄러미 그리고 오래 바라보았다.

"암튼. 나는 도연 씨가 좋더라."

"네?"

"근사한 남자 소개해 주고 싶어."

"네?"

"아우. 농담이야, 농담. 내가 이 먼지를 떼기까지 얼마나 힘들었는데."

"사장님."

"내가 남자였으면, 분명 대시했을 거야."

"오늘 농담 여러 번 하시네요."

"왜?"

"민혜는 자기가 남자라면, 저 같은 여자는 딱 질색일 거라고 하던데요?"

"응? 어째서?"

"로봇 같다고요."

"로봇?"

도연이 자리에서 일어났다. 민혜의 커피 컵을 챙기는 것도 잊지 않고.

"오늘 클래스는 빈손으로 오세요. 제발."

"제발이라고 했으니, 꼭 두 손 가득 들고 가야겠어요."

"그럼. 그냥 빈손으로 오세요."

"생각해 보고."

카페 달에서 따라온 커피 향기의 꼬리가 꽤 길었다. 문이 활짝 열린 정원 앞에 서서 문득 카페 쪽을 바라본 도연은 여전히 제 쪽을 보고 손을 흔들고 있는 해경을 향해 조용히 인사를 해야만 했다.


"달에 갔다 와?"

"응. 여기 네 커피."

민혜가 물을 뿌리던 호스를 가지고 그대로 걸어왔다.

"물."

"아."

민혜가 다시 돌아가 수도꼭지를 잠그는 사이, 도연이 따라가 그녀의 접힌 치맛자락을 펴 주었다. 카페 달에서 가져온 그 관심을 친구에게 돌리자 저절로 보였기 때문이다. 그리고 다른 것도 눈에 들어왔다.

당기는 치맛자락을 확인하던 민혜가 물어 왔다.

"구겨졌었어?"

"응. 네 얼굴처럼."

"내 얼굴이 어때서."

"구깃구깃해."

"어디가?"

"굳이 짚어야 해?"

"……아니."

도연은 민혜의 애매한 대답을 듣고는 정원 안으로 들어갔다. 들어가면서 표 나지 않게 슥, 살핀 친구의 얼굴이 많이 어두웠다.

민혜는 언제부터 저런 얼굴이었을까. 혹시, 내가 모르는 사이 계속 저랬던 걸까?

다시 뒤를 돌아보았을 땐 친구의 뒷모습만 보였다. 물이 나오지 않는 호스를 들고, 다른 한 손에는 커피 컵을 들고.

민혜 머리가 저렇게 길었던가?

도연의 눈이 기름해졌다.

✵ ✵ ✵

민혜는 휴대폰을 꼭 쥐고 현수의 집 문 앞에 섰다. 도어록 비밀 번호는 아주 잘 안다. 제 생일. 그런데 누르고 들어가고 싶지는 않다. 그의 소파에 앉아서 집으로 들어오는 그를 보면 할 말이 떠오르지 않을 것 같다. 지금은, 아주 잘 떠오르지만 말이다.

그냥 다투었다면 이렇게 집 앞까지 찾아오는 일은 없었을 것이다. 며칠 틈이 생기면 늘 먼저 찾는 쪽은 현수였으니까. 그런데 이번에는 그냥 두기 싫다. 그래서는 안 될 것 같았다.

"시간이 몇 신데."

여전히 받지 않는 전화를 한 번 더 걸어 본 민혜가 중얼거렸다. 들어가 있어야 했나, 싶은 정도의 시간이 지났다. 싸늘한 겨울밤의 공기가 어깨를 절로 움츠러들게 했다. 조금만 더 기다려 보고 확가 버려야지, 했던 마음들이 서너 번도 넘게 지나쳐 갔다.

"진짜."

현수가 집에 들어오지 않을 확률과 제가 이 문을 박차고 들어갈

확률 중 어느 것이 더 높을까, 생각하다가 짧게 한숨을 쉬었다. 그런데 다행히 그 한숨이 공기 중으로 채 흩어지기 전에 복도 끝에서 걸어오는 그가 보였다. 짜부라지기 직전의 생각들이 훅 몸을 펴냈다. 부풀어 버린 그 생각들은 처음의 모습을 잃었다. 그 어떤 물리적인 제동도 걸리지 않은 걸음으로 민혜는 얼른 달려가 그에게 안겼다.

"왜 전화를 안 받아."

"안 받는 전화는 왜 계속하는 건데."

"네가 안 받으니까."

현수가 조용히 한숨을 쉬었다. 그 한숨이 방금 제 한숨과 너무도 닮아 있어서 민혜는 오히려 반가웠다.

"보고 싶었어."

민혜의 웃는 얼굴을 바라보던 현수가 조용히 말했다.

"네 최선, 범위가 좀 달라졌어?"

"응?"

"그래서 온 거 아냐?"

"현수야."

"나는 이렇게 흐지부지 넘어가는 거 싫어. 지난 3년, 그 시간이 너무 아깝다고. 하도연 빼. 우리 사이에서."

"어떻게 그래."

"어떻게 그러냐고. 거봐. 네 최선은 여기까지지."

민혜의 입가에서 미소가 사라졌다. 포근하던 품이 순식간에 단단한 벽으로 변했다.

"내가 어쩌기를 바라는데."

"정원 나가지 마. 그리고 도연 누나 그냥 둬."

"지금도 그냥 두는 거야. 내가 뭘 어쩐다고."

"마음을 적당히 두란 말이야."

"내가 그럴 수 없다는 거 잘 알잖아."

"왜. 그날 너 때문에 돌아오다가 사고가 나서?"

"윤현수!"

"그건 네 탓이 아니야. 내 탓도 아니고."

"입 닫아."

현수의 미간이 불편하게 구겨졌다. 가까이 다가붙었던 민혜의 몸을 밀고 도어록 비밀번호를 하나씩 꾹꾹 눌렀다.

삑. 삑. 삑. 삑. 삑.

마지막 숫자 하나만을 남겨 놓고 그가 제 연인을 돌아보았다. 복잡한 얼굴의 그녀가 마지막 숫자를 대신 눌렀다.

잠금이 풀린 문을 비틀어 열고 민혜가 그 문을 현수에게 넘겨주었다.

"선택을 하라는 거지. 지금."

"나는……."

"할게."

"뭐?"

"나 내일도 여전히 정원에 갈 거야."

"유민혜."

"생화는 내가 해야 해. 도연이는 생화 못 만지잖아."

"유민혜!"

현수의 목소리가 복도에 가득 찼다. 울림이 남은 소리가 제 귀청을 찢어 대는 것 같아서 민혜는 얼른 그 복도를 벗어나고 싶어졌다. 그래서 열린 현관문을 등지고 걸었다.

방금 선택한 얼굴 하나가 떠올랐다. 선택을 할 수 없는 사람들인데, 선택이라는 말 앞에 놓고 보니 어쩔 수 없이 한쪽으로 기울었다. 이해할 수 없는 일이었다. 한 번도 이런 식의 선택을 생각해 본 적이 없었지만, 미리 생각을 했더라면 결과는 조금 달랐을까.

사랑보다 친구가 중요하다, 뭐 그런 식의 단순한 정의는 아니었다. 너무나 이기적인 연인을 오래 보지 않게 만든다면 그 또한 경중을 가릴 수 없는 사랑이 아닐까.

생각을 하다 올라온 엘리베이터 문이 열리자 민혜는 씁쓸하게 웃었다. 저를 잡으러 오지 않을까 싶어 등줄기가 축축해졌던 느낌이 무안했기 때문이다. 아무도 없는 텅 빈 복도를 한 번 돌아본 그녀가 엘리베이터 닫힘 버튼을 눌렀다.

조금 걷고 싶었다.

❊ ❊ ❊

월차를 내고 부모님 댁에 내려갔던 사무장의 어머님이 돌아가셨다는 연락을 받았다. 도경은 꼭 봐야 할 급한 서류만 가방에 챙겨넣고 사무실을 나섰다. 손목을 들어 얼른 시간을 보았다. 지금 내려가면 너무 늦지 않게 도착할 수 있을 것 같았다.

카페 달에 들러 진한 에스프레소를 한 잔 받아 들고 뒷문으로 나왔다. 불이 꺼지고 여자가 나왔던 그 복도가 오늘은 훤하다. 맨 안쪽 정원이 있는 방향으로 짧게 눈길을 준 그가 지하 주차장을 향해 서둘러 걸었다. 시간만 보고 등록을 했던 클래스 첫 수업은 빠져야 할 것 같았다.

차를 타고 달리는 동안 도로가 점점 어두워졌다. 그리고 또 점점 밝아졌다. 인공적인 가로등의 주황색 불빛이 도로의 가장자리를 채웠다.

고속도로에 들어설 무렵, 저녁이 되었다. 그 저녁 한중간을 또 한참 달려 완전히 밤이 되었을 때, 그는 사무장의 모친을 모신 장례식장에 도착했다.

어제, 오늘 쉬어야겠다고 말을 할 때만 해도 아무 언질이 없던 친구의 얼굴을 생각하자 가슴이 무거워진다. 상주가 된 친구의 이름을 발견하고 그가 걸음을 천천히 옮겼다.

장례식장 특유의 냄새 위를 저벅대는 발소리로 조용히 걸었다. 아무것도 깔리지 않은 바닥이 어쩐지 축축한 듯 느껴졌다.

여기에도 비가 왔을까. 혹시 집에서 돌아가신 걸까. 종길도 비를 뚫고 병원으로 와야 했을까.


민정이 죽었다는 말을 전하던 떨리는 목소리, 그 목소리처럼 온몸이 떨리고 있다는 걸 깨달은 건 병원에 도착한 후였다. 오늘처럼 밤을 가르고, 이 습기 어린 바닥처럼 축축한 비를 가르고. 그렇게 달려와 볼 수 있었던 건 그녀의 웃고 있는 사진뿐이었다.

그날은 그녀에게 화분을 사다 주기로 한 날이었다. 민정이 좋아하는 파릇한 색이 한가득인 그런 화분. 민정에게 먼저 보여 주고 그녀의 병실에서 잘 보이는 화단에 놓아 줄 생각이었다. 하루 종일 그 화분 생각뿐이었는데. 그래서 그렇게 가 버렸던 걸까. 그녀 생각이 아니라, 화분 생각만 해서. 그런 생각을 할 만큼 어이없게 그녀는 가 버렸다. 준비할 시간도 없이, 앙증맞은 화분 하나만 제게 남겨 두고.

종길은 어땠을까. 그래도 곁에 있었으니까 온통 무력감뿐이던 나보다는 낫지 않을까. 아니, 죽음 앞에서 조금 더 낫고, 덜 낫고에 무슨 의미가 있을까. 나는 무슨 말부터 해야 할까.

"종길아."

"왔냐."

약간 부은 얼굴이 애써 웃으며 저를 맞았다. 웃지 않아도 되는데 상주들은 꼭 저렇게 웃는다. 나는 상주가 아니라서…… 저렇게 웃지 못했던 걸까.

종길이 손을 올려 머리를 한 번 쓸더니 말했다.

"나 없어서 바빴지."

"바쁘기는. 정신 사납게 하는 인간 없으니, 사무실이 다 조용하더라."

"그렇게 아쉬웠냐. 알았다. 빨리 수습할게."

"그래. 그러자."

꽃을 놓고, 향을 피우고, 절을 했다. 상주와 맞절을 하고 마주 앉자 종길이 짧게 곡소리를 냈다. 절을 할 때 올려다본 모친의 얼굴과 많이도 닮았다.

"발인 언제냐."

"모레."

"같이 하자."

"안 그래도 돼. 사무실 조용하다며."

"왔다 갔다 할게."

도경은 한쪽 구석 자리에 가 고깃국에 밥을 말았다. 떡을 하나 집어 입에 넣었더니 쇠심줄을 씹는 것처럼 질겼다. 꾹꾹 씹어 삼키는데, 상주의 자리에서 눈물을 씹어 삼키는 종길이 보였다. 그리고…… 5년 전 제 모습이 보였다.

사랑하는 사람을 잃은 느낌을 하늘이 무너지는 것에 곧잘 비하던가. 그건 틀린 말이다. 하늘이 무너지는 게 아니라, 땅이 꺼지는 느낌이다. 알 수 없는 구덩이 속으로 한없이 빨려 드는 느낌. 허공을 버둥거릴 힘도, 빛이 있는 위를 올려다볼 엄두도, 그 어떤 의욕도 생기지 않는 그런 무저갱 속 나약하기 짝이 없는 먼지처럼.

그런데 그 느낌보다 더한 것이 있었다. 따라 죽고 싶지는 않은 그 처참한 이기심. 그 이기심이 죄책감을 낳고, 그 죄책감이 상처를 냈다. 상흔이 길게 남는, 그 흔적이 남기까지의 시간을 온통 잡아먹는 그런 상처를.

그러지 않아도 된다고 말해 주고 싶은데, 저 앞에 앉은 종길은 지금 무저갱으로 떨어지는 중이었다. 손을 뻗어 보아야 닿지 않을 거리에 있는 이를 위해 같이 떨어져 주지 못하는 사람은, 그저 조용히 응원할 뿐이었다. 그 언젠가 바닥에 닿기를. 그래서 올려다볼 수 있기를.

무저갱. 바닥. 빛. 올려다보다. 하늘. 하늘재. 그리고.

그 처참한 이기심은 불쑥불쑥 나타나 저를 시험한다. 지금처럼.

……친구의 모친 장례식에서 여자를 떠올리는 것은 대체 무엔가.

❊ ❊ ❊

"아."

짧은 꿈에서 깨어난 도연은 제대로 비명도 나오지 않는 제 목을 부여잡고 거칠게 숨을 들이쉬었다. 내일 클래스 준비를 하다 머리가 울려 잠시 엎드렸을 뿐인데, 물속에 갇혔다 금방 나온 사람처럼 숨이 쉬어지지 않았다. 폐에 가득 찬 제 비명 때문에 공간이 부족했다. 바르르 떨리는 입술이 한껏 벌어졌다.

손을 내려다본다. 꿈에서처럼 피범벅은 아니다. 모두 확인한다. 그 어디에도 제 것이 아닌 것은 없다. 숨을 몰아쉬며 도연은 어깨를 늘어뜨렸다. 말라붙은 혀에서 단내가 난다. 눈물이 뚝뚝 떨어졌다. 그 어떤 감정도 담지 않고서, 그저 말라붙은 혀에게 전하는 몸의 반응처럼 그렇게 눈물이 흘렀다. 아직도 숨은 모자랐다. 타들어 가는 것 같은 목구멍에서 끅끅거리는 소리가 겨우 나온다. 이제야 제 짝을 만난 눈물이 소리 내어 울었다.

무척 비렸다. 기분 나쁜 그 냄새는 절로 미간을 찌푸리게 했다. 역한 냄새는 실컷 들이마셔야 사라진다. 그래서 억지로 들이마셨다. 많이 비리긴 해도 그의 냄새였으므로. 그런데 아무리 코로 들이붓듯 숨을 쉬어도 옅어지지 않았다.

제대로 호흡을 하게 되었을 무렵 도연은 일어났다. 정원 밖이 온통 검었다. 꿈에서 본 승우의 얼굴처럼.

얼굴이 제대로 보이지 않았다. 그의 얼굴. 사고의 파편들이 꿈에 한 번씩 나올 때마다 선명하게 보이던 얼굴이 오늘은 없다. 그 사실이 그를 더 사무치게 그립게 했다.

그런데, 목소리가 들렸다. 더도 덜도 아니고, 딱 제가 지금 필요한 만큼의 목소리. 그의 목소리.

"하도연 씨."

목소리가 와락 도연을 감쌌다.

차가 지나가는 소리가 들리지 않는 거리. 그런 고즈넉한 시간. 그쳤던 비가 다시 조금씩 내리기 시작했다. 카페 달마저 문을 닫은 시간, 연하게 불이 켜진 연의 정원. 천천히 걸어 모퉁이를 돌자, 전면 유리창 너머의 불빛이 고스란히 보였다.

나무 팻말처럼 생긴 간판에 적힌 정원의 이름. 그 아래로 반들반들하게 닦인 유리창에 스티커가 하나 붙어 있다. 여자의 이름과 전화번호가 적힌 작은 스티커. 눈에 띄는 색은 아닌데 간판 다음으로 눈에 들어온다. 그 아래로 보이는 꽃들. 여자의 가게답게 말린 꽃다발과 작은 화분들이 나란히 놓였다. 충동적으로 들어왔을 때에는 미처 보지 못한 것들이었다.

아니, 지금도 무척 충동적이다. 친구의 모친 장례식에서 떠올린 여자를 당장 보아야겠다는 충동. 어쩌면 끝 간 데 없는 구렁에서 올려다볼지도 모를 사람에게 손전등 빛이나마 비추어 주고 싶다는 충동. 무저갱에서 처음 올려다본 사람이 나였으면 좋겠다는 충동. 후회하고 싶지 않다는 충동. 그 느리지만 곧은 충동.

손목에 찬 시계를 보며 한 번 만지작댔다. 이유는 있지만, 이해가 가지 않는 발걸음이긴 했다.

도경은 흠, 헛기침을 한 번 했다. 그럴 리 없건만 유리창 너머의 여자의 숙인 고개까지 기침 소리가 들리지는 않을까 조심하면서. 깨우기 싫은 뽀얀 이마가 정원 안에 엎드려 잠들어 있었다.

이름 스티커를 보는 동안 그 너머로 보이는 사람에게 시선이 같이 닿았다. 몇 가닥 내려앉은 잔머리카락까지 다 보이는 것이 신기

했다. 꽤나 먼 거리, 밖과 안이라는 차이도 있을진대.

여자의 손이 느리게 움직였다. 무언가를 잡으려 하는 것 같기도 하고, 놓으려 하는 것 같기도 한 신기한 손이었다. 그는 그렇게 한참 그 손을 바라보았다.

느린 손 사이사이에 자꾸만 그녀의 입술이 끼어들었다. 한 번씩 안으로 말아 문 입술이 오물거렸다. 그 입술은 무표정한 그녀의 얼굴과 따로 노는 것 같았다. 입술만이 다른 사람의 것인 양 생기가 있었다.

그 입술이 웃는 모양을 짓는 것은 보지 못했기 때문에 더욱 남의 것 같다는 생각을 해 본다. 그렇지 않고서는 특이하게 보일 리 없었다. 그런 생각을 내놓을 만큼, 도연의 입술은 인상적이었다.

움직이지 않는 손을 바라보는데 시간이 너무 지났다는 생각이 든다. 깼나?

시선을 조금 옮기니 이마 대신 그녀의 얼굴이 보였다. 반듯한 눈이 정확하게 저를 보고 있었다. 아니, 약간 방향이 다르다. 그리고 형태도 다르다. 그녀는 울고 있었다.


너무 놀라서 말이 나오지 않았다. 승우의 목소리로 다가온, 승우일 리 없는 커다란 남자. 남자에게서 밤바람 냄새가 났다.

사람과 사람 사이의 거리에는 합당한 의미가 있다. 지금의 이 반걸음 정도가 불편하지 않을 사이는, 민혜 정도일까. 그래서 도연은 크게 한 걸음 물러났다. 그리고 얼른 젖은 얼굴을 정돈하며 말했다.

"클래스 마쳤는데요."

그 말에 도경이 고개를 살짝 기울였다.

클래스? 지금 시간이 열두 시가 넘었는데, 내가 클래스 때문에 여기에 왔다고 생각하는 걸까?

그렇다면 알맞은 답을 내놓기로 한다. 도경은 조용히 웃으며 말했다.

"죄송합니다. 오늘 일이 있어서."

낮게 웃던 그가 어색해진 기류에 큼, 헛기침을 했다. 정원 앞에서의 그 조심스러웠던 기침이 떠올라 대놓고 했다. 거침없는 기침과는 다르게 음악도 없고, 아무 말이 없는 두 사람 사이를 비 오는 저녁 공기가 물기를 머금고 조용히 오갔다. 어색한 공기가 실감이 나자, 몸에 달라붙은 젖은 셔츠가 답답해 왔다.

"차 한잔하시겠어요?"

도연이 먼저 침묵을 깼다.

"네. 주십시오."

다른 말 없이 도연이 포트에 물을 올렸다. 이윽고 물이 끓는 소리가 들렸다.

도경은 일부러 그쪽은 보지 않았다. 시선을 둘 곳이 마땅치 않아 정원의 여기저기를 둘러보는 눈동자가 바쁘게 움직였다. 따스한 머그잔을 들고 제게 다가오는 걸음 소리가 생생하게 들린다. 순간 목이 타는 것 같은 느낌에 그가 마른침을 삼켰다.

"고맙습니다."

마른침 삼키는 소리보다야 이 편이 낫겠지 싶어, 한 모금 홀짝 마신 순간 그가 켁켁거렸다.

아주 뜨거운 커피였다.


바람 냄새가 나는 남자가 머그잔을 받아 들었다. 왜 차를 한잔하겠냐고 물었을까. 클래스는 끝났다고 내보내면 그만인데.

비를 맞은 것 같아서? 아니면, 승우의 목소리와 닮아서? 그도 아니면, 그 '한참' 때문에?

그 한참 때문에 하루가 길었다. 당신의 한참은 특별할 것이 없다, 라는 것을 증명하기란 쉬운 일이 아니었다. 왜 그 말이 종일 맴을 도는지는 알 수 없지만, 결과적으로 기분이 괜찮았다. 해경의 환해지던 표정, 민혜의 허를 찔린 당황한 표정. 모두 마음에 들었다. 잠시 엎드려 그 꿈을 꾸기 전까지는.

그 한참의 영역에 이승우가 있다는 것을 잠시 잊었다. 그것도 꽤 넓은 자리를 차지하고서.


도경은 그 뜨거운 커피가 마시기 딱 좋을 정도로 식을 때까지 두었다가 천천히 마셨다. 그렇게 커피 한 잔을 다 마셨을 때에는, 10여 분이 지나 있었다. 여전히 정원 안에는 도연과 도경, 둘뿐이었다.

시간이 좀 더 흘렀다. 정원의 공기는 질소 대신 어색함이 8할을 채웠다. 지나가 버린 시간을 가늠하는 동안 도경은 커피를 한꺼번에 다 마신 것을 후회했다.

그래도 흐르는 시간이 헛된 것만은 아니었다. 젖은 셔츠가 제법 말랐다. 그러면서 몸에 달라붙었던 어색함들도 조금 말랐다. 물기를 내놓고, 열기를 받은 것 같았다.

여자의 얼굴도 말랐다. 확인하려던 도경의 눈에 그 얼굴 안 새까만 눈동자가 닿자, 순간 아득해졌다.

"보강합시다."

"네?"

"제시간에는 못 왔지만, 늦게라도 온 수강생에게. 뭐, 칭찬 같은 의미로다."

이건 무슨 헛소린가. 도경은 말을 하면서도 어이가 없어 정신마저 없었다. 그녀의 눈에서 비슷한 혼란을 읽은 그가 수습하려 입을 다시 벌릴 때였다.

"그럴까요?"

밤이 비처럼 내려 얼굴에 스민 것 같은 표정으로 그녀가 말했다. 무슨 생각을 하고, 어떤 일을 겪으면 사람이 이런 표정을 지을 수 있는지 궁금했다. 그럴까요, 라고 호의 뜻으로 내놓은 그 말을 더없이 불호로 느끼게 하는 이상한 화법.

사라진 당황 대신에 호기심이 자리를 채웠다. 누군가 어쩌면 제게도 있었을 이 표정을 알고 이런 호기심을 보였더라면, 좀 더 빨리 웃을 수 있었을까.

그녀가 말없이 기다란 테이블을 손으로 가리켰다. 그녀는 자리에 앉는 도경 앞에 자그마한 바구니를 하나 가져다 놓았다.

"오늘은 첫날이어서 핸드메이드 엽서를 만들었어요."

도경이 제 앞에 놓인 드라이플라워를 내려다보는데 그녀가 종이를 한 장 내밀더니 나직하게 말했다.

"이 꽃은 라이스플라워와 나그리스, 유칼립투스예요. 천일홍, 미스티블루, 그리고 이건……."

달싹이는 입술에서 나오는 꽃 이름들은 뭐가 뭔지 알아들을 수 없지만, 그 입술과 참 잘 어울린다는 생각이 들었다. 죽 나열된 꽃 이름과 함께 움직이는 그녀의 손가락이 마지막으로 닿은 곳은 저도 잘 알고 있는 꽃이었다.

"수국이군요."

"네."

"저는 분홍색 수국만 봤던 것 같은데."

바구니에 놓여 있는 수국은 파란빛이었다. 도연이 고개를 끄덕이며 말했다.

"수국은 심어진 토양에 따라서 색이 다르다고 해요."

그래서, 그가 참 좋아했고요.

도연이 다음 말을 삼키며 텀을 두었다. 목이 타는 것 같은 기분에 제 옆에 놓인 머그잔을 들어 물을 한 모금 마셨다.

"똑똑한 꽃이네요."

똑똑한 꽃? 왜, 선택을 하는 꽃이니까?

그의 말 때문에 떠오르는 얼굴을 도연은 먹먹한 눈으로 바라보았다. 선명하던 얼굴이 흐려지면서 웃고 있는 얼굴 하나와 겹쳐진다. 순간적으로 도연은 고개를 돌렸다.

괜히 그 말에 동조하기 싫었다. 겹쳐진 얼굴이 묘하게 잘 어울렸음을 인정하기 싫듯이.

"아뇨. 수국은 허당에 가깝죠."

"어째서 그렇습니까."

"색은 잘 골라 놓고, 조금만 건조해져도 바로 시들거든요. 그런데 물을 주면 금세 또 생기가 돌아요. 그렇다고 물을 너무 많이 주면 뿌리가 썩어 버리고요."

수국만이 그런 것은 아니다. 척박한 토양에서 잘 사는 꽃은 거의 없다. 살아 있는 꽃들은 그렇게 시든다. 도연은 시든 꽃이 싫었다.

도경은 도연의 목소리가 무척 쓸쓸한 것 같다고 생각했다. 정원의 유리창을 두드리는 빗소리처럼 젖어 있는 그런 목소리였다. 괜한 생각이다 싶어 다른 생각을 하기로 했다. 도연의 목소리가 아니라, 그냥 그 말 자체에 집중을 하기로 했다. 그때 머릿속에 떠오르는 단어가 있었다.

조금만 건조해져도 바로 시들지만, 물을 주면 금세 생기가 돌고. 너무 많이 주면 썩는 예민한 존재.

여자. 수국은 여자 같은 꽃이다. 그래, 사랑을 하는 여자. 그런 꽃이다.

문득 궁금해졌다. 이 건조하고 건조한 눈앞의 여자는 돌 생기가 있긴 한지. 물을 많이 주면 머금기는 하는지.

"허당이라니까 더 마음이 가네요. 이 꽃으로 해 볼까 하는데, 어떻게 하면 됩니까."

도연이 그 말에 종이 위에 꽃송이 몇 개를 대강 놓아 주었다.

"원하시는 대로 꽃 장식을 먼저 하신 뒤에 그림을 그리셔도 되고요. 캘리처럼 글씨를 써 넣으셔도 돼요."

"그림도, 글씨도 자신이 없는데."

"뭐든 처음은 그렇죠."

"강사님의 처음은 어떻습니까?"

"네?"

"아니, 시작은 어떻습니까?"

"무슨……."

"하도연 씨 시작이 어떤 건지 알면 좋겠는데."

사선으로 쓸데없는 곳에 꽂히던 도연의 시선이 오롯이 제게 왔다. 그녀의 눈길 때문에 긴장할 거라 생각했는데, 틀린 것 같았다.

그녀의 눈길이 똑바로 제게 오자, 가슴이 팽팽히 땅겼다. 용기가 생겼다.

"사랑하는 사람이 죽었습니까?"

도연의 눈이 처음으로 감정을 보였다. 아니, 그런 것처럼 보였다. 달라진 눈동자에 어린 그 감정이 무엇인지 알 길이 없어 아닌 것 같기도 했다.

"저기."

"네."

"이름이."

"구도경입니다."

"구도경 씨."

"네."

"저 아세요?"

"네?"

"저를 아시냐고요."

"사랑하는 사람이 애인입니까?"

대답할 이유가 없어 도연은 입을 꾹 다물었다.

말 사이 침묵이 놓이자 빗소리가 커다랗게 들렸다.

"왜 이러는지 나도 모르겠고, 뇌를 거치지 않고 나온 질문인 건 확실합니다. 당황하는 거, 이해합니다."

도연의 눈동자가 그의 눈을 오래 바라보았다.

"그래서요?"

그의 고개가 미세하게 움직였다. 도연이 다시 입을 뗐다.

"왜 그러는지 모르겠을 땐, 안 하는 게 상책이죠."

뾰족한 그 말에 도경이 조용히 웃었다.

"그렇네요. 왜 그러는지 모르겠으니까, 아무것도 안 하는 거."

"아셨으면……."

"그래서 하도연 씨도 아무것도 안 하는 겁니까?"

"그쪽이 뭘 안다고 그러세요?"

"잘 알죠. 나도 그랬었으니까."

도연의 미간이 좁아졌다. 그 얼굴을 본 도경은 미안해졌다. 여자의 입장에서 제 밑도 끝도 없는 호기심이 어찌 보일 것인가를 생각하니 쉽게 답이 나왔다.

"미안합니다. 솔직히 말할게요."

그녀가 표정을 굳히며 그를 보았다.

"이끌림 같은 게 있습니다."

"네?"

"적당한 단어가 생각이 안 나는데. 아무튼. 지나치는 사람들은 수없이 많은데 하도연 씨가 유독 튀더라고요. 뭐, 처음엔 좋은 시선은 아니었습니다. 표정이 이렇게 없는 사람, 나는 처음 봤으니까."

"저기."

"인정합니다. 지금 내가 무척 어이없을 거라는 거."

"구도경 씨."

"같은 상처를 가진 사람을 보니까 오지랖이 좀 발동했나 봅니다. 나는 면역이 있으니까."

"면역이요?"

"내 보기에 하도연 씨는 한창 앓는 중인 것 같고. 나는 이제 면역이 생겼거든요. 도연 씨처럼 그랬을지도 모르는 나를 좀 되돌아

보게도 하고."

그가 잠시 말을 끊었다. 빗소리는 더 이상 들리지 않았다.

"불편했다면 사과하겠습니다. 정말 미안합니다."

"⋯⋯."

"저도 하늘재에 사랑했던 사람이 있습니다."

"⋯⋯네?"

도경은 종이 위에 놓인 수국을 한 번 내려다보고는 정원을 나섰다. 정작 보고 싶었던 건 한 번 더 보지 못했다. 과하면 않은 것만 못한 것을. 지나치고, 과하다는 걸 너무 잘 알아서 보지 못했다.

장례식장의 그 견딜 수 없는 공기 위를 내내 휘젓넌 여자. 질기면서도, 한번 끊어지면 되돌릴 수 없이 사라져 버리는 것이 연이라는 것을 뼈아프게 되새기던 그를 무모하게 달려오게 한 여자.

그는 그 여자의 얼굴을 조금 남겨 두었다.

친구의 모친 장례식장으로 다시 되돌아 운전해 가면서도 도경은 피곤을 몰랐다. 아마도, 남겨 둔 얼굴 때문일 것이다.

그친 줄 알았던 비는 다시 내리고 있었다.

❉ ❉ ❉

이상하게도 잠이 잘 오지 않았다. 집에 들어온 시간이 일단 늦었다. 무심코 시계를 보았다가 도연은 정원 밖을 한참이나 바라보아야 했다. 자정이 넘은 시간에 찾아왔던 남자. 제가 착각했던 저녁 시간과 자정의 그 간극 때문에 기분이 이상했다.

집으로 와서도 무언가를 한 것은 아니었다. 아무것도 하지 않고,

아무 생각도 하지 않으려고 노력했는데 잠이 오지 않았다. 까만 천장을 올려다보다가 모로 누워 눈을 감았다. 불분명한 잔상들이 둥둥 어지럽게 머릿속을 떠다녔다.

도연은 잠을 자는 것을 포기했다. 침대에서 내려서는 제 맨발이 보인다. 그 발은 어둠 속을 매끈하게 걸었다. 그렇게 잠들고 싶었다.

방을 나가 일단 냉장고를 열었다. 선뜻 손이 가는 것은 어느 것도 없다. 한 번 무심한 시선으로 냉장고를 훑던 도연이 생수 하나를 꺼내 들었다. 플라스틱 뚜껑이 돌아가는 소리가 유독 크게 들렸다.

아직도 비가 오나.

생수를 한 모금 마시고 창가에 다가가 섰다. 내리는 비. 정원 유리창을 두드리던 그 비를 뚫고 걸어가던 남자의 뒷모습이 퍼뜩 떠올랐다.

잠이 오지 않는 이유가 그 뒷모습 때문일까.

불러서 우산이라도 건넬까 싶었던 그 마음은 순식간에 사라졌다. 남자의 말들 때문에. 그리고 그의 눈빛 때문에.

그건 분명 호의였다. 받을 사람이 바라지는 않았지만, 어쨌든 분명한 호의. 불순물이 섞이지 않은 그런 호의.

제 감정은 제 것이지만, 드러내는 순간 자신만의 것이 아니었다. 도연은 그게 무서웠다. 내어놓은 그 어떤 감정들이 가져올 타인의 변화, 그리고 당연히 전해져 올 타인의 감정. 두려웠다. 주지도 받지도 않고 싶었다. 그게 무엇이든.

그런데 주지는 않더라도 한번 시선을 돌려 보고는 싶어졌다. 제가 모르는 제 모습을 보고서 생각을 했다는 그 사람 때문에. 누군가에게 잘 보이고 싶다는 욕심이 아니라, 제 모습을 좀 돌아보고 싶어졌다.

주위의 친절하고 따뜻한 제 친구들. 그런데 생각처럼 말이, 행동이 나오지가 않았다. 괜찮지 않은데 괜찮다고 말해야만 할 것 같은 사람들에게 도연은 그냥 입을 다무는 것으로 대답을 했다. 모두의 마음이 어떨지는 모르겠지만, 그저 그렇게 지내 왔다고 생각을 한다. 겉으로 보기에 문제 될 것은 아무것도 없었으니까.

그런데, 이제 정말로 문제 될 것이 없었는지가 헷갈린다. 하나씩 나열하고 보니 삐걱거리는 것투성이다. 그 틈은 오롯하게 제 쪽에서 만들었고.

이제야 그걸 돌아볼 마음이 생긴 건 그의 말 중 한 단어 때문이었다.

'면역.'

면역이 있어서 그랬다는 말.

늘 느리게 움직여 존재를 몰랐던 심장이 조금 빠르게 뛰는 것 같은 말이었다. 제 마음을 알 것 같은 그런 기분 때문에 그런가, 온몸 곳곳으로 온기가 돌았다.

그래, 나는 면역이 없어서 그렇다. 나는 아직 안 괜찮기 때문에. 나는 지금 앓고 있는 것이기 때문에…….

도연은 물을 한 모금 더 마시고 방으로 다시 들어갔다. 이제 잠이 올 것 같았다.

✳ ✳ ✳

"처음 뵙겠습니다. 유민혜예요."

손을 척, 내미는 폼이 악수깨나 해 본 사람인 것 같다. 당당하게 내미는 손을 마주 잡은 도경이 자리에 앉으며 물었다.

"그런데. 누구십니까?"

"구도경 씨, 아니세요?"

"네."

"수채화 클래스 신청하셨잖아요?"

빙글거리는 여자의 말에 도연의 표정이 훅 겹쳐졌다 사라졌다. 이상하게 잔상이 남는 얼굴이다. 도경은 얼른 제 앞에 선 여자에게 집중을 했다.

"제가, 수채화 클래스를 신청했습니까?"

"네. 아주 그렇죠?"

민혜의 눈동자에 옅은 당황이 스쳤다.

이 남자, 뭐야? 여기 신청서 있잖아. 수채화 클래스 오후 일곱 시 반. 이름 구도경. 야무지게 사인까지 해 놓고는 모르쇠야?

남자가 수채화 클래스를 등록한 건 처음이다. 의도한 바는 아니지만 금남의 구역이나 다름없는 정원에 남자 회원이라니. 신선하고 또 신선했다. 그래서 나름 반가움을 표현한 악수에, 모르쇠라니!

반들거리는 눈이 남자를 훑듯이 오르내렸다. 무언가 상당히 잘못되었다는 듯한 눈빛의 남자가 손가락 두 개로 셔츠 맨 위의 단추를 풀어냈다.

어, 저거 우리 현수가 잘하는 건데. 손가락 두 개로 휘리릭. 울대 아래로 뻗은 목. 저거 우리 현수 전매특허 섹시 포인트인데!

멍하니 바라보던 민혜가 소금기 머금은 배추처럼 축 처졌다. 처음 온 회원의 목울대에서 윤현수를 찾은 지금, 커피가 필요했다.

남자가 안 되겠는지 셔츠 소매를 걷어 올렸다. 오늘은 선을 긋는 연습을 하는데 제법 공을 들인다. 민혜가 다가가 남자가 그어 놓은 선 옆에 반듯한 선을 그어 시범을 보였다.

"수채화는 물의 느낌이 그대로 사니까 밑 선이 중요할 때가 많아요. 그래서 오늘은 선만 긋는 거예요."

"아, 네."

첫 시간임을 감안해도 연필을 든 손이 무척이나 어색해 보였다.

"어깨에 힘 좀 빼세요. 종이 찢어지겠어요."

민혜가 웃으며 말했다.

"아. 제가 그랬습니까."

"표정만 보면 강사십니다."

"얼굴로 그림 그려야겠군요."

제법 서글서글하게 말을 붙여 온다. 민혜는 조용히 웃으며 그의 비뚜름한 선을 다시 손봐 주었다.

너덧 사람이 기다란 테이블에 앉아 저마다의 선을 긋고 있었다. 첫 시간에 선을 긋는 이유는 간단했다. 수채화에서 필요할 뿐만 아니라, 실컷 선을 그어서 서로 간의 진짜 선을 긋는 어색한 일이 없기를 바라서였다.

민혜는 한 사람, 한 사람의 회원이 소중했다. 도연의 정원에 찾아와 준 고마운 사람들이었다. 이 정원이 아니었더라면, 도연을 집에서 이끌어 낼 그 무엇도 없었을 테니까.

잘 다니던 디자인 회사를 그만두고 정원에 반장난으로 작성한 이력서를 들고 오던 날, 도연은 한참을 아무 말도 하지 않았다. 그러나 민혜는 그 얼굴에서 너무나 많은 것을 보았다. 너무 할 말이 많아서 할 수 없는 것이리라. 절절 끓는 수많은 감정 중 하나를 어렵게 집어 들고 입을 열려는 도연에게 민혜는 한마디만 겨우 했다.

'네가 나였어도 이랬을 거야.'

그러니까 미안해하지 말아. 그러니까 고마워하지 말아. 그러니까 제발 좀 살아.

그 마음을 알았던 걸까. 도연은 별말 없이 제 이력서를 받았다.

'반 줄게.'

기어코 한마디 하고서는 도연은 지금까지 그 말을 지켰다. 극구 사양해도 제 통장에 고스란히 찍히는 정원 수입의 반.

이래서는 내가 회사 그만두고 온 것이 널 위한 게 아니라 잇속 때문이 되어 버린다며 우스갯소리를 해도 도연은 그저 고개만 한 번 톡, 움직일 뿐이었다.

너무 불안해서 같이 있어야만 제가 살 것 같은 처음의 느낌은 많이 옅어졌다. 그런데 이제는 도연이 죽어 버릴 것이 아니라, 살아 있는 것이 걱정이 된다. 숨만 쉰다고 사는 게 아니니까. 이 온도가 다른 걱정 중 어느 것이 더 나은 것인지는 알 수가 없었다. 알 수 없는 것은 앞으로 삶을 사는 동안 더 많아질 것이다.

지금 막 정원으로 들어선 도연을 보는 남자의 눈빛만큼이나.

그때, 자정이 넘었던 시간의 정원. 무슨 말을 했는지 정확히 기억이 나지는 않지만, 진심임은 분명했다. 진심이라면 모두 기억이 나야 마땅한 것이 아닐까, 잠시 생각했지만 아니라는 결론이 나왔다. 오히려 진심이라서 기억이 나지 않을 것 같았다. 여과 없이 그때 꼭 하고 싶은 말들이었으니까.

당황한 여자의 눈빛을 한 번 더 보고 싶었다. 비 오는 겨울 밤, 다시 들어가고 싶은 정원의 그 유순한 온기 같던 그 눈을.

그런데 그냥 제가 가야 할 곳으로 갔다. 남겨 두는 것이 좋았다. 모조리 사라져 버린 텅 빈 자리를 보는 것은, 이제 그만하고 싶었으니까.

장례식장과 사무실을 오가는 사흘 동안 내내 궁금했다. 그녀의 시작이 궁금하고, 그녀의 하루가 궁금했다. 그리고, 무엇보다 제 마음의 출처가 궁금했다. 왜 그녀가 궁금해지는지, 정확한 이유가 궁금했다.

하지만 그처럼 불확실하고 쓸데없는 생각은 또 없을 것이다. 사람에 대한 관심이 언제부턴지, 그 이유가 무엇인지 알 수 있는 사람은 거의 없을 테니까.

시계를 수없이 보았다. 오늘은 클래스에 빠지지 않으리라, 다짐하면서. 물론 보강이 훨씬 낫지만, 한 번 더 그 말을 할 뻔뻔함은 제게 없었다. 뻔뻔함보다 조금 더 자연스럽게 그녀에게 다가가고 싶었다.

그런데, 클래스에 도연이 없다. 아무리 정원을 둘러보아도 그 어느 곳에도 그녀가 없다.

적잖이 당황을 했다. 시간만 보고 덜컥 신청을 한 클래스에 강사 이름이 적혀 있었다고 한들 알 수 없는 일이었겠지만.

친절한 여자에게 실례가 될까 봐 집중을 하려 해도 자꾸만 시선이 종이 위에서 미끄러졌다.

그러다 어느 정도 포기가 되었을까. 그 타이밍에 도연이 정원으로 들어섰다. 기가 막힌 여자였다.


잠을 제대로 자지 못한 눈이 뻑뻑해 아침부터 제법 비볐더니 쓰려 왔다. 종일 머릿속에 유민혜가 따라다녀 힘이 들었다. 그날 이후 전화도 한 통 하지 않고, 메시지도 없었다. 그냥 그렇게 끝이라는 듯이. 그 얼얼하던 표정만 남겨 두고.

그렇게 힘들게 하루를 보내고 퇴근한 지 얼마 되지 않아 더 눈이 쓰린 장면을 보고 말았다. 절로 정원 쪽으로 발이 움직였는데, 발에게 배신당한 기분이다. 눈이 쓰린 것을 느끼기 전에 가슴이 먼저 반응을 했다. 분명했다.

왜, 왜 거기서 웃고 있는 건데. 내가 좋아하는 니트 원피스, 그건 오늘 왜 입고 나온 건데.

웃고 있는 민혜의 얼굴이 눈에 쓰리게 익자, 마주 앉아 뒷모습만 보이는 남자가 눈에 들어온다. 앞모습을 확인하기 전 살짝 그의 옆모습이 보였다.

수채화나 캘리 클래스에 왜 남자가 끼어 있어? 그것도 왜 민혜 옆자리서 그러고 있는 건데. 유민혜한테 반해서 등록한 거 아니야? 저 새끼 뭐야.

현수의 가슴속에서 출처를 알 수 없는 화가 쭉 올라왔다.

그대로 정원의 문을 열고 들어갔다. 집 앞, 문을 열어 준 그녀의 새파란 손등 이후로 마주하지 않았던 얼굴. 너무…… 보고 싶었던 그 얼굴.

그 얼굴이 표정을 싹 지우고 저를 올려다보았다. 그 얼굴 앞으로 그녀의 앞, 돌아본 남자의 얼굴이 보였다.

"윤현수."

현수가 민혜 쪽으로 빠르게 다가가 그녀의 손목을 낚아채듯 쥐었다. 민혜가 정색을 하며 빠르게 말했다.

"지금 수업 중인 거 안 보여?"

"나와."

"너 뭐 하는 짓이야?"

손을 놓기는커녕 점점 악력이 세지는 것 같은 느낌에 도경이 침착하게 자리에서 일어났다.

"그 손 놓고 말씀하시죠."

그 말에 현수의 남은 손이 움직였다. 멀찍이 앉아 다음 수업 준비를 하던 도연이 얼른 다가와 현수의 팔을 잡아끌며 말했다.

"윤현수. 급해?"

뭐 하는 짓이야, 도 아니고. 그 손 놔, 도 아니고. 급하냐고?

"급해."

심상치 않은 분위기에 민혜가 회원들에게 사과를 하기 시작했다. 숙인 고개가 제대로 올라오기도 전에 현수가 민혜를 끌고 나가 버렸다. 순식간의 일이었다.

아랫입술을 꾹 내리 문 현수는 민혜를 데리고 정원 건물 옆, 골목으로 들어갔다. 거리의 소리가 사라진 골목 안쪽에 들어선 뒤에야 그가 걸음을 멈추었다.

"현수야."

"아무 말 하지 마."

"너 지금 이게 뭐 하는……."

"아무 말 하지 말라고."

얼굴이 화끈, 달아오르는 것 같다. 민혜의 앞, 아주 침착하고 젠틀했던 남자의 얼굴이 클로즈업되어 눈알에 딱 붙어 버린 것 같다. 아무것도 안 보인다. 그토록 보고 싶던 민혜의 얼굴조차도.

안다. 그냥 클래스다. 유민혜가 늘 하던. 그런데 그 어떤 날도 남자는 없었다. 한 번도 생각해 본 적 없던 유민혜 옆의 남자. 제 여자와 아무 상관 없는 그냥 남자 사람. 그렇지만 거슬리는 남자.

제 상황이 무척 엿 같다. 확…….

"확 그만둬 버리고 싶니?"

"뭐를?"

"뭐든. 네 표정. 그래, 지금."

"내 표정이 뭐."

민혜가 작게 한숨을 쉬었다.

"유민혜랑 말도 하기 싫은데. 남자 앞에서 웃는 건 봤고. 배알은 배배 틀리고, 굉장히 민망하고. 뭐, 그런 거?"

"그거. 딱 뭐 같은데."

"그래. 이 등신아."

"야. 너."

"그만둬 보시든가. 뭐든. 뭐 대수겠어?"

빈정거림이 분명한 민혜의 말에 현수의 표정이 험악해졌다.

"진짜, 입 안 다물지."

"안 다물어. 내 입 다물게 하려고 했으면 왜 끌고 나왔어? 그냥 두지. 그럼 듣지 않아도 되고 좋잖아. 왜 끌고 나와서……."

"선택하라고 했던 건 미안해."

현수의 타들어 가던 눈빛이 순식간에 꺼졌다. 그러고는 한숨을 쉬듯이 말을 이었다.

"그 어떤 것도 선택할 수 없는 사람에게 하라는 건 미안하지만, 내 생각에는 변함이 없어."

"미안은 하지만, 변함은 없다?"

"그래서 오늘 못 해 먹겠다고 말하려고 왔는데."

"왔는데."

"저 새끼는 뭐야."

"저 새끼?"

민혜의 눈이 크게 뜨였다가 이내 침착해졌다.

"클래스 회원이야."

"알아."

"알면서 그래?"

"그래. 그냥 일개 클래스 회원인데. 그냥 남자일 뿐인데. 네 옆에 있는 것만으로 그냥 개새끼가 됐어."

"윤현수."

"나도 좀 봐 줘. 유민혜. 멀쩡한 사람 개새끼 만드는 나도 좀 봐주라고."

"……."

민혜가 말없이 현수를 올려다보았다. 자그마한 손이 올라와 그의 뺨에 닿았다. 그 손을 살짝 밀어 내며 현수가 조용히 말했다.

"참견이야."

"참견?"

"그래, 참견. 자신과 별로 관계없는 일에 쓸데없이, 눈치 없이 끼어드는 걸 참견이라고 하지."

"쓸데없이, 눈치 없이?"

"그래. 도연 누나가 너한테 그래 달래? 옆에 있어 달래? 그렇게 마음 아파하래? 도대체 언제까지 하래?"

"뭐?"

"하도연이 그러라고 했냐고."

"하나씩 물어."

"하나씩 물으면 대답할 순 있나 보지."

"아니."

"왜. 당당하게 하나씩 물으라더니."

"대답할 수 있는 질문이 아니니까."

"어째서."

민혜가 가만히 입을 다물었다. 생각을 하는 것 같은 얼굴에 어쩐지 슬픈 표정이 스친다.

"참견. 그것부터 틀렸거든."

"유민혜."

"그래. 어쩌면 참견일지도 모르겠다. 그런데 말이야."

참견이 맞다면, 나는 좀 자격이 있지 않을까, 현수야? 도연이 마음을 나는 죄다 모르니까 그렇게라도 도움이 되고 싶은 거 같은데. 그런데 너는 아니잖아. 내 마음 다 알잖아. 다 알면서 정말 왜 이러는 건데.

"그런데, 뭐."

"너도 지금 무척 참견이라는 걸 하고 있다는 건 알아?"

"무슨 소리야."

"너는 그냥 내 남자 친구잖아. 내 친구의 일까지 너한테 다 일일이 허락받고 챙겨야 하는 건 아니잖아."

순간 현수의 몸에서 힘이 쭉 빠졌다. 민혜의 손목을 잡았던 커다란 손이 미끄러졌다.

"도연이한테 하는 참견, 내가 좋아하는 거야. 그런데 난 생색은 안 내. 내가 이만큼 널 도와줬으니까 알아줘야 한다, 이런 거 아니라고. 그런데 너는 뭐야. 내가 고마워할 틈을 주지 않고 생색을 내잖아. 참견을 더한 생색. 유치하게."

이렇게까지 말하는 제 입을 좀 틀어막고 싶은 마음이 들 때까지 민혜는 현수에게 퍼부었다. 엘리베이터 앞에서 느꼈던 그 기분에 대한 보상이라도 받겠다는 듯이.

그건 너무나 잘못된 생각이었다. 보상을 받아야 할 것이 아니라, 제대로 된 대화가 필요한 것이었으니까. 가지고 있는 온 마음을 정확하게 전할 그런 시간과 함께.

그런데 제대로 된 대화를 하기에는 시간도, 장소도, 그리고 둘의 조급한 마음도 전혀 준비가 되어 있지 않았다.

유치하다는 말은 연하의 남자 친구를 가진 이들에겐 금기의 말이다. 민혜는 말 무더기 중에서 그것만은 건져 내고 싶었다. 하지만 이미 내어진 말은 그럴 이유도, 그럴 수도 없이 현수의 창백해진 얼굴에 서서히 퍼져 갔다.

"갈게."

민혜는 도로의 소리가 세차게 돌아가고 있는 쪽으로 나갔다. 건조하게 말라붙은 모진 말들이 조금 덜어졌으면 하는 마음으로.

돌아보고 싶지는 않았다. 이해하고 싶지도, 이해를 바라기도 싫었다. 죽느냐 사느냐를 앞에 두고 절망적인 눈으로 시선조차 좇아오지 못하던 3년 전의 도연을 떠올리면 이런 일은 아무것도 아닌 것처럼 느껴졌다.

그렇다면 나는, 현수는 진정으로 사랑하지 않았던 걸까.

그런 생각이 들 만큼 돌아선 제 모습이 아무렇지 않게 느껴져 씁쓸했다. 이제 보니 그의 집에 갔던 날, 엘리베이터 앞에서의 기분은 묘한 우월감에서 우러나온 것 같기도 했다. 이래도 네가 안 잡아? 나를? 네가?

머리가 아프다. 남아 있는 미안한 마음과 서운한 마음 사이에서 민혜는 오래 머물렀다. 답이 나오지 않아 무척 답답했다.

그 휑했던 엘리베이터 앞에서처럼 현수는 저를 잡지 않았다. 이번에는 어쩐지 마음이 편안했다. 골목을 끼고 돌아서는 길목에 선 도연을 보기 전까지는.

"도연아."

"현수, 저대로 둘 거야?"

"그냥 둬."

"그럼 가자."

"어딜?"

"오늘 저녁 먹자며."

"그렇지."

"지금 취소해도 돼."

민혜는 조금 망설였다. 현수를 두고 도연과 저녁을 먹으러 가는 일 때문이 아니라, 취소해도 된다는 말이 더 걸리는 제 자신에 대한 문제로.

"아니. 취소 안 해."

"그럼 밥 사."

"사라고? 밥?"

"그럼. 오늘 내 생일인데 네가 밥 안 사?"

아. 우리 엄마가 내가 뭐 사 달라고 하면 이런 기분일까.

누군가의 입에서 무언가를 사 달라는 말을 듣는 것이 이렇게 반갑기는 또 처음인 것 같다. 민혜는 묵직했던 마음을 한편으로 밀어 두고 기쁜 마음으로 친구의 손을 잡았다.

"뭐 먹고 싶은데?"

"아무거나."

좀 분명하게 살 순 없니.

쯧쯧 혀를 차던 민혜가 도연의 손을 확 잡아끌었다.

"밥은 그래, 아무거나 먹고 오늘 술 마시자."

"술?"

"응."

민혜의 표정이 묘하게 움직였다. 술이 몹시도 당겼다.

"술은……."

"됐어. 거절은 거절한다."

과장된 몸짓으로 저를 끌어당기는 민혜의 뒷모습이 어딘지 퍽퍽했다. 도연은 그 느낌 때문에 그냥 아무 말도 하지 않기로 했다.

거절은 거절한다니까.

"좀 걸을까?"

"응? 그래."

수업 막바지이긴 했지만 하다 말고 나온 수업은 어찌 되었는지, 아직 저 골목 안에 서 있는 현수는 어찌할 것인지. 그 어느 것도 신경 쓰고 싶지 않았다. 될 대로 되라는 식의 객기가 일어서 민혜는 부러 큰 걸음으로 걸었다.

어색하게 올라간 입꼬리가 누군가를 무척 걸려 하며 이내 늘어졌다. 아무래도 오늘은 술이 당기는 날이 확실했다.


숟가락이 올라간다. 내려온다. 젓가락이 올라간다. 내려온다.

단정히 놓인 제 한 벌의 젓가락에 멍한 시선을 두는 민혜의 시선을 따라 도연의 시선이 움직였다. 아니, 움직이려다 만다.

"유민혜."

대답 없이 민혜의 손에 들린 숟가락이 조금씩 허공을 그어 내려왔다.

"유민혜."

"으, 응?"

"너."

"나, 왜?"

민혜의 멍한 눈동자가 낯설다. 어느 회원이 민혜는 눈부터 똑똑하다 했던가.

"무슨 일 있어?"

"아니. 없어."

"그래?"

도연은 가만히 민혜의 얼굴을 한 번 눈으로 쓸듯이 보았다. 다시 숟가락을 들어 올렸다. 밥을 한술 떠서 입으로 밀어 넣는 동안 민혜의 눈꺼풀 아래 그늘을 놓치지 않고 보았다. 아무 일 없다는데 더는 물을 말이 없다. 도연은 그저 민혜가 좋아하는 반찬 하나를 슬쩍 친구 쪽으로 밀어 주었다.

"도연아."

"응."

"나는 네가 참 좋아."

"그래."

"네가 참 좋다고."

말끝에 제법 날이 섰다. 도연이 젓가락을 쥐었던 손을 가만히 테이블 위에 놓았다. 그 손을 보던 민혜가 얼른 웃었다.

"먹자. 식겠다."

민혜는 이미 식어 버린 제 찌개를 숟가락으로 무안하게 한 번 저었다.

곧장 제게로 뻗어 오는 도연의 시선이 뭐랄까, 조금 무서웠다. 다그치듯 물으면 대답을 할 수밖에 없을 것 같은 그런 시선. 그게 왜 나는 무서운 걸까. 너 때문이라고 말할까 봐서일까. 너 때문이라고 말하고 싶어서일까.

아니, 도연의 탓이 아니다. 내가 하는 모든 행동이 참견이 아니듯이. 이건 참견이 아니라 위로니까. 내가 하고 싶어 하는 위로.


둘은 밥집을 나와 손을 꼭 잡고 한참을 걸었다. 도연은 복작거리는 거리를 싫어했다. 그걸 잘 아는 민혜는 무더기의 사람들이 보일 때마다 신경을 썼다.

순간, 현수의 말이 떠올랐다. 이제 괜찮아질 때가 되지 않았냐는 그 말. 그 말을 떠올리고 바라본 도연의 얼굴이 전에 없이 달라 보이기는 했다. 시선도 곧고, 얼굴에 혈색도 돈다. 그렇지만 보기 힘들었던 모습을 본 기억은 쉬이 옅어지지 않았다. 그렇게 기억이라는 건, 무서운 거였다. 선입견을 가지게도, 족쇄처럼 묶어 버리게도 하는 그런 기억.

끄집어내 묻고 싶지만 민혜는 참기로 한다. 아직은. 그 '아직은' 이 무서웠다.

도연의 앞에서 전전긍긍하는 제 모습을 보면 현수뿐 아니라 누구라도 우스워할지도 모른다. 스스로도 잘 알고 있었다. 자신이 과잉보호를 하는 엄마처럼 도연을 보고 있다는 걸 모르는 바가 아니니까. 그렇지만 그게 제일 마음이 편했다. 도연이 제게 도움의 손길을 바란 것은 아니었지만.

그래. 도연이는 그냥 그저 그렇게 있었을 뿐이지. 내가 항상 먼저.

현수의 말이 맴을 돌다 바람을 타고 흩어졌다. 흩어 버리고 싶었던 제 마음 때문이라는 것은 생각도 못 하고 민혜는 제가 편한 대로 생각을 했다. 어쨌거나 지금 곁에 있는 건 제 소중한 친구였으니까.

생각도 하기 싫은 제 어두운 시절, 유일하게 손을 잡아 준 제 친구. 그때의 반짝반짝 빛나던 눈빛을 가진 소녀로 친구를 되돌려 놓고 싶었다. 그 눈빛이 뭐라고. 사람은 달라지기 마련인데.

도연이 베풀었으니 저도 갚아야 한다, 그런 것은 아니다. 마음은 그렇게 갚을 수 있는 것도 아니거니와 그런 사이로 저와 도연을 놓아두고 싶지 않았기 때문이다.

뭔가 머릿속이 엉망진창이 되는 것 같은 기분이다. 끈적이는 뻘에 발을 담그고 선 사람처럼 중심이 잡히지 않아 민혜는 휘청거렸다.

"술 마시고 싶댔지?"

도연이 물었다.

"응."

"그럼 정원으로 가자."

"응?"

잡힌 손이 그 손을 잡은 사람의 마음대로 한쪽으로 끌려갔다. 무얼 사 달라는 말 다음, 어디에 가자고 목적지를 정하는 말은 참으로 적당한 순서일 것 같은데. 그게 무척 낯선 손이 엉거주춤 끌려갔다.

도대체 정원에 왜 가자고 하는 걸까.


왜는. 아무 말 않는다고 도연이가 모를 거라 생각하다니.

정원의 긴 테이블에 도연과 마주 앉고 얼마 지나지 않아서 현수가 들어서는 걸 보고 민혜는 생각했다.

어색하게 서 있는 현수를 살짝 끌어 앉힌 도연이 말했다.

"내가 자리 비켜 줄까?"

"아니."

"아니."

동시에 대답이 나온다. 제 손을 슬쩍 잡는 민혜의 손을 내려다보던 도연이 고개를 끄덕이며 몸을 완전히 일으켰다.

길 건너 편의점에서 사 온 술과 간단한 안주를 내려놓을 때까지 두 사람은 아무 말이 없었다. 팔짱을 끼고 의자에 기대앉은 도연이 입술을 꼭 한 번 물었다.

그때, 익숙한 목소리가 하나 들렸다.

"하도연."

승규였다. 자그마한 종이 가방을 하나 들고는 정원으로 들어오던 그가 테이블 너머의 사람들을 보더니 고개를 살짝 끄덕여 인사를 했다.

"승규야."

"이거."

"그게 뭐야?"

"하늘재에 이런 거 가져다 두지 마."

아무래도 그 종이 가방엔 도연이 가져다 놓은 것들이 들어 있는 듯했다.

"그냥 버리지 그랬어."

도연의 말에 승규의 눈이 발끈했다.

"버리라고?"

"그래."

"……."

생각하지 못했던 선택지가 나오자 그는 입술을 꾹 물었다. 제 마음이 훌렁 뒤집혀 보인 것 같은 느낌이었다.

버리지 못할 것을 알고 하는 말. 이렇게나마 찾아오고 싶었다는 마음을 안다는 듯 하는 말.

표정 관리가 안 되는 승규에게 도연이 말했다.

"잘됐네."

"뭐가."

"너 데리고 나가면 딱 좋을 상황이라."

"뭐?"

도연이 민혜 얼굴을 한 번 바라보더니 먼저 걸음을 뗴었다. 승규가 어색한 얼굴로 따라나섰다.

"저 둘, 싸웠어?"

"그런 것 같아."

"그래서 자리를 비켜 주고 싶었고?"

"그래. 왜?"

"아니. 내가 아는 하도연이 맞나 싶어서."

"뭐가."

"민혜 누나 과로 때문에 입원했던 것도 몰랐으면⋯⋯."

"뭐?"

실수다. 승규는 입을 꾹 다물었다.

"이승규. 지금 무슨 말 하는 거야?"

진짜 몰랐나?

도연의 표정을 보던 승규는 마음을 고쳐먹었다. 자기 때문에 맘고생 하는 사람이 얼마나 많은지 알아야 개과천선을 하지. 그래, 다 말해 준다.

"유민혜는 입원을 세 번 했어. 형 장례⋯⋯ 끝나고 한 번. 하도연 병원에서 굶어 댈 때 한 번. 하도연 정신 차리고 한 번."

도연은 모른다. 곁에 있던 민혜가 어떤 표정으로 제 곁을 지켰는지. 그 곁의 현수가 어떤 표정으로 민혜의 곁을 지켰는지. 그리고 제가, 어떤 표정으로 그들을 지켜봐야 했는지.

미안했다. 그리고 억울했다. 참 안 어울리는 감정들이 섞이고, 섞이고 또 섞여서 곤죽이 되었다. 치덕치덕 치대진 감정들은 뻣뻣하게 굳어 갔다. 말라붙은 죄책감을 온통 흘리면서.

스스로 추스르기도 힘든데, 따뜻한 사람들 때문에 오히려 더 힘이 들었다. 무엇으로도 갚을 것이 없는데, 빚을 진 마음 때문에.

내가 아프면 아프게 한 사람에게 원망이 돌아가기 마련이다. 그런데 형은 죽었다. 돌릴 수 없는 원망은 갈 곳을 잃고 헤매다 그저 슬프게 주위를 맴돌았다. 미칠 노릇이었다.

어찌할 수 있는 것이 없어 승규는 그냥 포기하듯 손을 놓았다. 하늘재에 오르는 도연도, 그럴 이유가 없는데 힘들어하는 민혜도, 그리고 그들 곁에 선 제 친구 현수도. 그냥 어찌 되겠지, 하는 마음과 안타까움이 공존하던 그때는 되돌아보기 싫을 정도로 스스로 힘이 들었다. 달리 생각이 든 것은, 얼마 전 받았던 민혜의 전화 한 통 때문이었다.

'도연이 좀 놔주라. 3년이면 할 만큼 했잖아.'

누가 붙든 것도 아니고, 그러라고 시킨 것도 아닌 걸 민혜가 모를 리가 없다. 그 말의 의미를 다르게 받아들인 승규는 도연을 찾아갔었다. 형이 죽고 처음 만나는 날이었다.

"민혜가. 아팠다고?"

"아팠지. 그것도 많이. 누나한테 내색을 했을지도 모르지. 아니 표가 났겠지. 근데 알아챌 수 없었을 거야. 죽은 사람 생각 하느라고."

"이승규."

"현수 체급이 울트라급인 거, 잘 알지?"

"뭐?"

"오늘 자 윤현수 몸은 어때. 체급이 훅 내려간 거 같지 않아?"

"나, 때문이라고?"

"아니라고는 못 하겠다."

"……."

"그리고 둘, 깨졌어."

"……뭐?"

"결혼 안 한 연인 사이, 깨지는 게 별거야? 근데 그 별거 아닌 이유에 누나가 있다는 건 알아야 할 것 같아서."

도연은 말없이 느리게 눈을 깜박였다. 이 와중에도 차분하게 생각을 한다. 승규는 처음으로 도연이 불쌍했다. 내가 무슨 잘못을 했냐고 따지기라도 하든가. 아님, 나 때문에 그래서 어떻게 하냐고 걱정이라도 하든가.

그 고집 있던 얼굴은 어딜 간 건데.

"그렇게 형이 좋았으면 그날 따라가든가. 남은 사람 성가시게."

한 번 더 건드려도 속눈썹 한 올 미동이 없다. 승규가 무어라 더 말을 붙이려고 입술을 떼는 순간에야 도연이 조용히 말했다.

"술, 한잔할까?"

4화. 메리골드

'이봐요. 하도연 씨.'
'정신을 못 차리네.'
'얼마나 마셨습니까?'

영화 속에서 보는 과거 회상의 장면들처럼 흐트러진 말소리들이 이리저리 흔들리며 띄엄띄엄 들린다. 소리가 나는 방향으로 고개를 일단 돌렸다. 마음은 벌써 시선이 가닿는데, 너무 느리다. 도연은 쯧, 혀를 차며 작게 성질을 냈다.

희뿌옇게 남자의 셔츠가 보인다. 단추. 단추가 조르륵. 하나, 둘, 셋. 그리고.

단추를 따라 올라간 곳에 반듯한 얼굴이 보였다. 그다. 그 사람이다. 눈코입이 단정한 그 사람이다. 분명히 그 사람이다.

"오……빠?"

환하게 웃는 얼굴이 분명 그 사람이다. 도연은 숨이 턱 막히는 것 같은 느낌에 손을 들어 제 목을 한 번 쓸었다. 만져진다. 꿈이 아니다.

도연이 웃었다.

뭐야. 왜 웃어.

사람의 웃는 얼굴을 보면 기분이 좋아지는 것이 당연지사이다. 그런데 이 애매모호한 느낌은 뭘까. 뭔가 이상했다. 태어날 때부터 웃음기라고는 없었을 것 같은 여자의 표정 때문일까. 아니, 그것만은 아닌데. 뭔가 더 있는데.

"오빠. 정말 오빠야?"

생각의 정리를 마칠 겨를도 없이 덥석, 여자가 제 얼굴에 손을 가져다 댔다. 직접 얼굴에 닿은 손보다 제법 가까워진 그녀의 얼굴이 더 거슬렸다. 불편했다. 그리고 떨렸다.

고르지 않은 숨이 막 닿을 정도의 거리에서 다행히 그녀가 멈추었다. 여자의 웃는 얼굴이 제대로 보인다. 온 얼굴이 웃는데, 눈이 운다. 도경은 턱 막히는 것 같은 숨을 짧게 들이쉬었다.

"그 오빠 난 아닌 것 같은데."

"왜?"

"나는 아니라고."

"왜냐고."

도경은 작게 한숨을 쉬었다. 한마디 말을 섞었을 뿐인데, 그녀가 평소의 하도연이 아니라는 것쯤은 알아챌 수 있었다.

평소의 하도연. 평소의 하도연이 어떤데. 스스로에게 물어본다.

답은 없다. 저는 이 여자에 대해서 아는 것이 없으니까. 그런데 지금 여자의 분위기가 많이 다르다는 것쯤은 알겠다. 그리고 이 웃는 얼굴이 거슬리는 이유에 대해서도 어느 정도는.

어딘가 켕기는 기분에 그는 제 얼굴에 올라온 그녀의 손부터 떼어 냈다. 손을 살짝 밀어 냈을 뿐인데 도연이 휘청거렸다. 옅은 숨에서 나던 술 냄새는 그다지 짙지 않았는데도.

"조심해요."

"거봐. 맞잖아."

다음 순간, 그는 놀랐다. 다른 것도 아닌 그 여자의 냄새 때문에. 휘청거리는 그녀를 붙들어 안던 팔의 촉감 너머로 뭐라 설명할 수 없는 체향이 타고 올라왔다. 숨이 닿을 정도의 거리에서도 느껴지지 않던 냄새를 인지하기 시작하자 걷잡을 수 없이 파고들었다.

"여기, 잠깐 앉아요."

"싫어."

"하도연 씨."

"나 두고 가지 마."

울던 눈이 기어코 눈물을 흘렸다. 그런데 입매가 묘하게 웃었다. 바르르 떨리는 입가를 멍하니 바라보고 있는데, 도연이 다시 입을 열었다.

"내가 웃지 않았어. 그렇지? 그랬을 거야. 삐쳐 있었어. 그런데도 오빠는. 어떻게 오빠는."

그 뒷말은 더는 알아들을 수 없었다. 바 테이블에 걸쳐 있다시피 한 여자는 한동안 중얼거리다가 그 자세 그대로 엎드렸다.

여자의 앞에는 잔이 두 개 놓여 있을 뿐이었다.

"도경아. 왔어?"

저를 부르는 소리에 도경이 여자에게서 시선을 떼었다. 여자의 얼굴을 꽤 오래 멍하니 내려다보고 있었던 것 같아 민망했다.

"이 여자."

"아. 우리 1층 화원 아가씨인데, 나 들어올 때부터 이렇더라고."

문득 카페의 뒷문으로 들어가던 여자의 뒷모습이 떠올랐다. 달 사장과 안면이 있는 사이였구나.

설명을 하지 않아도 안다는 말을 하려다 도경은 말았다. 여자의 얼굴이 툭, 팔 옆으로 떨어졌기 때문이다.

"민혜 쌤도 통화가 안 되고 그래서 말인데. 영기 방에라도 뉘어 야 하지 않을까 싶어. 정신 차릴 때까지만이라도."

"알았어."

도경이 고개를 끄덕였다. 누나가 저를 부른 이유를 이제야 제대 로 알 것 같았다.

"형."

아, 그러고 보니 일행을 잊었다. 돌아본 자리에는 우현이 서 있 었다.

"나 잠시만 누나 집에 올라갔다 올게."

"도와줄까요?"

"여자 하나 업는데, 무얼."

"그럼 여기서 기다리고 있을게요."

"그래 주면 좋고."

"그런데 이분. 왜 여기서 이러고 있는지?"

"그러게 말이다."

통화 몇 번 만에 우현과 호형호제를 하게 되었다. 친해진 기념으로 더 친해지게 술을 한잔하자며 우현에게 전화가 온 건, 클래스가 이상하게 끝난 직후였다. 더는 끼어들 이유도, 상황도 알 수가 없어서 찜찜했는데 더 찜찜한 광경을 보고 말았다.

해경의 전화를 받고 들어온 칵테일 바에는 일행도 없이, 칵테일 잔 두 개를 앞에 두고 취한 여자가 있었다. 이제껏 본 여자의 모습과 판이하게 다른. 마치 그럴 일이 없을 것 같던 여자.

거기다, '오빠.'라고 부르던 입술의 모양. 길게 늘여 꼬리가 올라붙던 그 모양.

아, 이게 뭐라고 죽겠냐.

생각을 털어 내고 바로 도연을 업으려다 도경은 휴대폰을 꺼냈다. 정신을 차릴 때까지 뉘어 놓을 예정인, 조카의 방에서 깨어났을 때 당황할 여자를 위해서. 낯선 곳에서 깨어나게 하고 싶지 않은 마음과, 당장 제가 업어다 놓을 수 있는 공간에 두고 싶은 마음이 갈등을 했다. 그래서 도경은 얼른 주소록을 열었다.

목록을 죽 내리면서 민혜의 이름을 찾았다. 한창 선을 긋고 있을 때 사정이 생겨 못 오게 되면 꼭 연락하라며 회원 한 사람, 한 사람의 휴대폰마다 번호를 찍어 주던 여자.

'유민혜'라는 글자가 보이고 통화 버튼을 누르려는 순간, 도연이 뒤척거리며 낮은 신음 소리를 냈다. 검지가 미끄러졌다. 순간, 이상하게도 그 글자에 손을 대고 싶지 않아졌다.

"어? 너 민혜 쌤 번호 어떻게 알아?"

달 사장은 그가 연의 정원 클래스를 등록했다는 사실을 모른다. 뭐라 설명할까, 하다가 도경은 그냥 변명하듯이 무심히 말하고 말았다.

"그런 게 있어. 내가 관심 있어서."

"뭐?"

그에겐 지금 번호가 중요한 게 아니었다. 칵테일 바에 있는 남자들 시선이 자꾸만 이쪽으로 와서 박히는 걸 보았기 때문이다. 아마도 칵테일 두 잔을 비우고서 쭉 뻗은 여자에 대한 관심일 것이다. 그 관심, 별로다. 내가 관심 있으니까.

도경은 그런 생각을 하게 하는 사람들이 마뜩잖아서 더 마뜩잖게 뱉었다.

"업혀 줘."

"어? 너."

할 말이 많아 보이는 누나의 눈이 직진으로 달려오자 도경은 일단 시선을 피했다. 그녀의 시선은 감당할 수 있으나, 다른 시선들은 감내하기 싫었다.

"우현아."

"네."

"갔다 올게. 조금만 기다려 주라."

"아, 얼마든……."

우현의 말은 이어지지 않았다. 1초만 더 늦었더라면 툭 떨어졌을 도연의 머리를 받치는 도경의 손을 보았기 때문이다. 옆에 있는 저보다도 더 빠른 손길을 보니 이미 눈치채고 움직인 것 같았다. 아니, 계속 보고 있던 것 같았다.

"다녀올게."

도경은 한 손으로 여자를 걸치듯이 부축하고 휴대폰을 코트 주머니에 넣었다. 민혜에게 전화하고 싶은 마음은 더 이상 없었다.

해경이 도연을 수습해 도경의 등으로 옮겨 주었다. 여자가 걸쳐지기 쉽게 자세를 낮춘 그가 얼른 추켜 업었다.

✳ ✳ ✳

눈을 떴다. 막이 한 꺼풀 썬 것처럼 부옇다. 눈꺼풀을 밀어 올리는 순간의 낯선 공기가 잠을 마저 깨웠다.

여기가 어디지?

지나치게 푹신한 베개는 제 것이 아니다. 도연은 몸을 일으켜 천천히 주위를 둘러보았다. 스르륵 흘러내리는 이불 앞으로 제 블라우스 자락이 보인다. 옷자락을 보니 시간이 궁금해졌다. 이 옷을 입은 것이 어제인지, 오늘인지.

창을 찾아 침대 아래로 발을 내렸다. 창문을 열어 보고 나서야 도연은 시간을 대강 알아차렸다. 그런데 장소는 어딘지 도무지 알 수가 없다. 도연은 밖을 내다본 순간 이상한 기시감이 들었던 것을 떠올리고는 다시 한번 창밖을 내려다보았다. 정원에서 보는 풍경과 별반 다른 것이 없지만, 묘하게 다른 위치. 정원의 몇 층 위인 것 같았다.

"여기가 대체……."

그런데 그 생각을 오래 하기 전에 기억이 깨진 유리 조각처럼 날카롭게 어제의 가슴을 찔렀다. 뭉툭하게 밀고 들어오는 것이 아니라 하나씩 하나씩 뾰족하게. 고르지 않은 모양의 조각들이 찌를 때마다 하나씩 아프게 기억이 났다. 현수와 민혜의 옆모습, 승규의 뒷모습.

그리고, 그리고.

내가 뭘 본 것일까.

불투명한 조각들이 다시 저를 찔렀다. 떠올리라고 채근을 하듯이.

보았던 그의 얼굴은 분명하지 않다. 그렇지만 그 느낌은. 그 순간의 느낌은 어떻게 설명을 해야 할까. 분명 그 사람이었던 그 사람은 누구였을까. 나는 왜 여기서 이러고 있는 걸까.

도연은 제 가방을 찾았다. 휴대폰을 보면 어느 정도 답이 나올 것 같았다. 그러다 협탁 위 쪽지를 하나 발견했다. 단정한 제 이름이 한눈에 들어오는 노란색 작은 쪽지. 보는 순간 가슴이 내려앉는다. 익숙한 색의 쪽지를 펴 드는 손이 바들바들 떨렸다.

정말 승우가 다녀간 것일까.

꿈에서 덜 깬 사람처럼 허우적대는 손이 자꾸 미끄러졌다. 매끄럽지 않은 종이의 질감이 무색하게 여러 번 손가락을 댔다 떼기를 반복하던 도연이 큰마음을 먹은 것처럼 쪽지를 펴 들었다.

"일어났어요?"

도연의 눈이 확 뜨였다. 목소리의 주인을 확인하자마자 그 눈처럼 볼이 확 붉어졌다.

실수다. 실례다.

"사장님."

"해경 씨라고 하라니까."

"아……."

부르라는 이름도 나오지 않고, 다른 말도 나오지 않았다. 그저 입고 있는 블라우스의 구겨진 면을 삭, 소리가 나게 펴며 인사를 했다.

"신세 졌습니다. 죄송해요."

어떻게 여기 있느냐는 말을 물어야 하는데. 술을 마시고, 기억이 드문드문 끊기고, 일어나자마자 먼저 나가서 여기가 어딘지 알아봤어야 하는 정신을 놓치고. 이건 더할 나위 없이 사과할 타이밍이었다.

"편히 잤어야 할 텐데, 좀 시끄러웠죠?"

"네?"

"6층에 오늘 이사를 해서. 쿵쿵거리지 않았나 몰라."

"……지금이 몇 시인가요?"

"음. 보자."

해경의 대답을 들을 것도 없었다. 벽에 걸린 시계를 찾아낸 도연이 낮게 한숨을 쉬었다.

"늦게까지 너무 실례했어요."

"아니, 실례는. 숨소리도 안 내고 곱게 자던걸."

도연이 무안한 얼굴을 단속하며 머리를 쓸어 다시 묶었다. 바라보던 해경이 도연의 손을 잡아끌며 말했다.

"밥 먹고 가요."

"아니에요. 늦은 데다, 죄송해요."

"정원에는 민혜 씨 나와 있던데. 오늘 토요일이라 클래스 없을 테고."

토요일 클래스는 있지만, 그걸 말할 틈은 없었다. 말투와는 다른 단호한 손길이 어느새 식탁 앞에 도연을 앉혔다.

"이거⋯⋯."

"도연 씨 먹으라고만 한 건 아니고. 잠깐 있어 봐요. 내 얼른 올라갔다 올 거니까."

김이 모락모락 오르는 찌개와 정갈한 반찬 서넛이 접시에 담겨 있다.

점심을 먹어야 할 시간까지 일어나지 못하고 푹 잔 것도 이해가 안 되지만, 이 밥상 앞에서 일어나기 싫은 마음도 마찬가지였다.

하지만 해경이 나가는 문소리가 들리자마자, 도연은 자리에서 일어났다. 제 몸이 움직이는 공기 때문에 찌개 냄새가 훅 달라붙었다. 제가 좋아하는 순두부찌개였다.

오늘 이 실례는 꼭 갚으리라 생각하며 누웠던 방으로 가 대강이나마 정리를 했다. 떨어진 머리카락은 없는지, 개킨 이불의 각은 단정한지. 만족할 만큼 정리를 하고는 협탁에 놓인 자그마한 쪽지를 몇 초 내려다보았다. 잠시의 고민 끝에 쪽지를 쥐어 든 도연이 현관을 향해 빨리 걸었다.


"아무도 없는데?"

"응? 없어?"

해경이 따라 들어오며 거실을 한 번 살폈다. 찾는 사람이 방으로 다시 들어갔나 싶어 뉘었던 방을 살피니 침대 위에 이불을 반듯하게 개켜 놓은 것만 보였다.

"밥 먹고 가라니까."

해경의 말에 도경이 중얼거렸다.

"그러게. 밥은 먹고 가지."

"민혜 쌤 친구라 그래?"

해경이 소리 내어 웃으며 말했다.

"수채화 선생님 이야기는 왜 나와?"

"관심 있다며."

"뭐?"

도경의 눈이 크게 꿈벅였다. 이게 무슨 말인가. 내가 수채화 강사를 왜.

아.

그제야 어젯밤 대화가 희미하게 떠오른다. 도경이 머쓱하게 웃었다.

"수채화라니. 말도 안 된다 했지. 네가 언제 그런 거 관심이나 뒀니. 쌤이나 할 줄 알지. 이제야 이해가 된다. 우리 구 소장, 기특해. 아주 기특해. 내가 소개해 주고 싶은 사람은 따로 있지만, 민혜 쌤도 괜찮지."

"달 사장."

"응?"

"잘못 짚었는데."

"뭐?"

"유민혜 씨, 아니야."

"뭐? 그럼 뭐야. 진짜 수채화에 관심이 생긴 거야?"

도연에 대한 관심을 지금 해경에게 말하면, 제 누나는 제가 아니라 도연을 해체시켜 놓을 것이다. 수단과 방법을 가리지 않고 자리를 만들고, 우연을 만들고, 그러고도 남을 사람이었다. 제게 마음이 없다는 걸 확인하고 나면 아마도 더더욱.

민정에게 정을 주었던 만큼 그녀가 죽고 난 뒤 해경의 상실감도 저 못지않았다. 끊임없이 집으로 들어오라고 하고, 사람을 만나 보라고 하고, 무언가를 자꾸 해 주고 싶어 했다.

누나의 마음을 알기에 아직은 침묵하고 싶었다. 그것이 아직 제게 마음을 주지 않은 여자에 대한 예의였다. 솔직히 말하면 그런 예의, 안 지키고 싶다. 누나를 동원해서라도 마음을 얻어 오고 싶으니까. 그런데 자신이 없는 걸로 보일까 봐 그러기 싫었다. 제힘으로 여자를 마주하고 싶었다.

그 여자, 하도연.

무표정이 아주 복잡해 보이는 여자. 이상하게 마음이 가는 여자. 나한테 오빠라고 불렀던 여자. 물론, 착각이었겠지만.

그녀를 떠올리며 도경이 애매하게 웃자 해경의 표정이 더 애매해졌다. 그것도 잠시, 대답을 기다리는 사람의 표정으로 얼른 돌아와 대기를 했다. 무언가를 기대하는 사람처럼.

"그래. 수채화. 그거 좋아 보이더라고."

"그래?"

미심쩍은 눈이 제 얼굴을 꿰뚫듯이 바라보았다. 도경이 식탁 의자에 앉으며 의뭉스럽게 말했다.

"달 사장이 해 준 밥. 나는 이 밥이 그렇게 좋더라."

"이게 좋은 녀석이 이제야 이사를 와?"

"그러게. 왜 이제야."

"수채화 좋아진 거랑, 진짜 아무 상관 없어?"

도경이 대답 없이 제 앞에 놓아 주는 밥그릇을 바라보았다. 갓 지은, 색이 보얀 쌀밥이었다.

"난 나서는 거 딱 질색인 사람이야."

도경의 마음을 읽어 낸 것처럼 해경이 말했다. 어깨를 한 번 올렸다 내리면서 도경은 웃었다.

"설마."

늦겨울치고는, 참 따스한 토요일 정오였다.


정원 앞, 호스를 들고 물을 뿌리는 민혜가 보인다. 현실로 돌아왔다. 승우가 다녀갔을지도 모른다는 그 달콤한 꿈은, 그렇게 정말로 깨져 버렸다. 물을 뿌리는 민혜와 시선이 마주치고 나니 제대로 느낌이 온다.

정신이 없고 황망하다. 해경에게 부끄럽고 미안했다. 어떻게 된 일이냐고도 묻지 못하고 그렇게 도망치듯 내려와 버렸다. 이따 카페에 들러야 할 것 같았다.

"도연아!"

"옷 젖어. 물부터 끄고."

"아."

민혜가 얼른 수도꼭지를 잠갔다. 걸친 앞치마에 점점이 찍힌 물방울들이 서서히 번졌다. 그 속도보다 더 빠르게 민혜가 도연을 살폈다.

"집에…… 안 들어갔어?"

"뭐?"

"옷이 그대로잖아."

집에 갔었다면 구겨진 블라우스를 다시 입고 나올 리가 없는 도연이였다. 민혜의 그 말에 도연이 느리게 제 몸을 한 번 훑었다.

"어디 있었던 거야? 승규랑 같이 있었던 거지? 승규가 너를 집에 안 보낼 리는 없는데. 혹시 승규랑 헤어지고 하늘재에 갔어? 거기서 밤샜던 거야?"

"유민혜. 정신없어. 하나씩 물어 줄래?"

"응?"

쏟아 낸 말들 위를 도연이 차분하게 덮었다. 빠르게 튀어나오는 말들보다 유민혜의 눈동자 돌아가는 소리가 더 시끄럽게 들렸다.

"승규는 정원에서 나가자마자 보냈고, 나는 5층에서 잤어. 하늘재에는 안 갔고, 밤도 안 샜어."

"뭐?"

민혜의 눈동자가 흐릿해졌다.

"그럼 어제 혼자 있었던 거야? 내내?"

"아니."

"승규 보냈다며."

혼자. 혼자였을까? 혼자라고 생각하기엔, 드문드문 걸쳐지는 기억들이 꽤나 달각거린다. 한 블록 너머의 자그마한 바. 거기서 칵테일을 주문했고, 한 잔을 다 마시고. 그리고 한 잔을 더 주문하고. 그리고, 그리고.

도연은 더는 말이 없었다. 민혜의 손에 걸쳐져 있는 호스를 정리하고 물방울을 머금은 꽃들을 눈으로 한 번 슬쩍 보았을 뿐이다.

무언가 생각하는 도연에게 말을 붙이기가 쉽지 않다. 그래서 민혜는 엉겁결에 엉뚱한 말을 내놓고 말았다.

"예쁘지?"

"그래. 예쁘네."

그 말을 남겨 두고 도연이 정원 안으로 들어갔다. 들어가면서 비뚤어진 팻말을 무심코 슥, 바로 놓는 것을 본 민혜가 그녀의 뒤꼭지를 말로 잡아챘다.

"하도연."

"응."

"나 좀 봐 봐."

"왜."

민혜가 입술을 꼭 깨물고 바라보았다. 그러다 말을 내놓았을 때에는 방금 물을 뿌린 꽃들처럼 물기가 묻어 있었다.

"나한테 뭐 할 말 없어?"

"무슨 말."

"어제 같이 술 마시기로 했잖아. 그런데 현수가 왔고. 그리고."

"그리고."

"넌 어제 생일이었고."

"그래서."

"나한테 안 서운해?"

도연의 무심한 눈동자가 잠시 의문의 빛을 내었다.

"안 서운한 거구나."

"유민혜."

"왜 안 서운해? 내가 너하고 같이 있어 주지 않았는데. 왜 아무렇지 않은 얼굴로 나를 볼 수 있는 건데?"

정원 앞, 생화를 가득 두고 물을 뿌리면서 민혜는 많이 불편했다. 가슴이 두근두근 속절없이 뛰었다.

도연이가 오면 어떤 말을 먼저 꺼내야 할까. 미안하다고 하면 괜찮다고 할까. 승규하고 어제는 무슨 말들을 했을까. 걱정을 하고, 또 걱정을 했다. 물론, 도연이 가져다준 술을 한 잔도 마시지 않고 정원을 나가 버린 현수의 걱정과 더불어.

아니, 그건 걱정이 아니었다. 자책이었다. 현수의 뒷모습이 아리게 보이는 순간, 도연을 원망했으므로. 그래서 생일인 도연이 어떤 마음으로 남은 오늘을 보낼지 뻔히 알면서 친구에게 가지 못했다. 아니, 가지 않았다.

마냥 마음이 복잡했다. 그런데 아무렇지 않아 보이는 도연의 얼굴이 서운하다. 현수의 말이 모두 맞는 것 같아서. 그의 앞에서 그렇게도 아니라고 부정했던 자신이 너무 쓸데없어 보여서.

민혜는 따지듯이 고쳐 물었다.

"정말 안 서운해?"

"여행 같이 가기로 했잖아."

"뭐야. 그거면 됐다는 거야?"

"민혜야."

"됐어. 너하고 무슨 대화를 하겠니."

휙 돌아서는 민혜의 뒤로 그녀의 머리카락이 찰랑거린다. 그 머리카락에 대고 무어라고 말을 할까 하다가 도연은 말았다.

민혜는 도연이 있는 쪽은 쳐다도 보지 않고 제 할 일을 했다. 정원 앞에 조르르 놓였던 생화가 그득 담긴 통들을 가져와 손질을 했다. 금세 정원 안이 꽃향기로 가득 찼다.

도연은 저도 모르게 얼굴을 찌푸렸다. 생화 특유의 냄새. 살아 있는 꽃이 내뿜는 그 성실한 냄새가 싫다. 아니, 정확히 말하면 그 꽃들도 살아 있는 존재는 아니다. 흙에 뿌리를 박고 당당히 서 있는 건 아니지 않은가. 그런데도 살아 있는 척, 예쁘게 웃고 있는 모습이 마음에 안 든다. 홀로 보는, 그 살아 있는 체하는 꽃들이 도연은 마음에 안 들었다.

그래서 살아 있는 꽃을 보면 저절로 표정이 굳어졌다. 민혜는 그 얼굴이 밀랍인형 같아서 싫다고 했다. 그 얼굴이 보기 싫다며 꽃시장에는 주로 민혜가 홀로 다녀오곤 했다.

승우가 좋아하던 수국이 색색이 통에 꽂혀 있다. 수국의 색은 토양의 산성도에 따라 달라진다고 했다. 승우는 그게 좋다고 했다. 제 모습을 선택하는, 아주 능동적인 꽃이라나. 그 말에 도연은 동의할 수 없었다. 뿌리를 내린 그 흙을 꽃이 선택할 수 있는 것은 아니었으니까.

순간, 보강을 말하던 남자가 떠올랐다. 아주 황당하게도 이승우의 한중간에. 말린 수국을 집어 종이 위에 올려놓고 저를 올려다보던 그 얼굴.

뭐야. 무슨 생각을 하는 거야.

도연은 그 눈을 애써 지워 내고 승우가 했던 말을 억지로 떠올렸다. 수국, 그래 수국. 그 꽃에 관한 말.


'선택하는 게 아니라, 선물로 받는 거지. 내게 온 너처럼.'

'어째서 선물이야?'

'선물은 내가 결정하는 게 아니잖아. 그래서 기대되고, 그래서 행복하고.'

'나를 오빠가 결정한 게 아니라는 말이야?'

'왜 그것만 골라 들어. 기대되고, 행복하다는 말은 어쩌고.'

'몰라.'


살아갈 수 있는 흙이 되어 주어 고맙다고 했다. 자신의 색이 무슨 색이든 상관없다고 했다. 온통 흙빛이어도 숨 쉴 수 있는 흙만 있으면 된 것이 아니겠냐고 너그럽게 웃던 그의 얼굴이 떠올랐다.

울컥, 울음이 쏟아지려고 한다.

민혜의 딱딱한 옆모습을 보며 눈물을 겨우 삼킨 도연은 작게 한숨을 쉬며 제 마른 꽃들로 시선을 내렸다. 어딘지 초라해 보인다. 마르고, 작아지고, 물기 하나 없이 퍽퍽한 그 꽃들이. 마치 제 모습처럼.

도연은 씁쓸하게 앞치마를 맸다. 그런데 주머니에서 무언가가 사각거렸다. 노란색 포스트잇. 구겨진 종이를 펼쳐 보니 제가 언젠가 끄적여 놓은 메모다. 그 종이에 침대 밑에서 보았던 쪽지가 오버랩되었다.

언젠가 이와 같은 느낌으로 가슴이 쿵 내려앉은 적이 있었던 것같다. 아무런 향이 없던 하얀 손수건. 이 자리, 여기서 내밀던 그 커다랗던 손. 그리고 오늘 이 노란 메모지.

아, 이렇게 나열을 할 만큼의 의미가 없는 일인데 왜. 연결점도, 그 어떤 공통점도 없는 일인데. 왜 지금. 그것도 같이.

고개를 작게 저은 도연이 구겨진 종이를 쓰레기통에 버렸다. 톡 떨어지는 소리에 울컥했던 눈물들도 같이 버려진 것 같아서 조금 고맙기까지 했다.

다시 몸을 돌려 민혜의 고집스러운 입술을 가만히 들여다보았다.

어제 마시지도 못하는 술을 마시면서 수없이 했던 생각들 중 친구에 관한 것들을 가만히 꺼내었다.

깨졌다는 민혜와 현수. 두 사람의 서먹했던 시선들. 그 사이의 저. 무수히 많은 할 말은 조금 있다가 해야 할 것 같았다.

❋ ❋ ❋

방금 칫솔질을 마친 입 안답지 않게 무언가 개운하지 않다. 어젯밤 마신 술의 여파가 양치 한 번에 싹 씻겨 내려갈 리가 없건만. 칫솔 하나에 걸린 기대치고는 너무한 처사라 도경은 거울을 보고 슥, 한 번 웃었다.

칫솔을 제자리에 꽂아 두고 사무실 책상에 앉았다. 아무도 출근하지 않은 사무실 공기에 옅게 종이 냄새가 묻었다. 마음에 든다.

도연을 방으로 데려다준 뒤 우현과 가볍게 칵테일을 하고 헤어질 생각이었는데, 같이하는 자리가 좀 길어졌다. 그 자리에 계속 여자가 있었으니까. 무언가에 홀린 듯 우현에게 털어놓았다. 십년지기 친구인 종길에게조차 하지 못한 말들을, 모두.

하나 피곤하지 않다. 길어진 술자리, 새벽같이 움직여 날라 놓은 이삿짐. 그리고 남은 일을 하러 홀로 앉은 사무실의 이 시간까지 보태어도.

귀퉁이에 놓인 손목시계 하나에 시선이 닿았다. 얼른 떼어 내 보려 하지만 이내 다시 가서 착 붙듯이 닿았다. 어젯밤 입었던 코트 주머니에서 꺼내 둔 것이다. 로즈골드색의 작은 시계는, 누가 봐도 여자의 것이었다.

먼저 올라가 자리를 보겠다며 해경이 건너가고, 같은 길을 건너며 들쳐 업은 여자의 몸이 달라붙는 느낌이 들지 않아 몇 번이나 추켜 업었다. 업을 땐 너무 찰싹 달라붙는 자세일까 걱정해 놓고, 뒤늦게 그러지 않아 힘들었다. 그래도 내려 업고 싶은 마음은 안 들었다. 그것이 귀 옆으로 와 닿는 숨소리의 묘한 느낌 때문은 아닐 거라 믿고 싶었다.

제 손의 위치에 대해 심각하게 고민하는데, 고개를 반대쪽으로 돌리던 여자의 팔이 목에 착 와서 감겼다. 사람 이상하게 몰고 가던 그 냄새. 여자의 체향이 또 진해졌다. 아주 빠르게 온몸 곳곳으로 퍼지는 것 같은 향을 그냥 체념의 자세로 받아들였다. 거리를 걸어 집으로 가기까지 어찌할 수 없는 시간이었으므로.

여자를 업고 어둠이 깔린 거리를 걷고 있는 자신이 낯설었다. 수채화 강사님의 번호를 미끄러트린 벌처럼 느껴진다. 그 이유가 무얼까, 라는 생각이 떠오르는 순간 무언가가 제 앞으로 툭, 떨어졌다.

제 앞에 떨어진 반짝이는 것. 여자의 시계였다. 잠시 망설였다. 일단 두고 갈까. 그런데 여자를 두고 다시 올 때까지 있으리라는 보장이 없었다.

끙, 소리를 내며 도경은 제 발 앞에 떨어진 시계를 한 손으로 주워 들었다. 그사이 허전해진 여자의 한쪽 다리 방향으로 그녀의 몸이 기울었다. 얼른 시계를 제 주머니에 밀어 넣은 그가 팔을 제자리로 돌려 놓았다.

닿아 있던 팔이 잠시 떨어졌다 되돌아왔을 뿐인데, 손과 팔에 와 닿는 여자의 몸이 또 다르다. 난감한 마음에 잠시 멈춰 섰던 도경의 귓가에 여자가 무어라 중얼거리는 소리가 들렸다.

발음이 뭉개져 잘 들리지 않아 고개를 기울이는데, 도연의 입술이 와 닿았다. 순간, 여자를 떨어뜨릴 뻔했다.

얼른 걸었다. 가까이 맞붙었던 얼굴이 흔들거리며 멀어져 갔다. 무언가 조련을 당하는 것 같은 느낌에 헛웃음이 나왔다.

금세 카페 건물에 도착했다. 그녀의 숨과 제 숨의 거리만큼, 조금 아쉬우려고 했다.


'빨리 들어와.'


해경의 집은 문이 훤히 열린 채 두 사람을 기다리고 있었다.

도연을 조카 방 침대에 내려 두고 그가 숨을 몰아쉬는 걸 바라보던 해경이 먼저 방을 나섰다. 물수건이라도 가져와야겠다며. 그 말이 반갑게 들렸던 건, 부정할 수 없다. 여자의 얼굴을 조금 더 보고 싶었으니까.

고개를 모로 돌린 여자가 흐느끼듯 울지만 않았더라면 그래도 그 방에서 금방 나왔을지 모른다. 정신도 못 차리면서 우는 그 모습이 가슴을 울적하게 만들었다. 예전 자신의 모습을 종종 내려다볼 수 있었다면, 딱 지금과 같았을 거라 생각하면서.

죽었다는, 그 사람 때문인가.

그 생각은 여자를 작아 보이게 만들었다. 제가 그러했듯이.

도경은 침대에 걸터앉아 팔을 뻗었다. 그녀의 위로 제법 오래 자리를 잡듯 돌아다니던 손이 어깨 위에 안착하기까지는 시간이 조금 걸렸다.

한 번, 두 번, 세 번.

그렇게 시작된 도닥임이 셀 수 없어지자, 가만히 도닥이는 팔 아래로 여자의 흐느낌이 잦아들었다. 그래서 돌아서려는데 여자의 신발이 눈에 들어왔다. 하나씩 벗겨 침대 옆에 나란히 놓았다. 그러고 나니 불편해 보이는 자세가 걸린다. 바로 뉘었다. 이제 정말 나가야지, 하는데 방의 온도가 너무 서늘한 것이 걸린다. 여자의 발치에 있는 이불을 하나 더 펴서 덮어 주었다.

그러는 동안 부지런히 그녀의 얼굴을 보았다. 무표정 아래 감추어 둔 본래의 얼굴을 발견한 것 같은 기분이 들었다. 아니, 발견이라기보다 훔쳐본 것 같은 느낌이 더 강했지만. 저는 이렇게 다른 표정을 보았는데, 빠르면 내일 마주칠지도 모르는 얼굴이 아무것도 모르는 건 어딘가 불공평한 듯싶었다. 그래서 셔츠 위 주머니에 꽂힌 펜과 메모지를 꺼내서 간단하게 인사를 남겼다.

물수건을 가지고 해경이 들어오자 도경은 방을 나왔다. 달 사장이 조금만 더 늦게 들어왔더라면, 그 발간 입술에 입술을 대 보았을지도 모를 일이었다.

그 이후로는 내내 그녀였다. 온 길을 되짚어 걸으면서도, 우현과 칵테일 한 잔을 홀짝이면서도, 2차에 가서도, 그리고 잠이 들 때까지.

도경은 시계를 집어 들었다. 가느다란 줄이 차르르 손가락에 닿았다 떨어졌다. 이제 어떻게 이걸 전해 줄까를 고민하면 될 일이다. 그게 또 무척이나 반가웠다.

도경은 당장 그 자리에서 일어났다. 어차피 눈에 들어오지도 않는 서류 따위보다 반가울 일이 먼저였다.

2층 계단 중간까지 왔을까. 조금 높은 톤의 목소리가 들렸다. 익숙하지 않으면서도 모르지는 않은 소리다. 수채화 클래스, 유민혜 강사의 목소리였다.

"다시는 안 올 것처럼 하더니."

"그래서 다시는 안 오기를 바랐어?"

"네 말이 다 맞아."

"뭐?"

"다 맞는데. 그게 아니야."

"무슨 헛소리야."

"헛소리. 그래, 다 허튼짓이야."

"유민혜."

아무래도 강사의 손목을 끌고 나가던 그 남자와 대화를 하는 중인 것 같았다. 사랑싸움인가.

정원에 가든, 카페에 가든 사랑싸움을 하는 연인의 사이를 지나야 했다. 도경은 1층 계단 위에서 조금 망설였다. 그러다 다시 올라가는 쪽으로 마음을 굳히고 한 발을 떼었을 때, 그는 다시 제자리로 돌아와야만 했다. 반가운 목소리가 들렸기 때문이다. 그 목소리는 연인 사이에서 정확하게 들렸다.

"나, 이제 괜찮아."

"뭐?"

"나 때문에 다툴 일 없어."

"도연아."

"뭐 때문인지 아는데, 이제 모른 척 안 할게."

잠시 정적이 흘렀다. 도연이 다시 말을 이었다.

"니들은 니들 연애 해. 거기에 나는 빼 주고."

"하도연."

"현수. 너 원하는 대로 해. 민혜가 정원 그만두기 바라면 그렇게 하고, 나 만나는 거 싫으면 그렇게 하고."

"하도연! 너 지금 무슨 말을 하는 거야? 그리고, 왜 윤현수가 원하는 대로 해야 하는 건데."

다시 정적이 흘렀다. 이번에도 도연이 먼저 말을 이었다. 조금…… 힘들어하는 말투였다.

"너 아팠을 때 현수가 지켜 줬으니까. 그리고, 내가 아플 때 민혜 네가 지켜 줬으니까. 나 이제 정말 괜찮아. 나도 민혜 너처럼 살고 싶어졌어. 내가 좋아 죽겠어서 이렇게 질투도 해 주고, 걱정도 해 주고 그런 사람 만나서……."

"……도연아?"

"그렇게 살고 싶어졌어."

그 말에 남자의 목소리가 다가붙었다.

"그러고 싶은 사람이라도 있어?"

다시 정적. 도경의 가슴이 빨리 뛰었다. 심장 뛰는 소리만으로도 계단 아래에 있는 이들에게 들켜 버릴 것만 같은 그런 울림으로.

"……있어."

"누구?"

득달같이 달려드는 민혜의 말에 그녀가 망설이며 말했다.

"……보강하자고 하는 남자."

"뭐?"

심장이 너무 빠르게 뛰어 방전이 되었을까. 사위가 하얗게 어두워졌다.

저절로 몸이 내려간다. 아니, 마음이 먼저 움직였다. 도경은 빠르게 그녀가 있는 복도로 걸어갔다. 아니, 뛰는 것에 가까운 걸음이었던 것 같다.

"어?"

민혜가 다가오는 도경을 발견하고는 소리를 내는 것과 그가 그녀를 확 끌어다 안은 건 거의 동시에 일어난 일이었다.

"뭐야. 누구야, 당신."

현수가 도경의 팔을 잡으려 손을 뻗는데, 그의 팔이 저절로 떨어졌다. 그는 조심스럽게 도연에게 말했다.

"아, 미안합니다."

"저기."

"엿들으려고 한 건 아니었는데, 그렇게 됐습니다."

"그게."

"자."

도경이 도연의 손목을 가볍게 끌어와 손바닥 위에 무언가를 올려 주었다.

"이건."

"사례금 톡톡히 받았습니다."

"네?"

"연락하겠습니다. 그럼."

다가온 걸음만큼이나 빠르게 그가 카페 뒷문으로 사라졌다. 그 문을 열기 전에 잠시 돌아본 얼굴이 어둑한 복도 조명 아래로 언뜻 보이기를, 환하게 웃고 있었다.

"도연 누나. 뭐야. 누구야?"

현수가 대답을 듣지 못한 질문을 도연에게 다시 했다. 그러나 민혜의 동그랗게 뜨인 눈이 질문을 고스란히 받았다.

"그러게. 방금 무슨 일이 있었던 거니?"

가만히 서서 제 손에 올려져 있는 시계를 내려다보는 도연의 볼이 그제야 서서히 붉어졌다.

❄ ❄ ❄

"안 돼. 어디 가."

"어디 안 가."

"갈 거잖아. 브래지어, 집는 거 다 봤어."

민혜의 다물린 입술을 현수의 손이 늘여 쥐었다. 유민혜는 집에 있을 땐 위쪽 속옷은 챙겨 입지 않는다.

저 속옷을 집어 들어 입고 나면 나가겠지. 왜, 하도연이 궁금해서. 안 된다. 어림도 없다. 말캉한 입술이 제 손안에서 꿈틀댄다. 망할, 팔에 솜털이 바짝 설 정도로 귀엽다.

현수는 남은 한 팔을 뻗어 그녀의 뒷머리를 안아 끌어왔다. 입술을 놓은 손이 얼른 그녀의 등을 꼭 안았다. 촉, 입술이 닿았다 떨어지는 소리가 상큼하게 방 안에 퍼졌다. 훅 당겨진 몸이 넉넉한 품에 착 감겼다. 맞닿은 가슴 사이에서 열기가 오른다. 심장이 몸 한가운데 있는 건, 끄트머리에서 시작된 열기를 어찌 감당할 수 없어서가 아닐까.

"이리 와. 안 돼."

"현수야."

"그렇게 불러도 안 돼."

"현수야아."

"안 되는 건 안 돼."

민혜가 그의 어깨를 잡아 밀어 냈다. 어림없다. 우악스러운 손이 금세 간극을 메웠다. 얼마나 이렇게 붙어 있었는지 시간의 흐름을 짐작하는 것도 어려웠다.

현수가 낮게 읊조리듯 말했다.

"내가 유치하다고 했지."

"어?"

"그래. 난 유치해."

정원에서 다른 남자 곁에서 웃고 있는 얼굴을 보았을 때 깨달았다. 저는 겁나 유치한 남자라는 것을. 현수는 유치해지기 싫어 발버둥 치느니 인정하는 쪽을 택하기로 했다. 저는 지금 유치하다. 앞으로도 유치할 것이다. 그것 때문에 제가 민혜를 얼마나 사랑하는지 뼈저리게 다시 떠올렸으니까.

"현수야."

"난 유치하고, 속 좁고, 포용력이라고는 1도 없는 인간이야."

"나 화나려고 해."

짐짓 진지한 민혜의 얼굴을 한참 보던 현수가 부드럽게 웃으며 말했다.

"너한테만 그래. 나는 너한테만 그렇다고."

"뭐?"

"도연 누나한테 그럴 수는 없잖아. 유치하게 내 애인이 힘드니까 네가 좀 어떻게 알아서 잘 살아 봐라. 할 수는 없잖아."

"윤현수."

"그러니까 나 좀 봐 줘. 가지 마. 하도연 일은 하도연이 알아서 하게 좀. 응?"

징징거린다고 해도 할 말 없는 마지막 제 말에 현수는 온 미간을 찌푸렸다. 스스로 생각해도 진짜 별로다. 그런데 생각지도 못하게 나긋한 팔이 제 어깨로 올라오며 말했다.

"알았어. 나도 몰라. 하도연 따위."

"이렇게 순순히 물러날 리가 없는데. 저번처럼 나 재우고 나갈 거지."

"자긴 할 거야?"

"응. 너하고 같이."

"재우긴 하고?"

"응. 일단 좀 더 안고."

다음은 말 대신 꺅, 짧은 비명이 나왔다. 곧 민혜는 내지른 비명이 무색하게 생긋 웃었다.

제 몸을 타고 올라오는 그의 커다란 손에 촉촉하게 열기가 묻었다.

"나 지쳐서 못 나가게 하려는 거라면, 그만둬."

그녀가 그 손을 꼭 잡고 제 가슴께에 올렸다. 순식간에 목적지에 다다른 손이 덥석 반겼다.

"내가 지쳐서 못 잡게 하려는 거라면, 그만둬."

지지 않고 대꾸하며 현수가 그녀의 허리를 팔로 감았다. 아랫입술을 한 번 훑어 낸 혀가 얼른 제자리를 찾는다. 맞댄 두 사람의 얼굴 사이에서 쿡쿡대는 웃음소리가 새어 나왔다. 싸움이 칼로 물 베기인 건, 꼭 부부만은 아닌 것 같았다.

"가지 마⋯⋯."

자면서도 흘리는 잠꼬대라고는 그 한마디뿐이다. 민혜는 제 팔을 베고 중얼거리는 현수의 얼굴을 오래 들여다보았다.

그래, 안 가. 나도 몰라. 하도연 얼굴색이 변한 거 봤어. 그걸로 됐어.

민혜는 도연을 떠올리는 대신 현수가 했던 말들을 하나씩 떠올려 보았다. 도연을 박력 있게 끌어안더니 가 버린 남자에 대한 말들 때문에 절로 친구의 얼굴이 다시 떠올라 버렸지만.

궁금하고 궁금하다. 착 달라붙어 떨어질 줄을 모르는 현수의 팔을 밀어 내고라도 당장 가 보고 싶을 정도로. 그러나 민혜는 이내 고개를 저었다. 그런 생각을 한 것이 제 몸을 두른 팔에게 미안했다.

다시 현수의 말들을 꺼내 본다. 우리 사이가 소원해지면, 도연의 마음도 좋지 않을 거라는 말들. 너 없는 사이 많이 힘들었다는 말들. 그리고 무척 마음에 들던 마지막 말.

'미안함까지만 해. 그다음 죄책감은 내가 다 가져갈게. 나한테 다 줘.'

정확히 그게 무슨 말인지는 모르겠다. 저의 체향에 취한 사람처럼 내었던 그 말. 그런데 그 말이 무슨 의미인지 아는 게 중요한 게 아니었다. 의미와 관계없이 진심이 느껴졌으니까. 그냥, 더는 생각을 하고 싶지 않게 만드는 그런 든든한 말이었다. 그다음은, 기억나지 않는다. 사고 회로 대신 쾌감만이 들어찬 몸 구석구석으로 그저 그의 진심이 전해졌을 뿐이었다. 그 순간을 기억하며 민혜는 몸을 잘게 떨었다.

현수의 뻗은 팔 위로 남아 있을지도 모르는 걱정을 마저 쏟았다. 든든한 팔에서 제 냄새가 난다. 볼을 비비며 그의 품 안으로 파고들었다. 옹송그린 자세로 달라붙는 것이 마음에 들지 않는지 자면서도 그가 허리 쪽을 꼭 끌어안았다. 길게 펴진 몸이 마음에 드는 듯 그가 알아들을 수 없는 말을 중얼거렸다. 그 말이 '가지 마.'는 아닌 것 같아서 다행이라는 생각을 했다.

이런저런 생각을 하면서 연신 그를 쓸어 대는데, 현수가 눈을 떴다. 잠이 묻어 나른한 눈이 서서히 깨어나는 모습을 지켜보는 건, 언제나 가슴 설레는 일이다.

"나가고 싶어 근질거려?"

"아니."

"거짓말."

"정말."

"가고 싶음 가. 궁금하잖아."

어제 현수는 그 복도에서 민혜를 얼른 데리고 나왔다. 끌고 나오다시피. 급한 건 하도연이 아니었다. 하도연의 사정이야 어떻든 유민혜 쪽이 제겐 급하고, 중요하니까.

다르게 살고 싶게 만드는 남자도 있다고 하고, 그 남자가 와서 확인 사살도 하고 갔는데 뭐가 문젠가 싶었다. 그런데 정신없이 민혜를 끌고 집에 와서 생각하니, 정말 그래도 되었나 싶다. 정말 뒤도 안 돌아보고 왔는데. 그 남자가 누군지 알고. 어떤 놈인지 알고 거기에 덩그러니 도연 누나를 놓고 왔을까. 그리고 무엇보다, '아무 기미가 없었는데 도대체 언제?' 라는 의문이 머릿속을 자꾸 맴돌았다. 눈치를 보아하니 민혜도 마찬가지인 것 같고.

생각을 마치자마자 현수는 옷을 챙겨 입었다.

"커피는 나가서 마시자."

※ ※ ※

얼마 만일까. 오후에는 오랜만에 꽃 시장에 다녀왔다. 아침, 민혜의 말을 들으면서 떠올렸던 사실이 새삼 마음에 걸렸기 때문이다. 표정이 밀랍인형이 어쩌고, 했던 건 배려라는 것을 알면서 그냥 지나쳤다. 너무했고, 너무했다. 그 갑작스러운 깨달음은 종일 가슴을 서걱이게 했다.

황무지에 꽃을 심을 수 있을까.

압화 클래스 내내 마른 꽃을 만지면서 도연은 살아 있는 꽃에 관해 생각을 했다. 언젠가부터 만지기 힘들던 생화. 그 물이 뚝뚝 떨어질 것 같은 축축하고 여린 이파리들.

장미 꽃잎을 만지다 배어 나온 꽃물이 그가 흘린 피처럼 보이고, 프리지아 꽃잎을 만지다 눈이 시리면 그처럼 서러운 일이 없었다. 너무나 좋아하던 꽃을 볼 때마다 생각나는 사람이 있어 행복했는데, 순식간에 역전되었다. 그 암담함을 어떻게 가눌 수가 없어서

도연은 생화를 만지는 것을 그만두었다.

손을 대어 거두지 않고 내버려 둔 거친 땅에 씨를 심은들 싹이 날까. 나는, 내가 지금은 황무지가 아닐까.

……왜 그런 말을 했을까.

가닥이 잡히지 않는 생각처럼 왜 그랬는지 도무지 알 수 없었다. 그 순간에 떠오르는 남자라곤 그 사람뿐이어서, 라고 말하기엔 너무나 황망한 일이었다. 민혜의 말에 대답을 하지 않으면 그뿐인데. 마음에 없는 말은 잘 하지 않는데, 그렇다면 마음에 있던 말이었을까.

제 마음을 알 수 없어서 생각을 해야 하는 것만큼 답답한 일은 없을 것 같았다. 누군가에게 물을 수도 없는 노릇이고.

답답했다. 그리고 그제야 느낀 정원의 공기도 습하고 미지근했다.

도연은 의자에서 일어나 정원 입구 문을 활짝 열었다. 마주 보이는 건너편 가로등에 불빛이 하나둘 들어와 있었다. 그것도 꽤나 오래전부터 그랬던 것처럼 주위가 깜깜했다.

열린 문틈으로 바람이 들었다. 한겨울이 비켜선 자리엔 상대적으로 훈훈한 온도가 남았다. 계절이 떠나고 있었다.

그래서 뜬금없이 꽃 시장에 다녀왔다. 떠나는 계절이 아쉽다기보다는, 다가올 계절이 반갑지 않아서. 안 하던 짓을 하면 조금은 반가워지지 않을까, 해서.


현수가 어깨를 톡톡 건드렸다. 골목 입구 카페의 할인 패널을 보던 고개가 그의 손가락 끝으로 향했다. 그 자리에 남자가 서 있었다.

"뭐야. 저 눈빛."

현수가 중얼거리면서 한 발 크게 내디뎠다. 그 말에 도경의 눈빛을 살피던 민혜는 얼른 연인의 팔을 잡았다. 좀 더 보고 싶었다. 그런데 현수는 민혜를 돌아보지도 않고 말했다.

"지금, 정원 보는 거 맞지?"

"응."

"지금, 도연 누나밖에 없지?"

"응."

"나 지금 기분이 별로야."

"왜?"

"그냥."

다른 말을 더 하지 않고 현수가 큰 걸음을 걸었다. 잡아도 잡히지 않는 팔에 민혜가 같이 매달려 걸었다.

뭐랄까, 상당히 복잡해 보이는 눈이었다. 그렇지만 현수가 저를 보는 눈과는 다르다. 호감이 있는 눈길이라기보다, 관찰하는 것 같은 눈빛이었다. 한시도 떼 내지 않고 무언가를 보아야 하는 과제가 있는 사람처럼.

그래서 도경이 알아챌 만큼의 거리에 다다라서도 민혜는 쉽게 말을 시작하지 못했다. 무언가를 기다리는 듯 서 있는 도경에게 눈인사를 한 민혜가 현수에게 말했다.

"가자."

"응?"

"요 앞 카페, 프라페 할인한대. 그것도 오늘까지. 지금 먹고 싶은데, 들어갔다 가면 문 닫을 거 같아."

"그 카페 문 닫으려면 아직 멀⋯⋯."

"가자. 덥다."

현수의 팔을 다시 잡아끌었다. 저 멀리서 그들을 돌아보는 남자에게 한마디 남기는 것도 잊지 않았다.

"주말이라 여덟 시면 정원 문 닫아요."

두 사람이 그렇게 돌아왔던 길을 되돌아 걸어갈 무렵, 정원의 문이 열리면서 달랑이는 방울 소리를 냈다.

"어디 가지?"

도연의 중얼거리는 목소리가 들린다. 순간, 도경은 어제 제 등에 업혀 중얼거리던 그 소리들이 떠올랐다. 색색거리던 숨소리와 더불어 그 포근하던 향기가 동시 지원되었다. 짧은 한마디 목소리에서, 체향까지. 아주 효율적인 반응이 아닐 수가 없다.

효율적⋯⋯ 효율적?

목소리에서 촉감을 얻고, 시선에서 후각이 따르는 것 같은 기분을 느낄 수 있는 건 보통 사이일 때가 아니었다. 민정이 정도는 되어야⋯⋯.

민정이. 민정이?

도경의 얼굴이 딱딱하게 굳었다.

분명, 여자의 한마디 때문에 시야가 혼탁할 정도로 뛰었던 심장이 다른 의미를 가지고 내려앉았다.

매정하다 할지라도 이제 그만 잊기로 했던 얼굴이 여자의 얼굴에 겹쳐 보이자, 도경은 적잖이 당황했다. 그 당황의 순간 여자의 눈이 정확하게 제게로 와 닿았다. 가슴에 휙, 하고 바람이 불었다.

적어도 나는 바람은 아니었다. 분명히 드는 바람이었다. 그때 비로소 심장이 다시 뛰기 시작했다. 여자의 시선을 꼭 붙들고 싶었다.

아무 말 없이 한 걸음 다가갔다. 물러서지 않는 대신 도연이 눈을 깜박였다. 할 말이 많은 것 같기도, 아닌 것 같기도 한 눈이었다. 아니 그보다, 한번 만져 보고 싶은 눈이었다. 도경은 솔직해지기로 했다.

"만져 봐도 됩니까."

도연의 눈가가 비뚜름해졌다. 그러고는 조용히 앞치마 주머니에 두 손을 넣었다. 그 작은 행동 하나에 거절이 골골이 묻었다. 도경은 조용히 웃었다.

"그 앞치마 속 손. 말린 꽃이 붙은 어깨."

"네?"

"그렇죠? 너무 갔나."

"이것 보세요."

"그런데 어쩝니까. 너무 간 게 아니고, 덜 갔는데. 사실은 아무것도 바르지 않은 입술. 그 입술이 만져 보고 싶습니다."

"구도경 씨."

"되묻지 않고도 이름 기억하는군요."

남자의 이름. 기억한다. 그렇다고 그 기억 때문에 그렇게 의기양양해도 된다는 의미는 아니다. 나는 그냥 말실수를 만회할 기회를 얻고 싶은 것뿐이다.

도연이 막 입을 열려고 할 때였다.

"솔직하고 싶어서 한마디만 더 합니다."

"무슨."

"당신한테 끌립니다."

"네?"

"중력 수준으로."

"구도경 씨."

"보이지 않는다고 무시하기엔 누구나 다 알고 있는 공공연한 비밀 같은. 그런 느낌입니다."

"대체 무슨 말씀을 하시는 거예요?"

도경은 잠시 말을 멈추었다. 말을 하다 보니 그녀의 입술뿐 아니라 모든 것을 만지고 싶었다는 것을 알아챘다. 손끝 하나 닿지 않았는데, 생각만으로 뜨거워지고 가슴이 당기는 그런 느낌.

그제야 그는 도연의 얼굴에 겹쳐지던 민정의 정체를 조금 알 것 같았다. 도연의 미세한 표정 하나까지 놓치기 싫은 자신을 그 근거로 삼아.

얼굴이 겹치는 이유는 겁이었다. 겁이 나서, 무서워서. 끝이 있었던 일의 시작과 비슷하니까. 그러하니까.

겁이 난다라.

도경의 가슴에 불어오던 바람이 거세어졌다. 이제는 돌이킬 수 없을 것 같았다. 만나기가 겁이 나는 여자, 지금 당장 안고 싶은 여자.

"나 할 말이 있습니다."

"지금 하고 계시잖아요."

가만 보면 이 여자, 말이 없는 것 같지만 조목조목 할 말은 다한다. 그런데 그게 나쁘지 않다. 말이든 뭐든 쏟아 내는 것이 힘들었을 테니까.

내가 그랬으니까.

"그래서, 해도 됩니까?"

집요하게 대답을 요구하는 것 같은 뉘앙스의 말에 도연은 살짝 얼굴을 찌푸렸다. 도경이 이어 말했다.

"이유를 찾고 싶었어요."

"네?"

"하늘재에서, 그리고 여기서, 아까 그 복도에서. 내가 왜 그런 행동을 했고, 왜 그런 말을 했고, 왜 그런 생각을 했는지."

"그런데요."

"이제 알 것 같습니다."

"아까 복도에서의 제 말 때문인가요?"

도연은 그가 그렇다고 말하기만을 기다렸다. 그 복도에서의 말은 민혜와 현수를 위한 모면이라는 것, 그걸 설명해야 했으니까. 그런 데 남자의 견고한 눈빛에 바로 변명을 갖다 대기가 어려웠다. 도경 의 행동과 말에서 그의 생각이 고스란히 느껴졌다. 굳이 다음 말을 하지 않아도 짐작할 수 있을 것처럼.

그래도 해야만 한다. 정리가 되지 않는 상황은 만들지 않는 편이 현명하지만, 더 어지러워지기 전에 떨어진 물건들이라도 주워 올려 야 했다.

그런데 이어진 그의 말에 차마 입을 열지 못했다. 입술이 풀을 잔뜩 바른 것처럼 찐득거려서 도저히 열 수가 없었다.

"아니. 당장 도연 씨를 안고 싶으니까."

팔에 오스스 한기가 돌았다. 도연은 소름과 전율이 한 끗 차이라 는 것을 오늘 처음 깨달았다. 도경의 말은 후자 쪽이었다. 이해되지 않는 일이었다.

"……굉장히 무례하신 거 아시죠."

"듣는 쪽에서 무례라면, 그런 거죠."

"아무에게나 말할 수 있는 그런 이야기는 아니잖아요."

"아무가 되고 싶지 않아서 하는 말이라면, 이야기가 다르지 않겠
습니까."

"그건 아무가 되지 않은 후의 일이고요."

"그럼 우린 지금 뭡니까."

"네?"

"지금 우리 단계는 뭐인 것 같습니까."

도연의 눈이 서너 번 깜박였다. 단계를 논할 단계가 아닌 것 같
은데, 단계를 묻고 있다. 그걸 또 자신은 대답하려고 고민하고 있
다. 대답을 고민하게 하는 남자. 뭘까.

처음 느껴 보는 묘한 감정이 솟았다. 그걸 모른 체하며, 도연은
서둘러 말했다.

"걱정이겠죠."

"걱정?"

"추모관에서 본 여자를 우연히 다시 만났고, 같은 일을 겪었다는
것을 알았고. 그저 그런 동정과 오지랖 넓은 걱정 아닐까요."

"신랄하네요."

"아뇨. 사실이죠."

도경은 눈을 가늘게 떴다. 도연의 말에서 알 수 없는 이물감이
느껴졌기 때문이다. 그 복도에서 느꼈던 말속의 의미는 싹 지운 것
같은 말이었다. 조금은 서운했다.

"내 혼란을 눈치챈 것 같은 말입니다."

"무슨."

"스스로 정리를 하지 못하는 사람을 헤집는 말."

"구도경 씨."

"나도 이러는 내가 이해가 안 됩니다. 맞죠. 그렇죠. 이유는 찾았지만, 납득은 안 될 수 있는 거니까."

도연이 그를 조용히 응시했다. 변명을 하지 않아도 제가 원하는 말을 들을 수도 있을 것 같기도 하고, 사실은 그 뒤가 궁금했다. 묘하게 뒤를 궁금하게 하는 남자의 화법 때문에 조급한 모양새처럼 보일까 봐 아무 말 않는 쪽을 택했다.

"그래서 나를 설득하는 대신, 당신을 설득하는 쪽으로 마음을 굳혔습니다."

"네?"

"방금. 지금 이 자리에서."

도경은 도연을 살피듯이 바라보며 말을 이었다.

"당신이 이해가 되면, 그게 맞는 거니까."

"……나를 설득하지 못하면요."

"그럴 리는 없을 겁니다."

"자신감이 지나치시네요."

"말했잖아요. 나는 면역이 있는 남자라고."

'면역' 그 한 마디가 도연을 어지럽게 했다. 덜컹, 흔들리며 무언가가 쏟아지려고 했다.

도경은 그런 그녀를 조용히 바라보았다.

왜 복도의 그 말처럼 용감하지 못하느냐고 여자를 다그칠 이유는 전혀 없었다. 제가 용감해지면 될 일이었다. 갑작스러운 행동이었지만 사과하고 싶은 마음도 없다. 하지만 더는 마음대로 행동하고 싶지 않았다. 그 대치 상태가 묘하게 마음에 들었다. 마음을 숨기는 것이 익숙할 여자에게 이렇게 다가가고 싶었다. 진심이었다.

도연의 눈이 힘들게 자리를 잡았다. 원래의 눈이 어떤 모습이었는지 짐작하기 힘든 최근의 눈으로. 그의 말 한 마디가 그녀 안에서 흔들리던 무언가를 쐈다. 아니, 확 뒤집어엎었다. 허우적대며 정신을 차려 보니 웃고 있는 남자의 얼굴이 보인다. 시선을 마주하기 힘들었다.

그 짧은 말에 여러 사람의 얼굴이 스쳐 지나간다. 그 어느 것 하나 소홀히 흘려보낼 수 없는 고마운 사람들. 미안했고, 미안하고, 미안할 것만 같다.

도연은 단단히 준비를 하고 내려뜨렸던 시선을 살짝 들었다. 한참을 올라간 뒤 멈춘 곳은 그의 눈동자 앞이었다.

계속 그대로 있었던 것 같은 남자의 눈빛이 득달같이 달려드는 것 같았다. 움직이지 않는데 훅 딸려 들어가는 느낌이 든다. 그녀는 시선에 조금 더 힘을 주었다.

"좀 이용하면 어떻습니까."

"네?"

"내가 도연 씨 마음을 다 안다고 하면 거짓말이겠죠."

"네."

"그래도 일단 준비는 되었다고 생각하는데."

"네?"

도경은 뭐든 다 귀찮고 싫던 시간들을 떠올렸다. 바라는 바가 없던, 욕망이 없던 그 시간들.

민정이 죽고 보낸 시간 중 5할은 그리움, 5할은 죄책감이었다. 그리움이 자리를 조금 더 차지하는 날에는 그녀가 불쌍하고, 죄책감이 자리를 조금 더 차지하는 날에는 제가 불쌍했다. 누구든 불쌍할 수밖에 없는 그런 날들은 차곡차곡 쌓였다. 더는 쌓이지 못할 때가 되어서야 정신이 번쩍 들었다. 그 누구도 이런 걸 원하지는 않을 거라는 생각. 그런 생각이 들었다.

그 쌓인 시간들 속에서 빠져나오기란 쉽지 않은 일이었다. 쌓인 것들이 무너지기 전에 그 생각을 했던 것을 지금도 감사하게 생각한다. 그래서 지금 눈앞의 여자에게 손을 내밀고 싶었다. 무너지기 전에. 더는 되돌릴 수 없기 전에.

파노라마 필름이 지나가듯 머릿속이 빙글 돌았다. 정신을 차렸을 때에는 선명한 그녀의 입술이 보였다. 가슴이 두근댄다. 내 심장이 이렇게 펄떡인다는 것을 알려 준 사람. 그녀가 자신이 없으면 어떻고, 용기가 없으면 어떤가. 그런 것은 아무 상관이 없었다.

지금 키스를 하면 뺨을 맞을까.

빠르다는 느낌이 전혀 들지 않는다. 무척 그러고 싶다. 그 입술이 끌어당기는 탓이다. 가슴이 두근대는 탓이다.

도경의 눈동자가 깊어졌다.

마주한 도경의 눈빛에서 숨이 막힌다는 느낌이 받는 순간, 도연은 시선을 피했다.

곧바로 탕비실로 들어가 손을 씻었다. 잠을 쫓을 때, 정신을 차리고 싶을 때 하던 버릇대로. 물이 손에 쏟아지는 느낌이 그 전만큼 시원하지 않다. 그래도 제게 온통 달라붙었던 것들을 떼어 내기에는 충분했다. 도연은 크게 심호흡을 했다.

"솔직하게 말할게요."

다시 그의 앞에 섰을 때는 어느 정도 진정이 된 후였다. 무엇으로부터의 진정인지는 알 수가 없었으나, 아무튼 그랬다.

"도경 씨 매력 있어요. 누군가와 이렇게 오래, 또 길게 대화해본 적이 언제였나 싶으니까."

"매력의 기준이 대화의 길이라. 도연 씨도 매력 있습니다."

"그런데 나는. 나는."

다음 말이 쉽사리 나오지 않았다. 말이라는 것이 늘 생각 다음 나오는 것은 아닌 것 같은데. 이 사람 앞에서는 생각을 하고 말해야 할 것 같다.

생각을 가져야 하는 남자. 그의 존재감이 갑자기 몇 배로 훅 몸을 부풀렸다. 그 느낌은 그다지 좋지 않았다. 다음 이어진 남자의 말도 그러했다.

"괜찮아요. 다음 말 하지 않아도 됩니다."

"네?"

"그냥 그대로 있어요."

"어째서요."

"죄책감은 그냥 그렇게 무시할 수 있는 게 아니니까."

"죄……책감?"

"어찌할 수 없는 그리움 다음은 죄책감이더라고요."

도연의 얼굴이 다시 멍해졌다. 모르는 단어를 막 배운 아이처럼 그 말을 저도 모르게 중얼거렸다. 얼굴이 뜨끈해졌다. 열이 오른다. 더는 남자 앞에서 버틸 수가 없다. 다리에 힘이 풀려 주저앉아 버릴 것 같았다.

입술을 꼭 깨문 그녀가 억누르는 말투로 낮게 말했다.

"나가요."

그녀의 억눌린 목소리 위로 물기가 그렁그렁한 눈이 보인다. 못 본 체 도경은 조용히 돌아섰다.

더 있었다간 정말로 뺨을 맞을 일을 해 버릴 것 같았다. 그 얼굴이 미치게 예뻤으니까.


그가 나갔다. 정원 안에는 문이 달랑거리며 울리는 바람종 소리만이 남았다. 그제야 도연은 눈물을 쏟아 냈다.

그냥 눈물이 난다. 그깟 말들이 뭐라고. 아무 생각이 나지 않을 때까지 울고 나면, 아무 일도 없었다는 듯이 무표정으로 돌아갈 수 있을 것 같다.

도경이 한 말들이 머릿속을 빙빙 돌며 마구 긁어 댔다. 더는 생채기가 나지 않을 것 같은 속이 자꾸 더 상한다. 그런데 어딘가 모르게 시원했다. 마구 쏟아 내는 눈물처럼 도연은 그의 아무 말이나 떠올렸다. 긁고, 또 긁고. 할퀴고 또 할퀴고. 그런데 이상하게도 그 생각들에게 죄다 맡기고 싶어지는 시원함이 있다. 그 할퀴는 손톱이 날카롭지 않고 뭉툭하게 느껴졌다. 가려운 곳을 긁어 주는 그런.

아니. 이런 말도 안 되는 생각이라니.

도연은 쿵쿵대는 가슴을 주먹으로 툭툭 내리쳤다. 울면서 억지로 승우를 떠올렸다. 그런데 웃고 있는 그가 아니라 엉망진창이 된 그가 눈앞에 나타나서 눈을 감고 울어야만 했다.

죄책감, 죄책감이라고. 그래. 내가 오빠에게 가지는 감정은 이제 죄책감뿐인지도 모르겠다. 그에게 전할 것도, 전해 받을 것도 더는 없으니까.

하지만.

하지만이라는 말을 도연은 오래 되뇌었다. 곱씹으면 씹을수록 쓴 물이 올라왔다. 단물이 다 빠져 버린 그런 말. 그 말에 아슬아슬하게 매달려 있는 기분이 든다. 그 하지만을 붙든 손이 이제 벌벌 떨린다. 더는 매달리기 힘들 것 같았다.

그러면 나는 어떻게 해야 할까. 아무것도 안 하고 싶은데, 아무것도 할 수 없을 것 같은데.

❋ ❋ ❋

사고는 순식간이었다. 승우와 저녁을 먹으러 가다가 네 생일날에도 나는 왕따냐며 토라진 민혜를 데리러 가는 길이었다. 도연은 손에 들린 장미 다발을 들고서 친구처럼 토라진 체를 했었다.

'내가 좋아하는 꽃 잘 알면서.'

흔한 장미 다발이라서 그런 게 아니라 그냥 그래도 될 것 같았다. 생일이니까. 그가 주는 선물이니까. 원하는 것으로 기쁘게 받고 싶었다.

'너 좋아하는 메리골드, 꽃말이 난 별로야.'

'꽃말?'

'오늘은 네 생일이니까 그런 꽃말을 가진 꽃은 선물하고 싶지 않았어.'

'그래도 난 그 꽃이 제일 좋은데.'


고민하던 그는 가까운 꽃집으로 가서 메리골드를 사 주었다. 처음 들렀던 두 군데는 그 꽃이 없어서 근방을 빙빙 돌아야 했다. 기어코 제가 원하는 꽃다발을 안고 도연은 함박웃음을 지었다. 그때 그녀를 행복하게 바라보던 그의 차를 신호를 위반한 트럭이 덮쳤다. 어디서, 어떻게 나타났는지 알 수 없는 커다란 그림자가 차 앞으로 다가드는 끔찍한 순간을 기억해 내자, 도연의 온몸에 소름이 돋았다.

그는 달리던 차의 속도 그대로 핸들을 꺾었다. 도연의 쪽으로. 트럭의 앞머리가 운전석을 그대로 받았다. 그는 즉사했고, 도연이 살아난 건 천운이라고들 했다.

도연이 기억하는 마지막 장면은 피범벅이 된 메리골드였다. '이별의 슬픔', '가엾은 애정'이라는 꽃말을 가진 꽃.

그 꽃을 사러 그 길을 빙빙 돌지만 않았다면. 제가 토라지지만 않았다면.

그리고.

그가 저를 조금 덜 사랑했다면.

두 팔로 떨리는 몸을 감싸 본다. 수없이 떠올려 본 장면이지만 적응이 되지 않는다. 아마도, 평생 적응이 되지 않을 듯싶다. 화면이 바래 버린다고 해도, 그때 보았던 메리골드의 색은 변하지 않을 것 같았다.

죄책감이라고. 그래, 이건 명백한 죄책감이다. 어찌할 수 없는…… 그런 죄책감.

눈물이 더는 흐르지 않는 그녀의 얼굴이 단호하게 굳었다. 그 표정을 미처 따라오지 못하고 발그레한 뺨이 헉헉댔다.

역시 그냥 나오지 말았어야 했나.

도경은 정원을 나서는 순간 후회했다. 울 것 같은 표정의 여자를 남겨 두고 오는 마음이 좋지는 않다.

몇 걸음 걸었을까, 바닥에 달라붙은 발이 도저히 떨어지지 않는다. 뒤를 돌아보았다. 홀로 불이 켜진 정원이 외로워 보였다. 그냥 그 곁에서 있어 주고 싶었다.

당장 정원으로 향하려는 발길을 겨우 붙잡고 생각을 한다. 마음이 가는 대로 둘까, 아니면 조금 더 텀을 둘까. 무척 불공평한 생각이다. 제 마음이 결정할 일인데 둘 중 하나가 마음이 가는 대로 두는 거라니. 그래서 당연하게 그쪽으로 많이 기운다. 기운 김에 그냥 힘을 실었다.

몇 분 전 보았던 그녀의 얼굴이 벌써부터 아른거렸다. 제 오지랖 넓은 말이 그녀에게 상처를 주지는 않았는지 걱정스러웠다. 그래서 제 이야기를 좀 해 보기로 했다. 듣지 못할 거라면, 하는 편이 나을 것 같았다. 궁금해하는 것만이 아니라는 걸 알려 주고 싶어졌다. 그는 망설임 없이 돌아섰다.

"도연 씨 상처를 죄책감이라고 치부해서 미안합니다. 왜 그렇게 생각하게 됐는지를 설명하고 싶었어요."

도연이 가만히 고개를 들었다. 가 버린 줄 알았던 사람이 다시 정원에 섰다. 그의 그림자가 길었다. 제게 닿을 정도로.

"민정이가 죽고 얼마쯤 지났을까. 다가온 사람이 있었어요."

그가 조용히 읊조리듯 말했다. 귓가에 대고 속삭이는 것 같은 느낌 때문에 어깨가 작게 떨렸다. 고였던 눈물이 툭 떨어졌다.

"따뜻하고 좋은 여자였어요. 그런데 나는 그 사람 손을 잡지 못했습니다."

눈이 마주치는 순간, 도경이 한숨처럼 말했다.

"죄책감이 들었거든요. 내 마음이 다른 데로 향한다는 것이 죽도록 싫었어요. 그때는 시간의 흐름이 느껴지지 않던 때니까. 나 혼자만 시간이 멈춰 있는 그런 느낌이 들었습니다. 나는 민정이가 죽고 난 이후의 시간을 그렇게 썼어요. 그리움 반, 죄책감 반."

순식간에 그에게로 제 감정이 이입되는 느낌이 싫다. 저는 그와는 다르다. 도연이 그렇게 생각할 때 그가 말을 이었다.

"도연 씨가 그러리라는 건 아니에요. 그렇지만, 만약 그렇다면 쓸데없는 죄책감이라고 말하고 싶습니다."

"쓸데없는…… 죄책감이요?"

도연이 파르르 떨며 되물었다. 그렇게 말하는 그에게 화가 난다. 꾹꾹 눌러 왔던 것들이 터지는 것 같은 느낌으로 도연은 그에게 쏘아붙이고 말았다.

"지금, 말 다 했어요?"

쓸데없다는 데서 오기가 생긴 걸까. 도연은 방금 떠올렸던 사고의 순간을 그의 앞에 쏟아 내고 말았다. 절대 말하고 싶지 않았던 일들이 방금 본 영화에 관하여 이야기하듯 술술 나왔다. 생각할 때면 숨이 막히고, 가슴 떨리는 그 순간들이 말로 내놓으니 별거 아닌 것처럼 느껴져서 억울했다. 꽤 길게 쏟아지는 말들을 묵묵히 다 들은 남자가 말했다.

"쓸데없는 것 맞네요."

"이봐요."

화를 내는 도연의 눈을 그가 깊이 바라보았다.

"도연 씨는 아무 잘못도 안 했잖아요. 죄책감이란 건, 잘못을 한 사람이 느끼는 겁니다."

"뭘 들었어요? 나 때문에……."

"그가 원한 겁니다."

"네?"

"그가 원한 거라고."

그녀의 상기된 언성 속에서 도경은 진한 사랑을 보았다. 이제야 완벽하게 이해가 된다. 사고가 나면 운전자는 운전석 쪽으로 핸들을 튼다. 그건 이성의 영역에서 벗어난 본능이다. 그 본능을 무시하면서 지키고 싶었던 여자. 그런 남자.

부끄러워졌다. 도연의 죄책감은 제 죄책감과는 전혀 다른 의미였다. 그래도 그게 다르다고 굳이 짚어 주고 싶지는 않았다. 오히려 더 욕심이 난다. 종류가 다른 이 죄책감도 벗어나는 방법이 있을 것이다. 분명. 그 방법을 제가 찾아 주고 싶었다. 그나저나, 이 여자가 도대체 뭐길래.

잠시 정적이 지났다. 오랫동안 물에 잠겼다가 숨을 내뱉는 것 같은 기분에 도연은 소리 내어 흐느꼈다.

그의 그림자가 완벽히 도연의 발끝에 와서 닿았다. 그다음은 어깨에 따뜻한 온기가 닿았다. 의자에 앉아 있는 그녀의 어깨를 그가 끌어안았다. 무릎을 바닥에 댄 채로 그는 한참을 그렇게 그녀를 도닥였다.

"이건, 동정을 하는 자가 내놓는 호의입니다."

물론, 거짓말이다.

처음에는 밀어 내지 않는 팔이 고맙기만 했다. 그런데 안은 몸의 온기가 제게로 옮겨 오자 머리는 다른 말을 했다. 여자의 뜨거운 얼굴이 닿은 어깨가 홧홧했다. 온몸으로 도연이 느껴졌다. 이따금 훌쩍이는 그 움직임이 해일처럼 가슴으로 밀려왔다.

시작은 어쩌면 고마움이었을지도 모르겠다. 쓸데없는 죄책감을 벗어나 시간을 원래대로 돌려놓은 저를 다시 돌아볼 수 있게 해 줘서. 그런데 이제 고마움이 다른 말을 한다. 가슴으로 밀려온 그녀의 체향이 정원 안에 가득한 말린 꽃 향기를 무색하게 한다. 다른 맘이 드는 것을 꾹꾹 누르고 도경은 도닥이던 손에 더 성의를 두었다.

묘하게 상반된 마음이 공존하며 저를 놀리듯이 떠올랐다 사라졌다. 그녀를 울린 것이 저 같아서 미안한 마음과, 그녀를 울게 한 것이 저 같아서 뿌듯한 마음. '아무' 가 그녀와 함께 형체를 갖추는 것 같다. 역시 외로운 '아무' 보다는, 존재감 있는 '누구' 가 되는 것이 훨씬 나을 것 같았다.

그는 제 멈췄던 시간을 훅 끌어당겼다. 차곡차곡 접혔던 그 시간들을 풀어 내놓을 생각이었다. 그리고 제게 안긴 여자의 시간도 끌어다가 옆에 펼쳐 주고 싶었다. 아깝고 아까운 그 시간. 배로 늘려

쓸 생각이다.

도연의 열기는 쉬이 사라지지 않았다. 제 어깨 위에 내놓는 그 열기 때문에 이를 사리문 마음을 아는지 모르는지 한참을 울던 그녀가 뒤늦게 민망해하며 두 사람의 맞닿은 가슴 사이로 팔을 밀어 넣어 거리를 벌렸다.

"민망하네요."

"미안한 게 아니라 다행입니다."

도연이 의자를 뒤로 살짝 밀었다. 그와의 틈만큼 숨이 제대로 쉬어지는 것 같다. 그런 그녀를 보던 도경이 웃었다. 그 웃는 얼굴 때문에 겨우 내쉬었던 숨이 제대로 돌아오지 않는다. 저절로 숨이 쉬어지는 말을 좀 해야 할 것 같았다.

"저기, 구도경 씨."

"네."

"덕분에 마음이 조금 가벼워졌어요."

"고맙다는 말입니까?"

"아뇨. 고맙지는 않아요."

"어째서."

"그게 순수해 보이지가 않아서."

"아?"

그의 입이 저절로 벌어졌다. 끝이 올라간 감탄사를 보며 도연이 고개를 숙였다. 그리고 미약하게 웃음소리가 들렸다.

아주 미미했지만, 저를 향한 최초의 웃음 덕분에 도경은 기분이 좋아졌다. 아니, 좋은 정도가 아니라 가슴이 터질 것처럼 뛰었다.

"마치는 시간, 여덟 시라면서요."

"그래서요."

"몇 시에 나가실 생각입니까?"

"구도경 씨 가시면요."

"그럼 전 지금 갑니다."

"안녕히 가세요."

"같이 나가죠."

"먼저 가세요."

그럴 줄 알았다는 표정으로 도경이 조용히 말했다.

"그 쪽지, 봤습니까?"

"네?"

"노란색 메모지."

"무슨……."

무슨 말인가, 라고 하려던 도연은 아침의 노란 쪽지를 떠올렸다.

"혹시."

"술, 원래 그렇게 못합니까?"

도연의 얼굴이 삽시간에 붉어졌다.

노란색 포스트잇, 승우는 그 종이로 그녀에게 속삭이는 것을 좋아했다. 회사에서 제가 보고 싶으면 메모를 한다고 했다. 메모의 내용이 '사랑한다.' 일 때도 있지만, 그렇지 않은 날이 더 많았다. 오늘 점심에 무얼 먹었다, 라든가. 오늘은 날씨가 좋다, 라든가. 그냥 그때그때 떠오르는 마음들을 적어 매일 저녁 정원 화이트보드에 붙여 주었다.

그 자체로 오롯한 사랑 고백들이었다. 그때의 추억 때문에 오늘 아침 노랗고 작은 메모 쪽지를 보았을 때 가슴이 내려앉았다. 그

방으로 해경이 들어왔을 때 그녀가 그렇게 적어 놓고 간 것인 줄
알았는데.

[ 술, 원래 이렇게 못합니까? ]

가타부타 붙이는 말 없이, 한마디. 나무라는 것 같기도 하고, 걱
정하는 것 같기도 한 그 한마디. 승우와의 추억 때문에 도로 얼른
접어 쑤셔 넣었던 그 한마디.

"내가 도연 씨를 업어다 놨습니다. 그 방에."

"네?"

"그 정도는 되어야 그런 쪽지를 남길 수 있죠."

"카페 사장님과 아세요?"

도경의 표정이 애매하게 변했다. 그가 곧 말했다.

"건물주이시잖아요."

"건물주?"

"3층 세무사무소가 제 사무실입니다."

"3층……. 아."

도연의 머릿속에서 어젯밤 일이 정리가 되었다. 우연히 칵테일
바에서 카페 사장님이 저를 보았고, 지나가던 도경 씨를 보고 부탁
을 했고. 그가 저를 사장님 댁에 업어다 놨고. 또, 그가 쪽지를
남기고.

무언가 억지스러운 느낌이지만, 그렇게밖에 시나리오 작성이 되
지 않았다. 그리고 더는 생각할 수 없어 우선은 일단락했다. 그가
한 말 때문이었다.

"사례, 안 합니까?"

"사례……요?"

"술 취한 사람이 얼마나 무거운지, 도연 씨가 알 리가 없죠."

"……."

"집까지 데려다주는 걸로 합시다."

사례, 라는 말에 사레가 들릴 뻔했다가 도연은 그의 말에 안심했다. 집까지 데려다주는 건 그다지 어려운 일이 아니니까.

그녀가 고개를 끄덕이자 이번에도 그럴 줄 알았다는 표정으로 도경이 웃었다.

"설마, 날 우리 집에 데려다줄 생각은 아니죠?"

도연이 천천히 고개를 끄덕였다. 그가 정원이 떠나가도록 크게 웃었다.

5화. 떠나는 계절

무언가에 홀린 듯한 기분이 든다. 도연은 그가 말했던 이끌림이 무엇인지 어렴풋이나마 실감했다. 하지만 제 이끌림은 아니다. 분명하다. 증명을 하려는 듯한 도연의 눈길이 그에게 오래 머물렀다.

곁에 앉은 사람의 옆얼굴을 관찰하듯 바라보았다. 누군가가 운전석에 앉아 있으면 들곤 하던 불안한 마음이 없다. 이끌림이 있다면 그런 마음이 들어야 할 것 같은데.

무엇에게인지 모르게 도연은 안도의 한숨을 작게 내쉬었다. 어찌 보면, 아쉬움처럼 보일 수도 있는 그런 한숨이었다.

천천히 지나가는 차창 밖의 풍경 쪽으로 시선을 돌렸다. 닫힌 공간이 조금 답답해서 창문을 조금 열었다. 완연한 늦겨울 끝의 밤이다. 의외로 공기가 부드러웠다. 그가 운전하는 차의 느낌도 그러했다.

사람이 만나고 감정이 생기기까지 그 사이에 시간이라는 것이 있다. 그 시간의 길이에 대해서 생각해 본 적은 없다. 왜냐하면 짧다고 말할 수 있는 시간을 가진 사람이 제게는 없었으니까. 짧고 긴 것의 기준이 명확한 것은 아니지만, 제 기준에서 제 주위 사람들의 시간은 길었다. 긴 시간 동안 차곡차곡 감정이 쌓이고, 또 쌓이고.

그런데 이 남자는 그렇지 않다. 그런데 왜 제가 이 사람의 차 조수석에 타고 있어야 하는지에 대해 생각했다. ……모를 일이었다.

정원에서의 그와 차에서의 그는 다른 사람처럼 아무 말도 하지 않았다. 그 모습 때문에 오히려 정원에서 그가 했던 말이 되새겨졌다. 짧은 시간 오갔던 가슴을 푹푹 파이게 만들던 말들.

도연은 가슴이 아릿해져 오는 느낌에 살짝 미간을 찌푸렸다. 늘 아려 왔던 가슴이 조금 더 아렸을 뿐인데.

"아침에 몇 시에 나갑니까?"

"네?"

"출근이요."

"그건 왜요?"

"내가 차 못 가지고 오게 했으니까 책임지려고."

"괜찮아요. 많이 멀지도 않고……."

"유민혜 씨 연락처 나한테 있는데."

"민혜는 제 말을 더 잘 들을 텐데."

"아."

도경이 웃었다.

절대 집 앞으로 보이지 않는 길가에 차를 대 놓고 선 참이다. 차를 탄 순간부터 경계를 시작한 그녀를 위해 오늘은 여기까지만 하기로 했다. 그런데 또 그냥은 물러서기 싫었다.

"내일 클래스 있는 날이죠?"

"네. 유민혜 강사님의 수채화 클래스요."

"클래스에 늦으면 보강해 줍니까?"

"안 좋은 습관은 들이지 않는 것이 좋죠."

웃으며 고개를 작게 끄덕인 그가 이어 말했다.

"그럼 내일 마치고는 뭘 할 생각입니까?"

아무 말도 않을 줄 알았던 도연이 의외로 선선히 대답했다.

"집에 와야죠. 여기."

그녀가 차 문을 열고 내렸다. 내리기 전, 운전석에 앉은 그를 한 번 바라보았다.

이 남자가 운전석에 앉히기 힘든 사람이 될까. 그럴 수 있을까.

그의 얼굴은 온통 환했다. 도연은 차마 오래 보지 못하고 차 문을 닫았다.

낙낙한 바람이 몸을 감싸듯이 불었다. 걷기에 딱 맞는 온도의 바람이었다.

※ ※ ※

책상 서랍 맨 아래, 서랍만 한 상자가 들어 있다. 도연은 그 상자 귀퉁이가 서랍 모서리에 닿지 않도록 조심스럽게 꺼냈다.

뚜껑을 열었다. 마른 꽃 냄새가 제일 먼저 저를 반긴다. 그냥 그가 보고 싶었다. 밤의 하늘재는 그를 볼 수 없다. 하지만 그를 보는 방법이 하늘재에 가는 것만 있는 것은 아니었다.

상자 안의 자그마한 상자를 꺼내 든다. 다른 것보다 거기에 제일 먼저 손길이 갔다. 곧 뚜껑이 열린 그 작은 상자에는 노란색 메모지들이 빼곡히 접혀 들어 있었다. 도연은 머리맡에 그 상자를 놓아 두고 침대에 엎드렸다. 조르륵 쪽지들을 쏟아부은 그녀가 접힌 종이들을 하나하나 펼쳤다.

저마다 그의 마음이 담긴 쪽지를 펴 드는데, 금세 눈시울이 붉어진다. 왜 이 쪽지를 보고 싶었을까에 대해서는 설명할 수 없지만, 서둘러 집으로 와야 할 만큼 마음이 급했다. 그 급했던 마음이 무색하게 느린 손으로 그녀는 하나하나 메모들을 살폈다.

그 종잇조각들에는 그의 마음들이 조각조각 들어 있었다. 격려의 말, 사과의 말, 그리고 사랑의 말. 속삭임 같은 그 말들을 다 모아 붙여도 오롯한 그가 될 수 없는 것이 슬플 만큼 애정이 담뿍 담겨 있다. 붉어진 눈시울이 이윽고 톡, 터졌다. 그럴 수밖에 없었다.

죄다 펴 들고 도연은 침대에 바로 누웠다. 한 번 다 읽고 나니 다시 읽을 엄두가 나지 않아 누운 자세 그대로 그 종이들을 한 장씩 원래의 모습으로 접었다. 아니, 원래의 모습은 아무 구김 없이 쭉 펴진 모습일 텐데. 접힌 그 자국이 그의 마음을 접은 것 같아 잠시 고민한다. 다시 접을까 말까. 그런데 곧 손이 움직였다. 그 쪽지를 접은 건 제가 아니라 그였으니까. 그의 마음 그대로를 간직하고 싶었다.

순간, 두 번 접힌 그 모양새가 같았던 오늘의 일들이 생각이 난다. 격려의 말도, 사과의 말도, 그리고 사랑의 말도 아닌. 아니다. 격려의 말일 수도, 사과의 말일 수도, 그리고 사랑의 말일 수도 있는 그 말들.

그제야 그 말들 때문에 이 쪽지들을 펴 보고 싶었다는 걸 깨달았다.

종이 접는 것을 그만두고 도연은 그냥 천장을 보고 누웠다. 승우의 얼굴 위로 겹치는 얼굴이 하나 있다. 무슨 정신으로 무슨 말을 했는지 알 수 없게 만드는 남자.

도연은 노란 쪽지 중 하나를 가져다 손에 꼭 쥐었다. 마치 손아귀를 빠져나가려는 것을 쥐는 사람처럼.

하얀 천장이 빙글빙글 돌았다.

아침은 늦게 맞았다. 간만에 자는 늦잠이었다. 피곤에 찌든 날도 번쩍 뜨이고야 말던 눈이 더디게 뜨였다. 카페 달의 사장님 댁에서 자고 일어난 후, 이렇게 아침을 늦게 맞게 되었다.

그 안락했던 침대의 기억 때문일까. 아니면, 이럴 때가 된 걸까. 정말 때가 된 걸까. 나는 이대로 늦잠을 자도 될까. 나는 이대로…….

고개를 저은 도연이 침대 옆 협탁에 놓인 휴대폰을 들어 민혜에게 전화를 했다. 받아 드는 목소리가 청량하게 울렸다. 친구는 이미 정원이었다.

"민혜야."

— 왜?

왜 아직도 오지 않느냐는 말도 하지 않고 친구는 웃음소리를 건네 왔다. 목소리부터가 굿 모닝이었다. 그런 목소리에게 혹시 그에게서 연락이 왔었느냐고 묻기는 저어되어 도연은 아무 말이나 내어 놓고 말았다.

"커피 한잔할래?"

— 좋지. 오는 길이야? 내가 내려 놓을게.

"아니, 아니."

— 응?

"내가 가서 내려 줄게."

— 바닐라 시럽 새로 사 왔어. 내가…….

"조금만 기다려 줘."

무언가 마음이 급하다. 그래야 할 이유는 전혀 없는데 심장의 박동이 빨라지는 것 같았다. 기시감이 든다. 그것도 아주 가까운 기시감. 어젯밤 느꼈던 그런 울림이었다.

"……나쁘지 않네."

중얼거리며 침실 한가운데 앉았던 도연이 일어나 샤워를 했다. 속옷부터 챙겨 입고 외투만 들고 나가면 되는데, 어제 입었던 옷을 무심코 보았다. 하루하루 날이 풀리는데 제 옷은 두터운 한겨울 그대로다. 입었던 옷보다 얇은 겉옷을 꺼냈다. 그런데 그 옷 너머로 덩그러니 놓인 두꺼운 옷이 보인다. 잠시 고민하던 도연은 결국 어제까지 입었던 옷을 다시 집어 들었다.

빨라진 박자가 조금 더뎌졌다. 마치, 적응이 안 돼 그럴 수밖에 없는 것처럼.

하지만 10분 후, 후회를 했다. 정원으로 걸어서 가는 길, 늦은 아침 볕이 제법 따스했기 때문이다. 벗기엔 추울 것 같고, 입고 있자니 답답했다. 덩그러니 놓였던 그 모습이 어쩐지 외로워 보여서. 그 느낌이 뭐라고. 그 기분이 뭐라고. 그 잠깐의 망설임 앞의 선택으로 이러지도 저러지도 못하게 되었다. 옷 하나를 챙겨 입는 것도 이럴진대, 그 사람은.

너무 더뎌졌을까. 이제는 심장의 울림이 느껴지지 않았다.


정원 문을 열기도 전에 유리창을 닦던 민혜가 얼른 곁으로 다가
왔다. 도연은 커피 머신을 눌러 놓고 작은 냉장고에서 얼음을 꺼냈
다. 민혜는 마시는 건 뭐든 시원한 걸 좋아한다. 새로 사 왔다는 시
럽도 한 번 펌핑하고 우유도 부었다. 금세 만들어진 하도연표 라떼
가 민혜의 앞에 놓였다.

"모닝커피는 카페 달표잖아."

"오늘 아침은 좀 다르고 싶었거든."

"그런데?"

"다시 원래대로 돌아오고 말까."

"응?"

"민혜야."

"응. 왜."

다정한 눈이 눈을 맞춰 왔다.

"나는 어쩌고 싶은 걸까."

"도연아."

"눈을 떴는데 해가 중천이야. 그게 나쁘지 않아. 옷도 새로 꺼내
입고 싶어졌어. 그것도 나쁘지 않아. 너한테 카페에서 사 온 커피
말고 직접 내 손으로 내린 커피를 건네주고 싶었어. 그래. 그것도
나쁘지 않아."

"하도연."

"그런데 말이야. 불편해. 어색하고 껄끄러워. 아니다. 계속 왔다

갔다 해. 종잡을 수 없이, 줏대가 없이."

"너 혹시."

민혜의 뒷말은 쉬이 이어지지 않았다. 대신 도연의 어깨를 끌어 가만히 안아 주었다.

"내 친구, 흔들리는구나."

"뭐?"

"나는 그것마저 고마워."

"민혜야."

"흔들리는 건 그냥 두면 돼. 어느 쪽으로 기울든 언젠가는 멈추거든. 흔들리는 시간 동안만 버티면 돼. 같이 흔들려 줄게. 그럼 어지러움이 좀 덜하지 않을까."

민혜의 품을 벗어난 도연이 조용히 친구를 바라보았다.

"나는 진짜 나쁜 년이야."

"뭐가."

"내가 너한테 무심했던 것들이 다 네 탓인 것처럼 느껴지거든."

"뭐?"

"이러니 내가 위기감이 들겠니?"

"위기감 들게 해 줘? 현수 말처럼 정원 그만두고 연 끊는다. 지긋지긋하다 말하면서."

"현수하고 다투지 마."

"부연 설명 좀 해 줄래?"

"내가 괜찮아지면 제일 먼저 너한테 말할게."

"하도연."

도연이 민혜를 보며 희미하게 웃었다. 꾹꾹 눌려 감당이 되지 않

218

던 가슴속에서 무언가를 하나 꺼낸 것 같은 느낌이었다. 나쁘지 않은 것이 아니라, 썩 괜찮았다.

"똑똑똑."

입 노크가 두 사람 사이에 끼어들었다. 날락 말락 하던 민혜의 눈물이 쑥 들어갔다. 입 노크의 주인은 하도연을 흔들리게 한 원인임이 분명한 그 남자였다.

밝은 아침 빛 아래 남자의 얼굴선이 분명히 보였다. 표정 때문일까, 순간 가슴이 덜컹이도록 매력 있었다. 민혜는 저도 모르게 남자의 얼굴을 빤히 들여다보다가 마른침을 삼켰다. 진즉에 도연의 얼굴을 살폈을 눈이 뒤늦게 친구에게 향했다.

"여기."

도경이 포장에 싸인 무언가를 도연에게 내밀었다. 곁에 선 민혜에게도 하나.

"이게 뭐……."

"갑니다."

남자가 웃으며 돌아서는 찰나, 가지런한 이가 또렷이 보였다. 그의 뒷모습이 멀어지자 시선을 떨어뜨린 도연이 중얼거렸다.

"생화. 메리골드."

같은 꽃을 받아 들고 멍하니 섰던 민혜가 그녀를 불렀다. 아니, 같은 꽃이 아니었다. 도연의 손에 막 꽃송이 곁에서 꺼낸 노란 쪽지가 들려 있었으니까.

"도연아."

"이거 펼치기가 무서운 것도 흔들리는 증거일까?"

"응. 나는 너랑 같이 흔들리는 중이고 말이야."

민혜가 쪽지를 조심스레 가져다 펼쳐서 도연에게 보여 주었다.

[연의 정원에 꽃이 많지만, 진짜 꽃은 안 피었더군요. 내가 물을 줘 볼까 하는데.]

❋ ❋ ❋

얼른 달려간다. 빨리 가서 꼭 끌어안고 싶다. 어떻게 하루가 갔는지 모르겠다. 눈치 아닌 눈치를 보던 마음이 빠듯하고 뿌듯하게 흘러갔다.

"왜 그래. 안 하던 짓을 다 하고."

안 하던 짓을 한 건 우리다. 싸우긴 왜 싸워. 이렇게 좋은데.

"그래서, 싫어?"

"아니."

만나자마자 목에 팔을 두르며 얼굴에 입을 맞춰 오는 민혜를 슬쩍 떼어 냈던 현수가 다시 그녀를 끌어안았다.

"기분이 좋아서."

"왜?"

"내 남자가 이렇게 잘났다니."

"그걸 이제 알았나."

"저어기서 네가 걸어오는데, 막 후광이 보였어."

그 말에 그가 소리 내어 웃었다.

"진짜 왜 이래."

"그게 말이야."

"응."

"그 많은 사람들 중에 너하고 내가 만나서 이렇게 사랑을 한다는 게 막 감사하고 그래."

"유민혜."

"응?"

"뭐야. 무슨 일이야."

"눈치 빠른 윤현수."

민혜는 정원 안의 묘한 기류에 대해서 현수에게 설명했다. 말이 끝나기도 전에 현수가 끼어들듯이 말했다.

"뭐야. 안 지 얼마나 됐다고 관심이야."

"시간이 뭐가 중요해?"

마땅찮은 표정으로 현수가 입을 다물었다. 민혜가 다시 말했다.

"왜, 그렇게 싫은 얼굴이야?"

"마음에 안 들어."

"왜."

"몰라. 그냥."

민혜가 그의 어깨 안쪽으로 쏙 들어가서 그의 가슴을 붙들어 안았다.

"이유가 뭘까. 이렇게 입 쭉 내밀고 불퉁거릴 만한 그런 이유."

"내가 언제."

"아니야?"

유민혜의 날카로운 눈을 속일 수는 없다. 현수는 그냥 마음이 불편했다.

갑자기 이렇게 불쑥 나타난 도경의 존재는 무척 이질적인 느낌이었다. 잘 차려진 한식 밥상 위 캐비어 같다. 고급스럽지만 어울리지는 않는. 그런 겉도는 음식. 그래, 겉도는 것.

"어떤 사람인지 어떻게 알고."

"당연히 모르지. 내가 너를 몰랐던 것처럼."

"뭐?"

"모르니까 관심이 생기는 거 아냐. 더 알고 싶고. 그런 거지."

무어라 반박할 수 없는 말에 슬쩍 기분이 나빠지려고 한다. 다른 남자에게 관대한 유민혜는 조금 짜증스러웠다.

"어째 네가 더 신이 나 보인다?"

"도연이 눈을 봤거든. 잠시였지만."

"눈?"

"응. 도연이 원래의 눈."

하도연 원래의 눈이라고?

민혜의 기분이 조금 이해가 가기 시작하는 것 같았다. 그렇지만 그렇다고 순순히 고개를 끄덕이고 싶지는 않다. 그것과 별개로 밥상은 차려 낸 사람의 생각이 제일 중요하다. 그 상에 무얼 놓을지는. 수저만 들 사람은 가타부타 입을 댈 자격이 없는 법이고.

현수는 가만히 정원 쪽을 돌아보았다.

"유민혜. 그런데 말이야."

"응?"

"하도연 이야기 빼면, 나하고 할 말이 없어?"

"응?"

"봐. 내 이야기에는 응, 이거뿐이잖아."

"윤현수우."

민혜가 눈과 입을 우스꽝스럽게 늘였다.

"그렇게 보지 마. 확, 그냥."

"확, 그냥. 뭐?"

"됐어. 말아."

"뭘 말아?"

"진짜."

빙글거리며 놀리는 것이 확연한 얼굴에 대고 현수가 쳇, 혀 차는 소리를 돌려주었다.

유민혜는 뭐든 분명한 여자다. 호불호도 쉽게 갈리고, 아닌 건 아니고. 유독 도연에게만은 너그러웠지만 그 범위가 점점 넓어지고 있는 것 같다. 지난번 다툴 때에도 그렇게 흐지부지 넘어가는 스타일이 아닌데.

이거, 좋아해야 하는 건지. 걱정해야 하는 건지.

도연을 처음 봤을 때, 잠시 시공이 멈췄다. 한눈에 반한다는 것이 무엇인지 깨달았다. 같은 장소에서 아르바이트를 한다는 것 자체로 숨 쉬는 공기가 달리 느껴졌다. 스무 살, 갓 학생티를 벗은 현수에게 도연은 늘 다정했다. 그렇다. 3년의 얼굴에 익숙해져서 그보다 훨씬 긴 시간의 얼굴을 잊었다. 하도연의 웃는 얼굴. 하도연의 다정한 말투.

그 잊고 있었던 얼굴보다 눈앞의 얼굴이 몇백 배는 소중해진 지금, 이런 서운함은 아주 당연한 거라고 생각한다. 그걸 다행히 민혜가 흐지부지 넘겨 주었고. 고마운 일인데, 그 누구 때문도 아니고 갑작스레 나타난 남자 때문이라는 것이 걸린다. 나는 유치한 놈이니까.

남자의 등장이 기분이 나쁘다. 다른 이유도 아니고 아주 이기적이게도 자신 때문에.

왠지 뭔가 다를 것 같은 느낌의 남자. 철옹성을 무너뜨리는 것이 아니라 올라탈 것 같은 남자.

그 남자 때문에 유민혜가 온전히 제게 온다면 자존심 상할 것 같다. 도연의 눈빛 하나로 이렇게 행복해하며 내내 그 이야기만 해 대는 여자 친구가 다른 남자 때문에 마음을 놓는다는 것이 기분이 나쁘다. 제힘이 아니라, 그 남자의 힘이 될 것 같아서 기분이 나쁘다.

"나, 기분 나빠."

"뭐가."

"그냥 도연 누나 걱정해."

"뭐라고?"

"그냥 지금처럼 딱 붙어서 걱정하라고."

"뭐래, 진짜."

"아 진짜 짜증 나."

"윤현수."

"이리 와."

현수가 긴 팔을 뻗어 민혜의 어깨를 제게 가져왔다. 기대어 오는 그녀의 목덜미에서 달콤한 향이 난다. 이렇게 유치한 저를 안아 주는 여자, 그 여자의 향이 너무 달콤해서 취할 것 같다. 너무도 잘 알지만, 너무도 익숙해지지 않는 그녀의 몸 곳곳을 소중하게 만졌다.

"나보다 네가 도연이 걱정 더 하는 거, 잘 알아."

민혜가 나른하게 안겨 오며 말했다.

"아니거든."

"우리 그냥 걱정되면 하자. 대놓고."

"뭐?"

"이번에 너하고 다투면서 생각을 좀 해 봤는데."

"응."

"조금 우스웠어."

"뭐가."

"사실 우리 둘이 머리 맞대고 걱정을 했지. 도연이가 다시 예전 모습을 찾도록 뭘 어떻게 해 준 건 아니잖아."

현수의 다정한 손길이 잠시 멎었다. 민혜가 말을 이었다.

"대놓고 걱정을 하면 또 알아? 하도연이 지긋지긋해서 그만할 지."

"퍽도."

"그냥 숨기기에 급급. 눈치 보기에 급급. 그랬던 것 같아."

"그건 그렇지."

"그래. 우린 다 그랬지. 도연이가 불편할까 봐. 말도 않고, 쉬쉬 하고. 그런데 말이야."

현수가 그 말에 생각을 하는 듯 대꾸를 하지 않았다. 고개가 미세하게 끄덕이는 모습을 보고 민혜가 말을 이었다.

"그러지 않았으면, 도연이가 좀 더 빨리 털어 낼 수 있지 않았을 까. 뭐 그런 생각이 들더라고."

"하. 유민혜."

"왜?"

"끝까지 하도연 이야기야."

"꺅."

짧은 거짓 비명을 시작으로 연인의 밤이 시작되었다. 현수의 귓가에 들리는 연인의 숨소리가 나른했다.

민혜의 말대로 지레짐작으로 누군가를 위한다는 것이 꼭 옳지는 않다는 생각이 든다. 내 본능에 충실하면, 연인이 행복한 지금처럼. 도연에 대해 말하면 민혜가 아파하리라는 짐작으로 질질 끌어왔던 그 시간의 책임은 오롯하게 제게 있었다. 그래서 민혜에게 했던 말들이 많이 부끄러워지기 시작한다.

부끄러워 화끈거리는 얼굴을 그녀의 어깨에 대고 비볐다. 그 얼굴조차 따스하게 감싸 안는 그녀가 사랑스러워 미칠 것 같다. 무언가 알 듯 말 듯 머릿속을 빙빙 돈다. 후끈, 열이 오르는 둘 사이의 분위기가 정신을 더 혼미하게 만들었다.

그는 생각을 멈추었다.

민혜는 현수의 그런 모습을 기꺼이 마주 보았다.

달콤한 시간들은 지나고 나서야 아는 경우가 많다. 민혜는 지금 시간의 달콤함을 제대로 보기로 했다. 도연도, 이유 없이 마음에 드는 그 사람도 그랬으면 싶었다.

제 어깨에 둘러진 든든한 팔이 달콤했다. 기분 좋은 날이었다.

❋ ❋ ❋

밤이 제법 들었다. 남자는 수채화 클래스 시간에 나타나지 않았다. 만질 수 없는 메리골드 한 송이는 마른 꽃들 곁에 놓였다. 시간에 늦으면 보강을 해 주냐는 말이 맴을 돌아 도연은 정원 안을 서걱거리는 기분으로 돌아다녔다. 마치는 시간까지 남자의 그림자 비슷한 것도 보이지 않자, 그제야 도연은 작은 테이블 앞 의자에 앉았다.

기다리기라도 한 걸까.

기다렸다기보다는 빚을 갚을 요량이었다고 생각한다. 빚이라기도 애매하다. 꼭 갚아야 할 것이 아니니까. 그런데 가슴 한쪽이 무언가에 턱 걸린 것처럼 답답했다. 요는, 기다렸다.

민혜마저 정원에서 퇴근을 하고 나자 그 기다림이 좀 더 조급해졌다. 아침의 그 둘 곳 없던 마음들이 이리저리 튀어 올랐다. 어느 하나만을 잡을 수가 없어서 도연은 그냥 내버려 두었다.

수업을 하는 긴 테이블의 아래까지 꼼꼼하게 정리를 하고 앞치마를 벗어 가방에 넣었다. 주름이 많이 가서 깨끗하게 빨다아 탁탁 털어 곱게 개켜 가지고 오고 싶었다. 앞치마의 주름은 그렇게 펴면 되는데, 사람의 마음은 어찌하나 싶다. 자글자글 쭈그러진 제 조급함이 훅 몸집을 키웠다.

그런데 또 그 기다림이 마땅치 않아졌다. 떠오르는 얼굴 하나 때문에.

정원의 불을 차례로 끈 뒤 마지막 문을 닫고는 캄캄한 정원의 안을 들여다보았다. 빛이 없다고 아무것도 보이지 않는 것은 아니었다. 하필 잘 보이는 자리, 거기에 살아 있는 메리골드가 있었다.

사람의 마음이라는 게 간사하다. 아침에 거추장스럽던 옷이 내려간 밤 기온에는 반가웠다. 바람은 불지 않는데, 도로 위에 가라앉은 공기가 차가웠다. 손에 따뜻한 종이컵 하나가 간절해 기껏 건너

온 카페 달을 바라보다가 도연은 고개를 돌렸다. 감정 소모가 많은 날이었다. 어서 가서 쉬고 싶었다.

그런데 그 바람은 제법 차지게 걷어차였다. 집으로 가는 큰 도로 옆에서 빵, 소리가 경쾌하게 들려왔기 때문이다.

"뭐야."

"접니다."

차 창문이 스르륵 내려가고 남자의 얼굴이 보였다. 제법 거리가 있는데, 그의 목 아래 셔츠 깃이 약간 구겨진 것이 보인다. 남자의 목울대를 보고 있었다는 오해를 살까 싶어 얼른 고개를 들었다. 그 마음마저 눈치챈 것 같은 표정으로 남자가 웃었다.

"타세요."

"여기 저희 집 앞인데요."

"그 거짓말, 참말 같네요."

"거짓말 아닌데요."

"그럼?"

제집이 어딘지는 모르는 것이 분명한데, 여기가 집 앞이 아닌 것은 확신하는 얼굴이었다. 그 얼굴이 남겨 놓은 여운이 빈 공간을 못 견뎌 한다. 그렇게 다정한 말투였다. 할 수 없이 도연이 작게 대답을 했을 만큼.

"좀 먼 앞."

그가 소리 내어 웃었다. 구겨진 셔츠 깃이 쭉 펴질 정도로. 웃는 사람 앞에서 마주 웃어 본 기억이 좀체 나지 않아서 어색하게 고개를 돌렸다. 그때 뒤차가 빵, 소리를 냈다. 방금 들었던 클랙슨과는 다른 신경질적인 소리였다.

"갑시다. 여기서 좀 먼 그 집."

그냥 걸을까 하다가 그의 웃음소리가 저를 잡아채는 것 같아서 조수석 문을 열었다. 민폐가 아니고 싶은 마음이 더 지분이 많을 거라 애써 생각하면서.

"나, 기다렸습니까?"

깜짝 놀랐다. 말이 사라진 조용한 차 안, 공기를 가르듯이 내어 놓은 그의 말이 정말 뜻밖이어서였다.

"네?"

"클래스도, 보강도 가지 않았잖아요."

"의도하신 건가요?"

"의도했다면요?"

"저희 집 이쪽 아닌데요."

"압니다."

"어떻게 알아요?"

"도연 씨 눈동자가 막 흔들리니까."

"놀라운 능력이 있으시네요."

"그래서 알아챘습니다."

"뭐를요?"

"날 기다렸다는 거."

말문이 막혔다. 무어라 말을 해야 할 것 같은데 하지 못하는 것 은 꽤나 오랜만이다. 제가 입을 다물 때는 말하고 싶지 않아서였는 데. 이제껏 그랬는데.

그런 의미로 능력자인 것 같았다. '안'을 '못'으로 바꾸다니. 그 래서 도연은 쉬이 대답을 하고 싶지 않아졌다.

그런데 남자의 차가 아무 데로나 움직이더니 큰길을 따라서 가기 시작했다. 점점 집이 멀어진다. 입을 꾹 다물었던 도연이 할 수 없이 입술을 열었다.

"저희 집 진짜 이쪽 아니에요."

"내려 달라고는 안 하네요."

"네?"

"내가 먼저 선수 쳤으니까, 못 내립니다."

"그런 게 어딨어요?"

"내가 말하기 전엔 그 생각 못 했잖아요. 그 생각 제 겁니다."

도연의 얼굴이 벙하니 굳었다. 굳은 얼굴 그대로 그녀가 말했다.

"못 견디겠어요."

"뭐를 말입니까."

"이렇게 달려가는 거요."

"저한테 달려오고 있다는 말입니까?"

도경이 급히 한쪽에 차를 세웠다. 룸미러를 한 번 흘깃 본 그가 바로 옆 골목으로 들어가서 완전히 주차를 했다. 장난감 가게에 들어서기 전 아이의 얼굴 같았다.

"도연 씨."

"나는 이런 건 익숙하지 않아요."

"무슨."

"맞아요. 기다렸어요."

도연의 의외의 말에 그가 놀란 눈을 했다. 그것도 잠시 그녀의 다음 말을 기다리듯이 가만히 눈을 맞춰 왔다.

"불편해요. 무척."

"편하다는 말보다 나는 좋습니다."

"부담스러워요. 무척."

"아무렇지 않다는 말보다 나는 좋습니다."

"낯설어요. 무척."

"뉴페이스가 좋은 거 아닙니까."

"도경 씨."

도연이 단호하게 말을 끊었다. 부드럽게 웃던 남자가 끊긴 말을 이었다.

"내게 적응이 안 됩니까?"

"네. 무척."

그다음 대답은 순식간에 돌아왔다. 말이 아니라, 행동으로. 남자와의 거리가 급격히 줄어드나 싶더니 아랫입술에 타인의 입술이 와 닿았다. 지나치게 따뜻해서 오히려 제 것이 아님을 확실히 알 수 있는 그런 입술이.

"지금 뭐 하는 거예요?"

놀란 도연의 등이 조수석 문 쪽에 바짝 붙었다.

"방어요."

어이가 없다. 남자의 말 한 마디, 한 마디가 몸 어딘가를 징징 울리는 것 같아 긴장하던 중인데 이 말에는 기어이 퉁 끊기고 말았다. 도연이 눈에 날이 섰다. 세워 봐야 베일 일 없다는 듯한 나른한 목소리가 뒤를 따랐다.

"내게 공격을 하니 방어를 할밖에요."

"내가 언제 공격을 했어요?"

"도망가려고 하잖아요. 그건 저한테 무척 공격입니다."

"이게 무슨."

황당해하는 도연에게 남자가 고개를 숙여 보였다. 이미 잘 보였지만 남자의 눈높이가 낮아지니 더 잘 보였다. 이상하게도 그게 미안하다는 의미처럼 보여서 도연은 일부러 더 날을 세웠다. 사과를 받아 줄 용의는 없으니까. 그런데 그렇게 내내 사과를 할 것만 같던 남자가 끊긴 긴장의 줄을 집어 들었다.

"적응이 안 되면 속성으로 가면 됩니다. 저절로 적응을 할 수밖에 없게."

"이것 보세요."

"우리는 아까운 사람들이에요. 내 5년이, 도연 씨의 3년이."

"……네?"

"내가 더 기다려야 합니까?"

도연은 이제는 아무 말 없이 그를 바라봐야 했다. 그 어떤 말도 떠오르지 않았다. 그런 그녀 앞으로 그는 몇 마디를 더 내어놓았다.

"도연 씨가 더 기다려야 합니까?"

대답을 요하는 말이 아니었다. 그가 연이어 말을 내놓았다.

"무엇을. 누구를. 왜 기다려야 합니까."

그리고 그 몇 마디와 함께 다시 입술을 내어놓았다. 이번에는 닿자마자 떨어지지 않고 푹 감싸듯 덮였다. 조수석 문으로 다가붙을 때 그를 제가 떼어 냈다 생각했던 것은 오산이었음이 분명했다. 이번에는 쉽게 물러설 생각이 없는 것 같은 남자의 몸이 단단했다.

속성이었다. 그것도 너무나 단기 속성. 남자의 입술이 입술을 덮고, 부드러운 혀가 입술을 핥고. 꼭 다물린 입술을 두드리다 여자의 목 뒤를 꼭 끌어안고, 순간적으로 놀란 여자의 입술을 가르고.

그의 말캉한 혀가 입술 선을 넘어 들어오자 도연의 팔 안쪽으로 소름이 돋았다. 아니, 전율이 일었다. 그것도 순간이었다. 도무지 정신을 차릴 수 없게 안을 저어 대는 남자 때문에 도연은 고개를 가누는 것만도 힘이 들었다.

입술이 떨어지고 나서도 두어 번 다시 와 닿았다. 여린 살이 맞닿는 소리가 조용한 차 안에 공기처럼 떠다녔다.

"나한테 궁금한 건 없습니까?"

이 정신이 없는 와중, 질문이라니.

도연은 경황이 없어 저도 모르게 묻고 말았다.

"애국가 3절 같은 하늘은 어떤 하늘인가요?"

❋ ❋ ❋

신기한 여자다. 무표정의 눈동자에 아련함을 발견하고 얼마 지나지 않았는데, 너무도 많은 것을 재발견했다. 정말 속성이 아닐 수 없다. 그녀의 입술로 다가가던 순간의 그 타는 듯한 두근거림이 이제야 조금 가라앉는 것 같았다. 누나의 집 앞이었다.

"구 소장. 이 시간에?"

샐쭉한 눈이 저를 맞는다. 집에도, 카페에도 들르지 않고 사무실과 6층만 왔다 갔다 한다며 이사를 와 봐야 아무 소용이 없다는 말을 전화로 두어 번 들은 뒤였다.

"밥 있어?"

"저녁 전이야?"

"응."

사실은 도연과 함께 식사를 하러 가려고 했다. 수채화 강사에게 전화를 했더니 선뜻 도연의 스케줄을 알리는 대답이 떨어졌다. 도연의 저녁 클래스는 오늘 없다는 말과 함께. 좋아하는 한식당에 예약도 했다. 그런데 곧 마음을 바꿔 예약 취소를 했다. 제 마음대로 그러고 싶지 않았다. 여자에게 묻고 싶었다. 무얼 좋아하느냐고. 뭐가 하고 싶으냐고.

그런데, 여자가 정원에서 서성이는 모습을 보는 순간 깡그리 다 잊어버렸다. 저녁이 문제가 아니었다. 달랐다. 그녀의 눈빛이 달랐다. 사람의 눈빛을 읽어 내는 재주가 제게 있는 건 아니었지만, 지난번 눈물을 훔치는 그녀와는 확연히 다르다는 것을 잘 알 수 있었다.

수채화 클래스가 끝나고 사람들이 썰물처럼 빠져나온 뒤 혼자 남겨질 때까지의 그녀. 그리고 더듬대는 눈동자, 주머니에 넣었다 뺐다 하는 가느다란 손가락.

도로 하나를 사이에 두고 그녀가 잘 보이는 곳에 서서 그렇게 한참을 바라보았다. 들켜도 상관없다는 마음이었는데, 그녀는 그를 발견하지 못했다. 한 발짝만 정원 밖으로 나오면 볼 수 있을 텐데. 그녀의 그 한 발이 아쉬웠다. 더도 아니고, 덜도 아니고 그녀의 한 발짝. 딱 그만큼의 거리에서 그녀는 망설였다.

그래도 그 아쉬움은 오늘 그녀의 서성임으로 어찌 채울 수 있을 것 같았다. 그러고 나니 하나도 안 아쉬웠다. 남아 있는 아주 적은 분량의 아쉬움은 제가 다가가는 것으로 채우면 차고도 넘칠 것이니까.

"구 소장 줄 밥은 언제나 있지."

해경이 환하게 웃으면서 동생의 어깨를 손으로 감싸며 끌어당겼다.

"나는 그래도 돼."

"뭐?"

"이 시간에 와도 밥을 줄 사람이 있으니까. 내가 더 노력해도 된다고."

"무슨 소리야."

누군가에게 하는 말인지 모르게 중얼거린 도경이 큰 걸음으로 주방까지 걸어갔다.

"달 사장 좋아하는 야식, 잔치 국수로 내가 할게."

"계란 고명 얹어서."

"열무김치 있지?"

"물어 뭐 해."

이미 주방에서 재료를 꺼내기 시작한 동생을 보던 해경이 서둘러 주방에 따라 들어가 이것저것 챙기기 시작했다. 이혼을 하고, 아들 영기가 기숙학교에 간 이후로 이 시간에 사람이 들기는 처음이었다. 그렇게 오랄 때는 안 오더니. 무슨 바람이 불어서 이 시간에 여기서 국수 끓일 물을 올리고 있는 거니, 도경아. 나 이제 숨 좀 쉬어도 되니.

듬직한 등이 부지런히 움직였다. 아무래도 할 말이 있어 온 눈치였다. 그건 본인도 마찬가지였다. 얼굴을 보고 할 말인데, 코빼기도 보기 힘들었으니.

"구 소장."

"왜. 국수 더 넣어?"

"아니. 오늘은 그것만 하고, 가까운 시일 내에 진짜 잔치 국수 좀 먹어 보자."

그 커다란 등이 서서히 단단한 앞몸으로 바뀌었다.

"누나가 소개하고 싶은 사람이 있는데."

"그러지 않아도 돼."

단호하게 하는 말을 해경은 곱씹었다. 도경의 대답에 민정을 묻은 건지 아닌지를 가늠하는 눈이 가늘게 떨렸다.

"도경아."

"한 발짝만 더."

그 말을 끝으로 도경은 다시 등을 보였다. 더는 말을 붙이지 말라는 표시였다. 해경은 작게 한숨을 쉬었다. 돌아서기 전 작게 웃는 동생의 입매를 보지 못한 탓이었다.


아.

도연 씨는 저녁을 먹었을까.

잔치 국수 두 그릇을 소담하게 담아 놓고 누나와 마주 앉아 젓가락을 들었을 때 가장 먼저 드는 생각이었다. 저녁을 먹었을 것 같지는 않던데. 여자는 언제 저녁을 먹을까. 정원에서 먹을까. 마치고 집에 가서 먹을까.

한 번도 보지 못한 도연의 먹는 모습을 상상하는데, 그녀의 오물거리는 입술이 발갛게 변한다. 닿았던 촉감, 저절로 가슴에 들이치던 향기, 떨리던 입가. 겨우 한 발짝을 남겨 두고 망설이던 혀끝.

"하아……."

"왜 그래? 어디 아파?"

"······아니."

어디가 아프긴 하다. 누나가 들으면 기함을 할 만한 말이라 생략하기로 한다.

"달 사장."

"어, 왜."

"내가 먹는 것만 봐도 좋다고 했지."

"그럼."

"손님들이 샌드위치 먹는 거 볼 땐 어때?"

"응? 손님들?"

"그래."

"그걸 보고 싶지도 않거니와, 봐도 별 느낌 없지. 그런데 그건 왜?"

"먹는 걸 보는 게 좋은 건, 좋은 거야. 그렇지?"

"너 오늘따라 알아들을 수 없는 말 많이 한다. 거리감 느껴지게."

거리감. 누나와 저 사이에 거리감은 가당치도 않은 말이다. 그런데도 구해경은 거리감이 느껴진다고 한다. 너무나도 따뜻한 눈을 하고서.

"적절한 거리감은, 적절하고 말이지."

"구 소자앙."

낮게 깔린 말이 으르렁대듯 들렸을 때, 도경이 팔을 들어 휘휘 내저었다.

"먹자. 나도 누나 먹는 것만 봐도 배가 부를 것 같다고."

"거짓말도 잘하네. 침도 안 바르고."

지금 침을 왜 발라. 정작 바르고 싶은 덴 따로 있는…… 너무 갔
나.

도경은 허허실실 그렇게 웃어 버렸다. 말 한 마디, 한 마디에 그
녀가 와서 찰싹 달라붙었다. 그게 너무 마음에 든다. 그녀가 마음
에 든다. 아니, 그녀가 온 것이 아니라 제가 소환한 것이라 더 마음
에 든다. 무언가를 먼저 내어 줄 수 있어서 마음에 든다.

내일은 오늘 하지 못한 말을 꼭 해야겠다.

밥, 먹으러 갑시다.

밥, 마주 앉아서 먹읍시다.

밥. 그렇게 오래 같이 먹읍시다.

❋ ❋ ❋

"자, 오늘 치 적응입니다."

곁에 선 민혜가 눈을 크게 한 번 치떴다가 쿡쿡대며 웃었다.
도연의 얼굴이 발그레해졌기 때문인 것 같았다.

"안 받아요?"

금세 제 얼굴색으로 바꿔 든 여자가 차분하게 말했다.

"이걸 받으면 적응을 하게 되는 거잖아요."

"그래서, 안 받으시겠다?"

"아마도?"

"음. 그것도 괜찮습니다. 그럼, 또 속성으로 가는 수밖에."

도연이 놀라며 한 걸음 뒤로 물러났다. 꿈쩍도 하지 않던 남자가
그 모습을 보며 조용히 웃었다.

"여기 수채화 선생님 계시는 데서 설마, 내가 또 키⋯⋯."

도경의 말은 이어지지 못했다. 얼른 입을 막고 안쪽으로 끌어당기는 여자의 손이 달고 달아서였다.

"이런 속성도 괜찮네요."

남자의 말에 꽤 멀찍이서 민혜의 개운한 목소리가 동조를 했다.

"속성으로 가기로 했니? 겁나 신선하다? 그럼 나도 오늘 온 우리 아기들하고 속성으로 정 좀 들어 볼까. 물 주고 들어올게."

"유민혜!"

"호스가 가는 것밖에 없어서 얼마나 걸릴지 모르겠네에. 어쩔 수 없지이. 나는 간다아."

민혜의 짓궂은 말이 늘어져 햇살이 드는 정원 곳곳으로 퍼졌다. 그 소리 위로 남자의 웃음소리가 보기 좋게 걸렸다. 많이 본 것 같은 풍경이었다.

많이, 본 것 같은, 풍경.

핑, 눈물이 돌았다. 도연은 얼른 삼켜 냈다. 웃고 있던 남자가 의아한 얼굴로 그녀를 바라보았다.

"도연 씨?"

"오늘도 메리골드네요."

"네."

"내일도 메리골든가요?"

"아마도."

"언제까지요?"

"그건 생각해 본 적 없습니다."

"내가, 이 꽃을 보고 다른 남자 생각을 한대도요?"

"그것도 생각해 본 적이 없긴 한데."

남자가 뒷말을 흐렸다. 하지만 그것도 잠시, 곧 다정하게 말했다.

"그 남자 생각을 한 것과 그걸 나한테 솔직하게 말한 도연 씨, 둘을 놓고 보니 답이 나오네요."

"어떻게요?"

"내일도, 다음 주에도, 다음 달에도, 나는 이 메리골드를 들고 점심때마다 정원에 올 겁니다."

"네?"

"누가 잊으라고 했어요?"

"구도경 씨."

"누구도 그렇게 말할 권리 없어요. 나는 그냥 도연 씨가 좋은 겁니다. 죽은 연인을 그리워하고, 문득문득 떠올리는 그 도연 씨가."

"그가 죽었기 때문에…… 그런 건가요?"

"그럴지도. 나는 이렇게 살아 있으니까."

도연이 기가 막히다는 듯 올려다보았다. 그가 한 발짝 다가왔다. 인지도 못 하고 잘 쉬고 있던 숨이 턱 막힌다. 묘한 긴장감이 돌았다.

"그런데 다시 생각해 보니."

"무슨 말을 하려고요."

"경쟁자를 만들고 싶지는 않네요."

"네?"

"괜찮았는데, 막 괜찮지 않아졌습니다."

도연의 눈동자가 이채를 띠었다. 묘한 색이었다. 그 눈을 깊게 바라보며 도경이 말했다.

"젠틀한 척하고 싶지 않아졌거든요."

곧 그의 말대로 젠틀한 신사는 온데간데없고, 끓어오르는 것 같은 눈을 가진 남자만 남았다. 남자는 여자를 뜨겁게 끌어안았다. 억누르는 것이 많은 말투로 남자가 속삭였다.

"밥, 먹으러 갑시다."


그는 그의 말대로 점심시간마다 메리골드를 들고 찾아왔다. 오기 같은 건 어디에도 찾아볼 수 없었다. 도연은 점점 그에게 빨려 들어갔다. 그에게 갖다 붙인 거절할 만한 모든 이유는 그가 전하는 메리골드와 함께 상쇄되어 갔다. 지독하게 품이 넓은 남자였다. 그 끝이 어딜까, 막연한 두려움이 느껴질 만큼.

"맛있어요?"

민혜와 함께한 점심이 언제인가 싶다. 아예 윤현수도 점심시간에 정원으로 오기 시작했다.

"네."

"의외로 못 먹는 게 없습니다?"

"의외로 많이 못 드시는 것 같아요."

"제가요?"

"네."

"그건."

뒷말은 아꼈다.

널 보느라 그래.

입에 밥이 들어가는 것보다 도연이 밥 먹는 모습을 보는 게 좋다. 생각보다도 더 괜찮았다. 여자는 소탈하게 아무거나 잘 먹었다. 많이 못 먹는 것은 의외가 아니라 예상대로였지만, 예쁘게도 잘 먹었다.

그리고 점심시간에 정원으로 내려가면 무얼 먹자고 먼저 말해 주는 그 순간이 정말 좋았다. 이상한 데서 꽂힌 것 같지만, 그 순간에는 정말이지 척추를 따라 뜨끈한 것이 타고 올라올 만큼 흡족했다.

도연이 제게 무언가를 먼저 말하는 것은 그것이 전부였건만, 그것만으로도 행복했다. 그녀가 하지 못하는 것은 제가 하면 될 일이라는 처음의 생각이 변함없었기 때문이다.

조금 더 욕심을 내어 바라 보자면, 그 범위가 넓어지기는 했다. 점심 메뉴가 아니라, 보고 싶었다는 말이라든가. 그도 아니면, 조금만 웃어 준다든가.

아니, 아니다. 그런 것들은 아무래도 좋았다. 마주 앉아서 잘 비빈 비빔밥을 먹는 여자, 저를 바라보는 눈길이 점점 눈에 띄게 길어지는 여자. 그것만으로도 너무 좋았다.

깊어 헤어 나올 수 없을 것 같던 겨울이 제법 물러나기 시작했다. 딱 꽃샘추위만을 남겨 놓은 그런 계절이었다.

❋ ❋ ❋

하늘재 잔디 정원 가장자리에는 신 바람이 분다. 눈이 시고, 가슴이 시린 사람들이 드나들어서 계속 보태기 때문인지도 모르겠다.

도연은 그 자리에 서서 바람을 맞았다. 제가 서 있는 언덕 같은 곳 아래 알짱거리는 귀여운 것 때문이다. 래시의 짖는 소리와 함께 하늘에 연이 하나 날았다. 네모 모양의 시원스러운 연이 하늘을 내 것듯이 돌아다닌다. 컹컹, 소리와 함께 누군가의 웃음소리가 언덕 아래에서 끊임없이 들려왔다.

내리쬐는 포근한 햇살 아래 바람은 시원했다. 발아래에는 온통 나무다. 끝도 없이 이어진 풍경 앞에 도연은 숨을 크게 들이쉬었다.

하늘재에 숱하게 드나들었어도 이 자리에 선 적은 처음이다. 추모관과 카페 말고는 다른 곳은 없는 것처럼 돌아가곤 했다. 그런데 오늘은 그냥 여기서 아래를 조금 내려다보고 싶었다. 부는 바람이 도연의 옷깃을 연신 스치고 지나갔다.

"연날리기 해 본 적 있습니까?"

도연은 저도 모르게 외마디 비명을 삼켰다. 바람이 소리를 내었다.


입맛이 없다. 도연이 외근을 나갔기 때문이다. 점심을 굳이 챙겨 먹고 싶지가 않았다. 그래서 그냥 간단하게 아메리카노 한 잔을 마셨더니 대강 요기가 된 것 같은 느낌이 들었다. 도경은 제 책상 위에 올려놓은 메리골드 두 송이를 내려다보았다.

주려고 했던 사람에게는 주었고, 가슴이 두근거리던 그 말도 전했다. 아무것도 아닌, 그저 꽃말일 뿐인데. 이제껏 꽃이 예쁘다고 생각해 본 적이 없어서인지 누군가에게 꽃을 선물한 기억이 없는 것 같다. 순간, 민정이 생각났다. 도연에게 죄책감을 운운하면서도 스스로 완벽하게 떳떳하지는 못했던 것도.

그녀에게도 이 꽃을 전하고 싶다. 이해를 바라거나, 허락을 구하는 게 아니다. 제 죄책감 덕에 발견한 이 꽃을 죄책감을 가지게 한 사람에게도 보여 주고 싶었다. 나는 괜찮다고.

차 키를 들고 도경은 자리에서 일어났다. 시원하게 뚫린 외곽 도로를 달리면서 그는 조수석에 앉았던 여자를 떠올렸다. 메리골드를 보면서 그녀가 떠올렸을 어떤 생각에 제가 조금이나마 있었으면 좋겠다는 생각으로.

날듯이 달려 하늘재로 갔다. 추모관에 들르고, 메리골드를 민정에게 선물했다. 그리고 잔디 정원으로 나온 순간, 그는 눈을 의심했다.

도연이었다.

눈을 뜨면서부터 눈앞을 떠나지 않던 그녀가 그림처럼 서 있었다. 바람에 날리는 머리카락, 그 아래 언뜻언뜻 보이는 목선, 서 있는 몸의 선. 분명히 하도연이다. 이제는 그림자만 봐도 알아볼 수 있을 것 같았다.

잔디 정원 끝에 서서 아래를 바라보던 그녀의 돌아보는 옆얼굴이 보이는 순간, 그는 제 의지대로 그녀에게 다가갔다.

온통 푸른 그 한가운데 남녀가 마주 섰다. 이끌림을 느낀, 그리고 그 이끌림에 걸린 두 남녀가. 오랫동안 홀로 날아왔던 연 두 개가 서로 얽혔다. 가슴의 끌어당김 때문에 시선부터 더 얼크러진다. 뒤섞인 가는 실이 뭉쳐져 단단해졌다. 풀기 힘들 것 같았다.

"어떻게."

기척도 없이 다가온 도경이 오래 그녀의 눈을 들여다보았다. 두 사람 사이에도 어김없이 신 바람이 불었다. 눈이 시고, 가슴이 시큰했다. 어제 만났던 사람을 그냥 다른 장소에서 만났을 뿐인데. 무언가 특별한 느낌이 든다. 그래, 특별한 느낌이었다.

"이런 바람이 불 때, 연을 날렸습니다."

그가 언덕 아래를 바라보며 말을 이었다.

"어릴 때 몸이 약해서 누나보다도 오래 뛰지 못했어요. 그래서 아버지가 늘 대신 뛰어 주셨죠. 그 뜀박질 대가로 받은 높이 뜬 연에, 이어진 연실까지 건네받고. 내가 연을 날리면 그 연은 이내 비틀거렸어요."

"그래서요?"

"그래서 자꾸만 다른 연들한테 얽혀 들었죠. 떨어지면서."

"아."

"그런데 이상하게 얽히면서 그 연은 다시 날아요."

"어째서?"

"그 연은 방패연이었거든요."

그가 꾹 눌러 발음하는 것 같은 그 단어. 방패연. 도연은 제 느낌 그대로 물었다.

"방패연이 특별한가요?"

"네. 유일하게 연싸움이 가능하죠. 구조가 완벽하기 때문에."

"그렇군요."

"도연 씨는 그 연을 닮았어요."

"어디가요?"

닮았다. 반듯한 그 모양. 외향도 그렇지만 이름부터 닮았다.

방패. 연.

방패 뒤에 숨어서 도통 나오지 않으려는 여자. 끌어내고 싶은 마음이 들게 하는 여자. 거기다 이름도 연이라는 여자. 그리고, 연 특유의 아득함이 있는 여자.

조심스러웠다. 완전히 제게 온 것도, 멈춘 것도 아닌 여자. 상처가 깊어서 들추지 않으려는 여자. 그저 바라만 봐도 좋지만, 자꾸만 욕심이 나기 시작했다.

　깊은 밤 꿈에 나오는 여자. 팔을 뻗어 살냄새를 맡고 싶은 여자. 환하게 웃는 모습을 혼자만 보고 싶은 그런 여자가.

　도경은 흐릿한 눈을 들어 얼레에 이어진 연을 바라보았다. 연을 보려면, 고개를 들어야 한다. 고개를 숙이고는 절대로 볼 수 없다. 그래서 그 너머의 하늘까지 덤으로 보여 주는 연. 그 연 같은 여자.

　"그냥. 느낌에 그래요."

　"연을 닮았다는 말, 그다지 기분 나쁘지 않네요."

　"어째서?"

　"저 연을 보는데, 기분 나쁘지 않았거든요."

　그가 도연의 말에 환하게 웃었다. 고스란히 드러난 그의 치열을 보는 순간, 도연은 정원에서 보았던 그의 얼굴이 떠올랐다. 왜 그런지는 모르겠지만 그 장면만 또렷하게 보이는 것 같은 느낌이다. 정지된 영상처럼 또렷하게 도연의 가슴에 맺혔다.

　"제 연은 그렇게 얽혔다 풀리면서 다시 휙 날았죠. 얼레를 얼른 풀어야 했어요."

　도경의 눈이 높은 하늘을 다시 더듬었다. 마치 지금 연을 날리기라도 하는 것처럼.

　"지금도 얼레를 풀고 싶어지는데."

　"네?"

　"내가 정확하게 말했던가요?"

　"뭐를요?"

"나는 아무래도 당신을 사랑하게 된 것 같습니다."

갑작스러운 고백에 도연이 멍하게 그를 바라보았다. 그 눈빛을 보는 도경의 마음속 얼레가 한없이 풀렸다. 보이지 않는 얼레의 실이 그녀의 마음에 닿았다. 얇고, 가는 그 실. 하늘 높이에서 연들과 얽히기 위해 아교풀을 묻힌 실이 아주 당연하게 도연에게로 더 다가든다. 도연의 사금파리들을 더 묻히고 싶어 하는 것 같았다. 아니, 가져가고 싶어 하는 것 같았다. 아교풀과 사금파리가 묻은 방패연의 연실은 이보다 더 견고할 수 없을 터였다.

온통 바람인 장소, 낭만적으로 나는 연, 그리고 계속 두드리는 남자.

도연의 가슴이 뛰었다. 실로 오랜만에. 갑작스러운 그 고백 이후 그는 말이 없다. 대답을 기다리는 것 같지도, 그렇다고 무언가를 더 덧붙이려고 하는 것 같지도 않다. 그저 아무것도 바라는 것 없는 얼굴로 저를 보았다.


언덕 아래에서 래시가 도경을 발견하고 짖었다. 그냥 개가 짖는 것일 뿐인데, 반갑다는 마음이 느껴진다. 단 한 번도 래시가 짖는 걸 보고 무언가 의미가 있을 거라 생각해 본 적이 없었다. 마음이, 달라지는 것 같았다.

한참이 지나고 나서야 그가 입을 열었다.

"추모관 안에 메리골드를 주고 싶은 사람이 또 있었어요."

"네?"

"도연 씨."

"네."

"여기, 왜 왔는지 물어도 됩니까?"

"……."

"나하고 같은 이유라면 좋겠는데."

도연이 희미하게 웃었다. 그리고 말했다.

"같은 이유일 것 같아요?"

"아마도."

"어째서."

"그러니까."

"네?"

"지금 도연 씨 표정이 어떤지 알아요?"

"제…… 표정이요?"

그 말을 듣는 순간 추모관 안, 작은 유리문들에 비쳤던 제 얼굴이 떠올랐다. 그런 얼굴의 표정이래 봐야 마땅한 것이 있을 리가 없는데.

"그 표정을 보는데, 내가 이제 도연 씨 마음이 궁금하지 않아요."

궁금하지 않다고. 그냥 표면적인 뜻으로 이해해야 할 말은 아닌 것이 분명하다. 이 남자의 홀리는 화법은 시도 때도 없이 가슴속을 파고들었다. 지금이 또 그 시도 때도 없는 때인 것 같다.

"도연 씨가 내게 마음이 없다면, 나는 당신이 어렵고 오히려 더 궁금하겠죠. 조바심 나고, 미치겠지."

"어렵고 궁금하지 않다는 걸로, 내가 당신에게 관심이 있다는 걸 증명한다고요?"

"네. 그겁니다."

그만의 묘한 증명법이 또 묘하게 설득력을 가진다. 도연의 흔들리는 눈동자를 정확히 파악한 그가 다시 말했다.

"아닙니까?"

도연은 그냥 웃었다. 싫은 사람과 매일 점심을 먹고, 키스를 할 수는 없다. 그런데, 그걸 모르는 것처럼 모른 체해 주는 남자의 마음이 고마웠다. 그냥 그렇게 웃을 수밖에 없게 만드는 말이었다.

"다르게 증명을 하면."

"하면?"

"그 손수건을 보던 때의 표정이라든가."

"손수건?"

그가 주머니에서 하얀 면 손수건을 꺼내 들었다.

"이 손수건을 봤을 때, 도연 씨 표정이 딱 그랬어요. 이 손수건에 전부를 내려놓은 것 같은 표정."

그녀에게 전부는 죽었다던 그 사람밖에 없었을 테니까.

"그게 어떻게 증명이 돼요?"

"어떻게 그걸 네가 가지고 있어, 라는 표정이었어요. 이 손수건은 공장에서 찍어 내는 거고 얼마나 많은 사람이 사용하는지 알 수 없는 건데."

도연이 호기심 어린 눈길로 도경을 바라보았다. 이제 의아해하기만 하는 건 그만두기로 한 것 같았다.

"누구라도 겹치는 건 있어요. 하지만 내가 아니었다면, 절대 그런 표정으로 보지는 않았을 거라 확신합니다."

"자신감 하나는 인정해요."

"말했잖아요. 이끌림이 있었다고."

"그건 도경 씨 생각이고."

"아니라고 확신할 수 있어요?"

아니, 없다. 그의 손수건부터, 메모지까지. 그리고, 메리골드. 흔하디흔한 그런 물건들을 보고 승우와 그를 연결 지어 생각했다. 왜 그랬을까. 정말 이끌림 때문일까. 이 사람에 대한 이끌림 때문에 그게 특별하게 느껴진 걸까.

아, 포기다.

도연은 머리로 생각하는 건 그만두기로 했다. 가슴으로는 무슨 말인지 이해가 다 되었으니까. 남은 수순은 인정하는 것뿐이다. 인정하게 만드는 남자, 이제 인정해야 할까.

"도경 씨. 말 잘하시네요."

"내가 잘하는 게 말뿐은 아닙니다."

"뭘 또 잘하시는데요?"

"먼저 물었습니다."

"네?"

"도연 씨가 먼저 물었다고요."

무슨 말이냐고 다시 묻기 전에 남자의 앞가슴이 눈앞으로 확 다가들었다. 놀란 도연이 멍하니 고개를 들었을 때 피할 겨를도 없이 입술로 남자의 입술이 와 닿았다. 잔디 정원의 스프링클러 옆, 젖은 잔디 같은 입술이었다. 입술이 떨어져 나가고 나서야 다른 생각을 할 수 있었다. 눈을 채 감지 못할 만큼 순간적으로 일어난 일이었다.

"잘하는 게 말뿐은 아니라는 거 알려 주려고."

그가 웃었다. 아주 뻔뻔하게. 장난스러운 그의 얼굴에 적응이 되기도 전에 그가 다른 얼굴을 하나 더 꺼냈다.

"불쾌합니까?"

"물론이요."

"이유를 물어도 됩니까?"

"질문은 지금 할 게 아니라, 조금 전에 했었어야죠."

"무슨 질문을?"

"키스해도 되냐고."

"아?"

끝이 올라간 그의 말과 함께 그의 입꼬리도 같이 올라붙었다. 그의 웃음소리가 잔디 정원 곳곳으로 퍼져 나갔다. 아무도 없는 그곳을 도연이 구석구석 되돌아보았다.

"키스해도 됩니까?"

"네?"

"물어야 한다면서요."

"안 돼요."

"어째서."

"그냥. 비겁해요."

"비겁?"

또박또박 말하는 도연의 입술이 예뻐 미치겠다. 가볍게 부는 바람에도 이마 위 잔머리가 날리지 않는다. 시원하다 못해 한기가 드는 언덕 위에서 더워 흘리는 땀은 아닐 테고. 긴장의 산물을 보는 순간 도경의 가슴이 뭉클하게 꿈틀거렸다.

"도연 씨 집 앞 말입니다. 그게 더 비겁한 것 같은데요."

"네?"

아닌 줄 알면서도 늘 도연을 내려 주는 그 자리. 따져 묻고 싶지 않았다. 그녀가 집 앞이라고 말했으니까. 그녀를 처음 데려다준 다음 날 새벽, 그 자리에 갔었다. 그 어디에서도 도연은 나타나지 않았지만, 도경은 기다리던 그 시간으로 행복했다. 나타나리라고 기대하기보다, 나타나지 않음에도 그 자리에서 기다릴 수 있는 자신이 마음에 들었다. 그럴 수 있는 마음이 마음에 들었다.

내내 그녀가 떠올랐다. 떠올리자마자 아무 말도 않는 그 얼굴이 웃었다. 웃는 얼굴을 잡아 보려는 듯 허공으로 팔을 뻗었을 때, 그는 깨달았다.

자신이 그녀에게 푹 빠져 버렸다는 것을. 아니, 어쩌면 그보다 훨씬 이전에.

그는 그녀에게 아까보다 더 바짝 다가갔다. 이번에는 도연에게도 입술이 다가오는 모습이 똑똑히 보였다.

"여기 이 하늘재에 온 김에 할 말이 있어요."

"뭔데요."

"도연 씨 죄책감에 값을 치르게 해 줘요. 이제 내가 다 갚을 테니까."

뭐, 뭐?

도경의 시선이 추모관에 잠시 다녀왔다. 오면서 승우를 데리고 왔다.

"내게 올 수 없는 이유가 그 사람한테 진 빚 때문이라면, 내가 다 갚아 주겠습니다."

도연이 소리 없이 울먹거렸다. 그가 그녀의 볼에 뜨겁게 입을 맞췄다.

마음을 확인하는 입맞춤이 아니다. 그 마음을 어찌할 수 없어서 하는 입맞춤이다.

"어때요. 잘합니까?"

"네?"

"잘할게요. 말뿐인 사람이 되지 않게 해 줘요. 이제 다 제대로 보여 주겠습니다. 나는 잘하는 게 많은 남자니까."

그녀의 글썽거리는 눈에 대고 그가 조용히 이어 말했다.

"나는 타고난 명이 길다고 그랬어요. 보는 데마다."

그녀가 그 말에 웃는 것 같은 입술로 흐느꼈다.


두 사람은 다시 정원으로 돌아왔다. 지하 주차장에 주차를 한 도경이 내리려는 도연을 붙잡았다.

"부탁이 있습니다."

"뭔가요?"

"나 지금 일이고 뭐고 다 던지고 싶은데 참고 있거든요."

"……."

"오늘 집에 데려다줘도 됩니까?"

진짜 집. 하도연의 집.

그 말에 가만히 저를 보던 도연이 느리게 눈을 깜박였다. 이 느린 눈은 여러 번 보았다. 그런데 느낌이 달랐다. 알아볼 수 있을 만큼의 긍정만 내보인 그녀가 새침하게 고개를 돌렸다.

"들을 대답이 있으니까."

도경은 무어라 더 말을 하려다, 더는 수다스러운 남자가 되고 싶지 않아 입을 다물었다. 필요한 말이랍시고 했던 대화를 떠올려 보니, 9할이 제 말이다. 도연의 1할은 그저 되물음 정도였다. 그게 나쁘지는 않지만, 썩 좋아 보이지도 않았다.

문제는 숨이 막힌다. 운전석과 조수석 사이, 그 작은 공간은 제 긴장을 숨길 충분한 거리가 아니었다. 도연의 향이 건너왔다. 여자의 자그맣고 하얀 두 손이 올려진 무릎은 또 어떤가. 그리고 그녀의 옅은 회색 스커트. 또, 그녀의 묶은 머리 아래의 목선. 귀 뒤로 넘긴 머리카락이 그녀의 움직임에 가늘게 흔들렸다. 이 모든 모습을 곁눈으로 보던 도경은 그냥 웃어야만 했다.

"네. 데려다주세요. 오늘은 우리 집이 어딘지 정확히 기억이 날 것 같아요."

온통 그녀의 향기로 가득한 차 안, 그냥 이대로 어디로든 가고 싶은 충동이 인다. 가령, 여자와 단둘이 있을 수 있는 그 어느 곳으로.

웃는 얼굴 그대로 힘겹게 그녀를 정원으로 보내고 계단으로 올라오다가, 얼굴이 희미하게 비치는 철문 앞에서 그는 멈춰 섰다. 싱겁게 웃는 모양이 아주 바보 같아 보인다. 한참을 그렇게 제 웃는 얼굴을 보던 그가 시계를 보더니 얼른 뛰었다. 자기 일에 최선을 다하지 않는 남자, 그녀에겐 별로일 것 같았으니까.

✻ ✻ ✻

"어디 갔다 와? 나만 두고."

"하늘재."

"또?"

도연이 고개를 끄덕이며 가방을 내려놓았다. 손을 먼저 씻고 물기를 닦는데 민혜가 착 다가와 제 곁에 섰다.

"나한테 할 말 없어?"

도연이 물끄러미 제 친구를 바라보았다.

"말해 봐. 아무거나."

"민혜야."

"응."

"내가 나쁘게 느껴지면 어떻게 해야 할까."

나쁘게?

민혜가 작게 인상을 썼다. 그 말을 듣는 순간, 도경이 도연에게 뻥 차이는 모습이 저절로 상상되었다. 그가 들이는 공을 보아 온 자의 의리로 그렇게 둘 수는 없었다.

"넌 원래 나쁜 년이잖아."

"그렇지?"

"그래도 말이야."

"응."

"생각은 해 봐."

"생각?"

"그래. 그냥 아니라고만 하지 말고. 생각을 좀 해 보라고. 곰곰이."

생각을 하라고, 곰곰이.

도연은 작게 고개를 저었다. 생각 이전에 가슴이 움직였다. 그런데 움직였음에도 걸음을 떼 놓지는 못했다. 발목을 잡는 무언가가 있어서가 아니라, 발목을 잡지 못하는 무언가가 너무 불쌍했기 때문에. 그래서 자신이 나쁘게 느껴진다. 할 수 없는 걸 하게 하려는 것보다 나쁜 것이 뭐가 있을까.

"오늘 우리 클럽 갈까?"

민혜가 비장하게 말했다.

"뭐?"

"클럽. 남자 꼬시러."

도연의 눈이 가늘어졌다.

"아, 왜. 넌 원래 나쁜 년이고 뻥 차는 데 일가견이 있으니까."

"그거랑 클럽이랑 무슨 상관이라고."

"아무 놈이나 골라서 하루 놀고 뻥 차 버려."

"뭐?"

"그러기라도 해. 만성이 되게."

"무슨 말이야."

"구도경 씨 때문에 지금 고민이잖아. 확 안기고플 정도로 좋아지려는데, 이승우가 자꾸 걸리니? 차라리 그럴 거면 마음이 없는 놈 만나서 자꾸 차 봐. 뻥뻥 차다가 질리면 또 아니, 그 사람은 차지 않고 싶어질지."

도연이 말없이 민혜를 물끄러미 보았다.

"네가 불쌍하지 않게."

민혜도 도연의 눈을 똑바로 바라보았다.

"네가 왜 나쁜 년인지 알아?"

"왜."

"우리 엄마 죽었을 때, 너 뭐랬어. 네가 엄마가 되어 준다고 그랬지?"

"응."

"그래. 그래서 넌 진짜 우리 엄마처럼 나를 챙겼고. 그치?"

"응."

"그런데 나는 그렇게 못 하게 했잖아. 나한테 아무것도 안 보여 주잖아. 오늘도 봐. 아무것도 말 않고 그저 제가 나쁘대."

"민혜야."

"어제 현수랑 얘기하면서 그 생각 했어. 너 진짜 나쁜 년이라고."

"유민혜."

"나는 한 마디도 못 하고 눈치만 보게 해 놓고. 저만 힘들고, 저만 아프고."

"내가 그랬어?"

"아주 그랬어."

도연이 울먹이기 시작하는 민혜의 어깨에 가만히 손을 올렸다.

"내가 그랬구나."

"아주 그랬다니까."

"지금이라도 말하면, 들어 줄 거야?"

"뭐?"

"나 오늘 고백을 받았는데, 받아 줄까 싶어."

"뭐?"

목에서 나온 소리라기엔 너무 튀는 소리가 민혜에게서 튀어나왔다. 그녀가 켁켁거렸다. 어깨에 올려진 손이 민혜의 등으로 넘어왔다. 기침을 하는 친구의 등을 도연이 가만히 쓸었다.

"진짜."

"왜."

"나쁜 년."

겨우 기침을 멈추고 숨을 정리하며 흘기는 민혜의 눈이 참 고왔다. 원래부터 고운 눈이었는데, 이제야 좀 보인다. 그 눈을 마주했을 때 밀려오던 수많은 감정을 다스릴 수 없어 피했던 순간들이 거짓말처럼 지난 일이 되어 버렸다.

"하고 싶은 말, 다 해도 돼?"

"말이라고 해?"

도연이 천천히 말을 꺼냈다. 드러내고 싶어지자, 타인의 감정도 그제야 느껴진다.

난 정말 이기적인 사람이었구나.

아직 남아 있는 죄책감들을 친구의 눈물에 흘려보내고 싶다.

민혜는 그래도 되는 사람이었다.

"도연아."

"응."

"나 가슴이 막 부푸는 거 같아."

"더 부풀 공간이나 있니? 달고 다니기 힘들어."

"어?"

민혜가 행복하게 웃었다. 농담을 하는 하도연, 오랜만이었다. 그래서 어색하다. 어색해서 미안하다. 민혜는 친구를 꼭 끌어안았다.

"그랬어. 그런 거였어."

중얼거리는 민혜를 도연이 웃으며 살짝 밀어 냈다.

"그만해. 닭살스러우려고 해."

"고마워. 정말 고마워."

"아냐. 내가 고마워."

"아냐. 내가 더 고마워."

민혜의 입술이 또 삐죽거렸다.

"그만 좀 울어. 누가 죽었니."

그 말에 민혜도 이제 솔직해져 보기로 한다. '죽었다'라는 금기어를 꺼낸 도연을 위해서.

"그래. 네가 죽을까 봐. 나는 있잖아. 네가 오빠를 따라서 죽어버릴까 봐 너무 겁이 났어. 안 보이면 철렁하고, 전화를 안 받으면 내가 막 죽겠고. 그런데 그게 너를 위한 게 아니라 나를 위한 거더라고. 너를 위한 거였다면 철렁하고 죽을 것 같아 하는 게 아닌데. 야단쳤어야 하는 건데. 잔소리했어야 하는 건데. 내 마음 편하자고. 내가, 내 마음 편하자고."

"민혜야."

"응."

"그 사람이 그러더라."

"뭐라고."

"그리운 마음은 결핍이래."

"결핍?"

"응. 있어야 할 것이 없어지거나, 다 써 버린 거. 그런 결핍."

"그런데?"

"그게 구도경 씨는 너무 매력 있대."

"뭐래니."

"이유가 궁금하지? 그래서 나도 물었어. 그게 어째서 매력이 되는 거냐고."

"그랬더니."

"욕망이 있는 거래."

"욕망?"

"결핍이어서 그걸로 끝난 게 아니라, 그리워한다는 건. 채우고 싶어서 그런 거라고."

민혜가 대꾸 없이 가만히 도연을 바라보았다.

"그 말을 듣는데, 그런 것 같았어."

"도연아."

"내가 슬픈 이유는, 이제 채울 수 없는 것에 대해서만 생각하기 때문이라고."

"그래서."

"그 사람이 채워 주겠대. 내 그리움이 무척 매력이 있었다고. 그래서 끌렸다고."

"나 지금 이상해."

"뭐가?"

"뭔가 굉장히 닭살스러운데, 너무 감동적이야."

"그 사람 말을 너무 잘해. 나 잘못 넘어가는 건 아닐까?"

"마음을 움직이는 말은 아무나 못 하지. 나는 구도경 씨한테 그런 느낌 없었으니까. 임자를 만난 걸로 해."

도연이 소리 내어 웃었다. 사람의 웃는 얼굴일 뿐인데 너무 눈이 부셔서 민혜가 두어 번 눈을 깜박였다. 또 주책없이 눈물이 나올 것 같았다.

단 한 가지 걸리는 것이라고는, 아직 남아 있을지도 모르는 도연의 묵은 마음이었다. 길지 않은 시간, 당장은 다른 사람을 보기 힘들지도 모르는 그녀의 짐을 민혜는 좀 덜어 주고 싶었다.

"사람이 사람에게 매력을 느끼는 건, 나쁜 게 아니야."

"민혜야."

"1초 만에 운명을 느낄 수도 있어. 나처럼."

"1초? 그건 너무 갔는데."

"너를 속일 이유는 아무것도 없어. 마음이 가는 대로. 그건 절대 미안한 일이 아니야. 잘못된 일도 아니고."

"유민혜."

민혜가 도연의 손을 가만히 끌어 잡았다.

"혹시 망설인다면, 그 이유가 승우 오빠가 되면 안 돼."

"어째서."

"오빠가 절대 바라지 않을 거야."

"그럴까?"

"아니더라도 할 수 없어. 이미 네가 웃었으니까."

이승우는 더 이상 너를 웃게 할 수 없으니까.

무언가 더 말을 붙이려는 도연의 입을 손바닥으로 막으며 민혜가 장난스럽게 웃었다.

"그래서, 언제 온대? 지금쯤 아마 몸이 달았을 건데."

"마치고."

"그래? 그럼 난 일찍 퇴근할게요. 원장님."

"그렇게 하세요."

"아쭈?"

"그런데 민혜야."

"응."

"나 있지."

"응."

도연이 머뭇대며 말했다.

"아직…… 예뻐?"

민혜의 입이 쩍 벌어졌다.

구도경 씨. 도대체 애한테 무슨 짓을 한 거예요?

※ ※ ※

시간이 안 간다. 열두 번도 넘게 시계를 본 것 같다. 미팅을 마치고 올라와 일에 집중을 해 보려고 해도 잘 안 된다.

생화가 싫다는 그 여자. 그래서 그 작은 손으로 메마른 꽃을 만져 대는 여자. 아마도 제 손을 덥석 잡을 수는 없으리라. 도연의 죄책감은 그리 쉽게 물러지는 것이 아닐 터였다. 저도 그랬으니까. 혼자만 행복해도 되는지 미안하고, 고마운 마음은 어찌 갚을 수는 없고.

핸들을 조수석 쪽으로 틀었다고.

그 상황이 닥치면 저 역시 그럴 수 있을지 확신이 없다. 도연에게도 그렇게 말했다. 지금은 그러하니까.

하지만 도연과 자신에게는 '앞으로'라는 것이 있었다. 그 어떤 일이 일어나더라도 이상하지 않은. 알 수 없는 미래. 그 '앞으로'에게 저는 최선을 다할 생각이었다. 그래서 하나도 무안하지 않다. 그는 했지만, 나는 못 하는 것에 대해.

그렇게 생각하고 보니 미칠 듯이 그녀가 보고 싶다. 침대 위, 아무엇도 섞이지 않은 그 웃음을 다시 보고 싶었다. 단, 다른 사람을 향한 것이 아니라 오롯이 저를 향한 그런 웃음.

도경은 그녀가 저를 향해 웃는 모습을 상상했다. 눈앞이 흐려지고 귀가 먹먹해 온다. 그는 그냥 한없이 웃었다.


"소장님이 칼퇴근하시면, 저희는 땡큐입니다."

"갑시다."

시간이 안 가 죽을 지경이다. 손을 휘휘 저은 도경이 얼른 사무실 밖으로 나왔다.

모든 시간이 길다. 늘어진다. 엘리베이터 올라오는 속도도 너무 느리다. 확 당기고 싶은 시간들을 어찌할 수 없어 도경은 마음속으로 동동거렸다. 엘리베이터 안 거울에 비친 제 얼굴이 우스웠다.

아주, 안달이 났네.

슥슥 손바닥으로 얼굴을 문질러 어찌해 보려 해도 잘 안 된다. 그런데 문득, 무언가를 선물하고 싶은 생각이 들었다.

뭐가 좋을까. 메리골드는 이 두근거리는 마음을 표현하려던 건 아니니까. 꽃 같은 그녀에게 꽃보다 어울리는 걸 떠올려 내기는 쉽지 않다. 외로웠던 그녀에게 뭐가 좋을까.

한참을 생각했지만 저만큼 좋은 선물은 도무지 떠올리기 힘들었다.

그녀의 정원이 보인다. 입구에 놓인 자그마한 자갈들처럼 가슴이 잘게 부서지는 소리가 들리는 것 같다. 그가 한 발을 들어 앞으로 놓았다. 몇 걸음이나 될지는 모르겠지만 이 순간의 느낌을 놓치고 싶지 않았다. 날듯이 날아온 그가 그녀의 앞에서 천천히 걸었다.

그러고 싶었다.

"도연 씨."

풀색 앞치마 끈이 보이는 뒷모습. 도경이 그녀를 불렀다. 천천히 걷던 걸음을 멈추지 않고 그대로. 돌아보는 그녀의 얼굴을 보는 순간, 그가 작게 소리를 냈다.

"아."

방금 물로 씻은 것 같던 말간 얼굴이 작아졌다. 그 표현이 딱 맞았다. 색이 입혀진 얼굴은 그렇게 보였다.

오던 걸음을 멈추고 빤히 바라보는 얼굴을 올려다보던 도연이 민망한 듯 웃었다.

"이상해요?"

"아니, 안 이상해요."

말이 끝나기 무섭게 대답이 따라 나온다. 생각을 거치지 않은 말. 딱 그런 느낌이었다.

"이상한가 보네요."

"아니라니까."

"그럼 왜 그렇게……."

"예뻐서요. 그런데."

"그런데?"

"내가 보고 싶은 게 잘 안 보입니다."

"무슨."

"볼 수 있게 해 줄래요?"

"네?"

도경이 대답을 기다리는 사람처럼 눈을 빛내며 웃었다. 그 얼굴을 바라보던 도연이 고개를 끄덕였다.

끄덕이던 고개가 채 돌아오기 전에 그가 다가와 입을 맞추었다. 오늘 하늘재에서의 버드 키스와는 확연히 다른 그런 입술로.


도연은 그날 이후, 더는 립스틱을 바르지 않았다. 싹 핥아먹다시 피 하는 그에게 더는 빌미를 주기 싫었으니까. 아니 그보다도, 립스틱을 바르는 것이 키스해 달라고 하는 것 같아서 싫었다. 키스가 하고 싶을 때, 하고 싶다고 말하면 되는 남자였다. 의뭉을 떠는 건, 도연이 좋아하는 일이 아니었다.

"여기."

어김없이 그가 정원으로 왔다. 클래스 하나를 마치고 손을 씻고 있는데 입구로 들어서는 남자가 보였다. 눈이 번쩍 뜨이게 반갑다. 그의 손에 들린 것이 보인다. 또 메리골드였다.

"이제 정원에 꽃 좀 있는 것 같아요?"

"무슨?"

"정원에 진짜 꽃이 없어서 메리골드를 가지고 왔다면서요. 계속 가지고 오시길래."

도연이 그가 가져온 메리골드들이 조르르 진열되어 있는 선반을 가리켰다. 다른 것은 치우고 메리골드만 올려 둔 나름 특별해진 선반이었다.

"아. 그건 말입니다."

도경이 잠시 말을 멈추고 웃었다.

"그 말 때문에 오해를 했나 본데."

"오해요?"

"원래 정원에는 진짜 꽃이 있었습니다."

"그게 저라고 말하려고 하는 건 아니겠죠?"

"아닌데요."

도연의 입술이 살짝 꿈틀했다. 그가 더 활짝 웃었다.

"이 꽃을 볼 때 도연 씨 표정이요."

"네?"

"그게 제겐 진짜 꽃입니다."

하도연의 생기가 도는 표정. 그 변화를 지켜보는 마음은 무어라 형언할 수 있는 것이 아니었다. 온전히 제게 오고 있는 얼굴이 반가웠다. 조금 더 시간을 당겨서 그녀를 안고 싶지만 그 과정이 그의 마음을 조금 누를 만큼은 되었다. 어쩌면 다행이었다.

그런데 다음 도연의 말이 놀라웠다. 제가 끌지 않았는데 제게 한 발짝 오는 것 같은 느낌이었다.

"이 꽃을 볼 때만 그래요?"

"네?"

"이 꽃 볼 때만 예쁘냐고요."

"아니죠. 당연히 아닙니다."

도경은 그녀가 내어 주는 의자에 앉아 그녀가 예쁜 순간을 하나씩 읊기 시작했다. 쉬이 끝날 것 같지 않아 도연이 의자를 하나 더 그의 곁으로 끌어왔다. 가까워진 두 사람 사이처럼 틈이 없이 꼭 붙은 의자가 나란했다. 도연은 계속 움직이는 그의 입술을 가만히 바라보았다. 가까이서만 느껴지는 숨 내음이 달콤했다.

"거기까지만 해요."

"왜? 더 할 수 있는데."

"밤샐 거 같아서."

"그것도 좋고요."

"나 배고픈데."

"아?"

그가 벌떡 자리에서 일어났다.

"왜요?"

"배고프다면서요. 오늘은 현장학습 갑시다."

"현장학습?"

도경은 도연의 마른 꽃 만지는 손이 너무 예쁘다며 오래 보고 싶다고 했다. 점심에 오는 걸로도 모자라 퇴근 후에도 그는 정원으로 왔다. 도연은 매일 오는 그와 함께 이것저것을 만들었다. 그가 원하던 개인 클래스는 달리 있는 것이 아니었다. 그런데 오늘은 그 좋다는 걸 않고, 현장학습?

배가 고프긴 했다. 이상하게 그와 있으면 아주 기본적인 것들이 하고 싶다. 밥을 먹고, 움직이고, 대화를 하고. 그리고, 그 하고 싶은 것들을 죄다 말하고.

"어딜 가는데요?"

"가 보면 알아요."

그의 차에 끌려가듯 올라타 도착한 곳은 꽃 시장이었다. 그 언젠가 홀로 왔던 저녁의 꽃 시장. 새벽에만 돌 것 같던 생기는 의외로 그때에만 있는 것이 아니었다. 차창 밖으로 벌써 싱싱한 기운이 감도는 것 같았다.

"여긴."

"많이 와 봤죠?"

"어떻게 알아요?"

"내 편은 아시는 게 정말 많던데."

아, 유민혜.

"나 별로 들어가고 싶지 않은데."

"그럼 내일부터는 한 다발씩 들고 갑니다."

"네?"

"메리골드. 만성 되라고 가져간 건데."

도경은 꽃을 별로 좋아하지 않았다. 아니, 좋아한다고 표현할 만큼 관심을 두지 않았다. 그저 지나가다 보면 그냥 꽃이구나, 싶은 정도였다. 그런데 도연의 손끝에서 만져지는 꽃들이 너무 예뻤다. 저절로 관심이 생겼다.

"내가 그 사람 이야기 하는 거 불편합니까?"

"아니요. 숨기고 싶지 않아요."

"그럼 도연 씨가 생화를 왜 싫어하는지, 그 이유 정도는 내가 알고 있어도 괜찮죠."

"이미 알고 있으면서."

"그래서 여기에 왔어요."

"왜요?"

"나는 살아 있는 사람이니까."

"무슨⋯⋯."

"그 사람 때문에 생화가 싫은 거잖아요."

"네."

말했듯이 숨기고 싶지 않다. 꽁꽁 싸맸던 감정의 끄트머리를 이미 그가 풀어 버려서, 아니 잘라 내 버려서 그러려고 해도 그럴 수 없는 일이다. 도연은 말 잘하는 그의 다음 말이 궁금했다. 그래서 단단히 준비를 한다. 울림이 큰 그의 말들에 적응을 하려면 시간이 조금 걸릴 것 같았다. 아니, 어쩌면 적응하고 싶지 않은지도 모른다. 그 느낌이 너무 좋았으니까. 느닷없이 충만한 울림이 주는 감동은 뭐라 말로 할 수 없는 것이었다.

"때문이라는 건, 때로는 참 불편합니다."

"어째서요."

"원인 제공자가 사라져 버리면, 해결하기 피곤하거든."

"그래서요."

"그래서 나도 같이 싫어해 보려고."

"네?"

"메리골드 한 송이, 늘 주면 익숙해질 거라고 생각했어요."

"아닌가요?"

"안 그렇더라고요. 오늘 보면 꽃잎이 예쁘고. 다음 날은 또 꽃잎 색이 묘하게 달라서 예쁘고. 포장지에 따라서 달라 보이고. 마치 도연 씨 모든 모습이 예쁘듯이."

도연이 그 말에 볼을 붉혔다. 비뚜름하게 문 입술을 그가 손으로 톡, 건드렸다.

"싫어할 만한 이유가 전혀 없는데, 내 애인은 그러니까. 전혀 없어도 도연 씨가 그러니까. 나도 좀 싫어해 보려고요."

"그럼 여길 오면 안 되죠."

"어째서?"

"여긴 메리골드보다 더 예쁜 것투성인데."

"더 예쁜 것?"

"그럼요. 얼마나 예쁜 꽃들이 많은데요."

도연이 예쁜 꽃들의 이름을 끝도 없이 나열했다. '아, 이것도 예쁘지. 저것도 예쁘지.' 하는 입술을 도경이 홀린 듯이 바라보았다.

"그러니까. 그 예쁜 것들을 어떻게 싫어할 수 있겠냐고."

"네?"

"나하고 보면 다를 겁니다."

"싫어해 보려고 왔다면서요."

"네. 정 안 되면."

"비겁해요."

"어째서?"

"물러날 곳이나 마련해 두고. 배수의 진 정도는 쳐야 내가 감동을 받지."

그가 그녀에게 다가왔다. 안 그래도 차 안, 밀접했던 거리가 더 줄어들었다.

"왜 그래요?"

"배수의 진 치라면서요."

"그런데. 지금 왜 다가오는데요."

"진 쳤으니까 돌진해야지. 살길이 도연 씨뿐인데."

아, 또 홀리는 것 같다. 무슨 말인지 모르겠는데, 묘하게 이해가 된다. 도연은 웃으며 살짝 고개를 틀었다.

"알았어요. 내려요. 같이 가요."

"제일 예쁜 걸로 사 줄게요."

"안 살 거예요."

"사게 될걸요."

"아니라니까."

그녀가 얼른 문을 열고 내렸다. 차 앞으로 돌아와 손짓을 한다. 웃으며 따라 내린 그가 그녀의 손을 얼른 가져와 잡았다.

"여긴 사람 많으니까. 잃어버릴까 봐."

도연의 손목이 움찔했다. 그가 가만히 그 손목을 쓸어내렸다.

꽃 시장에 들어가서도 그는 제 손목을 쓸듯이 만졌다. 만지고 또 만졌다. 손끝에 꽃물이 배어 나올 것 같은 손길로 만지고 또 만졌다. 그 손짓이 부끄럽고 민망하여 도연은 대신 꽃에 손을 대었다. 촉촉한 생화만의 촉감이 손끝에 스몄다. 기분이 이상했다. 그 기분이 제 손을 잡은 그 때문인지, 생화 때문인지는 확실하지 않다. 다만, 혼자 만질 때처럼 소름이 돋거나 무섭지는 않았다.

도경은 부지런히 그녀가 만진 꽃들의 포장을 주문했다. 그걸 모르고 꽃송이를 만지작대던 도연이 그의 품에 안긴 꽃 무더기를 보고서야 경악을 했다.

"이게 다 뭐예요?"

"예쁘다면서요."

"나 아무 말 안 했는데요."

"그랬잖아요. 손으로."

"아니."

도연이 입술을 깨물었다. 꽃을 만지는 촉감이 싫지 않아 홀린 듯 만졌는데, 꽃을 이렇게 함부로 만지면 안 된다는 생각이 뒤늦게 들었다. 그가 들고 있는 꽃들이 당연하게 보이려고 한다.

"미안해요. 내가 만져서 수습했군요."

"아니. 눈으로 만졌어도 샀을 건데."

도연은 웃었다. 그냥 아무 말이나 하고 싶어졌다. 마침 한쪽에 비어 있는 벤치가 보였다. 먼저 가서 앉았다. 꽃을 든 남자가 다가와 곁에 앉았다. 그에게서 물씬, 꽃향기가 나는 것 같았다. 살아 있는 꽃의 냄새, 거기다 풀 냄새처럼 청량한 그의 체향이 섞여 가슴을 뛰게 한다. 도연은 물끄러미 곁에 앉은 그를 바라보았다.

"왜 그렇게 봐요. 반했어요?"

"네."

"뭐야. 이제야 반한 겁니까?"

"아니요. 예전에, 예전에 반했어요."

"그럼 지금은 뭔데요."

"고마워요."

"뭐가?"

"정말로 도경 씨하고 오니까 싫지 않네요. 생화."

"그럴 거라니까."

"도경 씨는 어떻게 그래요?"

"또 뭐가요."

"누가 무얼 싫어한다고 하면, 보통은 피해 주잖아요."

"도연 씨 의지로 싫어하는 게 아닌 것 같아서."

"네?"

"그냥 되돌려 주고 싶었어요. 그 손이 만지는 것, 마른 꽃보다 이쪽이 더 어울리기도 하고."

생화 꽃 장식을 놓는 유민혜의 곁에 서서 넌지시 물었던 적이 있다. 그녀가 좋아하는 것. 그녀가 싫어하는 것. 여자가 말했다. 이제부터 도연이가 좋아하고 싫어하는 건, 당신 하기 나름이라고. 제 친구는 뭐든 좋아하는 사람이라고. 그렇다고.

그렇게 말해 줄 수 있는 친구를 가진 도연이 더 사랑스러웠다. 그 사랑스러운 여자에게 트라우마가 되는 그 어떤 것도 남기고 싶지 않았다. 어떤 방법으로, 어떻게 하라고 정해 놓을 만한 일도 아니었다. 그냥 마음이 이끄는 대로, 그녀에게 전했다. 그리고, 통한 것 같아 무척 다행이었다.

"나도 뭔가 해 주고 싶어요."

"네?"

"받기만 하는 거 말고. 해 주고 싶은 마음이 들어요."

도경이 웃었다. 품에 든 꽃들을 옆에 내려놓은 그가 그녀의 어깨를 감싸 안았다.

"고마워요. 그 마음."

"진심이에요."

"알아요. 그런데 뭘 해 달라고 말을 못 하겠어요."

"왜요?"

"그게……."

그 순수해 보이는 입술이 놀랄까 봐 다음 말은 못 하겠다. 도경이 말끝을 흐리면서 그냥 웃었다. 그런데 의외로 도연이 아주 태연하게 말했다.

"왜요. 나 안고 싶어요?"

"아?"

그의 입이 멍하게 벌어졌다. 그녀가 만진 꽃은 수습을 아주 잘했는데, 정작 자기 얼굴은 수습이 안 된다. 도연이 소리 내어 웃었다.

"아닌가 보네. 난 또."

"아니……."

도연이 그의 볼에 입을 맞췄다. 연한 살이 닿았다 떨어지는 소리
가 천둥소리만큼 크게 들린다. 도경의 심장이 튀어나올 것처럼 펄
떡댔다.

그걸 아는지 모르는지 도연이 말했다.

"고마워요. 정말, 고마워요."

도연이 자리에서 일어나며 그의 손을 잡았다.

"여긴 사람 많으니까. 잃어버릴까 봐."

6화.  꽃샘추위

　오랜만이었다, 그동안의 빈도를 생각한다면. 아트센터 강의를 마치고 하늘재로 왔다. 도연은 언덕 꼭대기에 서서 숨을 골랐다. 한겨울도 아니면서 쨍한 바람이 분다. 요 며칠 푸근했던 날씨를 너무 믿은 탓에 걸쳐 입은 얇은 코트 사이로 바람이 마구 들이쳤다.

　온몸이 덜덜 떨려 오는데도 실내로 들어가지 않는 건, 정신이 또렷해졌기 때문이다. 차가운 바람에 머리칼이 날려도 오히려 바람이 세서 한쪽으로 날리는 게 마음에 들었다. 이리저리 휘날리는, 이도 저도 아닌 그런 것은 이제 싫었다.

　추모관에는 아직 들어가지 않았다. 오늘 여기에 목적을 가지고 왔다고 생각했는데, 막상 그 앞에 서니 멍해진다. 나는 정확히 무얼 하러 여기에 온 걸까.

　굳이 하나를 집어내자면 미안함 때문이라고 하겠다. 주체가 누구인지는 알 수가 없지만. 미안한 마음이 흘러넘쳐서 그게 주체가 안 된다.

승우의 얼굴이 떠올랐다.

도경의 얼굴이 떠올랐다.

승우의 말들이 떠올랐다.

도경의 말들이 떠올랐다.

승우가 저를 안던 팔, 따스한 입술, 세상 그 무엇도 그보다 포근할 수는 없을 것 같던 가슴과 어깨. 그리고 그 안의 마음.

그리고 구도경. 안는 팔도, 입을 맞춰 오는 입술도, 어쩌면 승우보다도 더 너르게 느껴지는 품도 가진 남자. 그 품의 크기에 대해 억울해할지도 모를 이승우에게 변명을 하자면, 도경은 승우를 알았기 때문이다. 모든 것을 알고도 괜찮다고 말해 주는 품, 기다려 주는 품, 믿어 주는 품.

도경은 온몸으로 소리를 질러 댔다. 괜찮다고. 하지만 도경의 괜찮다는 말을 액면가 그대로 믿을 만큼 도연은 어리숙하지 않았다. 그건 그의 배려였지, 진심이라고 생각하고 싶지 않았다. 그렇다기에는 그가 보인 저를 향한 마음이 지나치게 직진이었으니까. 이승우를 품고 사는 걸 오롯이 괜찮다고 여길 수 있는 사람이 아닌 것 같으니까.

그래서 그의 그 외침은 제 나름으로 해석을 했다. 언젠가는 온 마음이 다 자신에게 오기를 기다리고 있는 것일 거라고. 그걸 믿고 있는 거라고.

그래서 오늘 하늘재에 왔다. 그가 어제 주었던 메리골드를 가지고서. 기다리는 사람을 위해서, 미안함을 가지고. 미안해하는 사람을 위해서, 그동안의 슬펐던 형체 없는 기다림을 가지고.

이제 메리골드는 구도경이었다. 이승우가 아니라. 그의 메리골드가 더 마음에 든다. 그의 메리골드처럼 살고 싶다. 그가 꽃을 들고 했던 말이 하나씩 하나씩 귓가에 들려왔다. 너무도 생생하게.

'이 꽃, 언제까지 가지고 올 거냐고 내가 물었죠?'

'그랬죠.'

'그리고 도경 씨는 대답을 했고요.'

'그랬죠.'

'다시 물어도 되나요?'

'왜, 대답을 한 질문은 또 하면 안 된다는 주의입니까?'

'음. 그런 것 같아요.'

'아니, 그러지 마십시오. 같은 질문을 수백 번 해도 나는 대답할 거니까.'

'그럼, 들어 볼까요?'

'나는 그때 생각해 본 적이 없다고 대답했던 것 같습니다.'

'맞아요.'

'지금은 바뀌었는지 궁금한 겁니까?'

'아니라는 걸 아는 눈치네요.'

'난 도연 씨의 이런 점이 좋습니다.'

'뭐가요?'

'뜬금없는 점.'

그가 웃으면 오른쪽 입술이 조금 더 올라갔다. 그런데 눈은 왼쪽이 더 휜다. 반듯한 코로 중심을 잡고 거칠 것 없이 웃었다. 정말 매력 있는 얼굴이었다.

'왜 이 꽃이냐는 걸 묻고 싶은 거 아닙니까?'

도연이 고개를 끄덕였다. 사고가 날 때 가지고 있었던 꽃이라는
건 그도 들어서 알고 있지만 그 이유만으로 매일 메리골드를 들고
오는 것 같지는 않아서였다.

'꽃말요.'
'꽃말?'

도경은 잠시 그녀의 얼굴을 살피듯이 바라보았다. 눈이 두어 번
깜박일 시간이 지나고 나서야 그가 입을 열었다.

'메리골드. 이별의 슬픔, 가엾은 애정이랬던가요?'
'네.'
'그것 말고 다른 꽃말도 있습니다.'
'무슨?'

그가 잠시 뜸을 들였다. 아끼는 말을 어렵게 하는 것처럼 다음
말을 내놓았다. 조금 벅차 보이기도 한 그런 음성이었다.

'반드시 오고야 말 행복.'
'네?'

'그게 이 메리골드의 진짜 꽃말일 것 같은데, 나는.'

도연의 눈이 기름해졌다. 그가 웃으며 말을 이었다.

'몰랐습니까?'

'……네.'

'그것 보십시오.'

'네?'

'이번에도 내가 선수 친 겁니다.'

'도경 씨.'

'이별의 슬픔, 가엾은 애정은 그 남자 겁니다. 그는 다른 꽃말을 몰랐으니까. 내가 선수 쳐서 알아낸 건 내 겁니다. 이 꽃도, 꽃말도. 그리고 도연 씨도.'

반드시.

오고야.

말.

행복.

도연은 한 손으로 이마를 짚었다. 손에 들린 메리골드는 본연의 색이다. 더 이상 피범벅이 된 붉은 메리골드는 보이지 않았다. 촉감도 나쁘지 않다. 이 꽃은 구도경의 꽃이었다.

도연은 눈을 꾹 감았다. 바람에 실린 막바지 겨울 냄새가 건조하게 몸을 스치고 지나갔다. 제 몸의 물기를 죄다 가져가 버릴 것처럼.

"하도연."

이름을 부른 사람은 도연이 떠올린 그 어떤 이도 아니었다. 승우도, 도경도. 그렇지만 반가움에 눈이 번쩍 뜨였다. 우연히, 정말 우연한 만남. 제 미안한 마음이 줄곧 향하던 또 다른 한 사람이 거짓말처럼 제 앞에 서 있었다. 마치, 오늘 다 내려놓으라는 듯이.

❋ ❋ ❋

자그마한 노크 소리 후, 대답할 겨를도 없이 문이 발칵 열렸다.

"어, 저기."

"민혜 씨."

"들어가도 되나요?"

"이미 반쯤 들어오셨습니다."

"반은 밖에 있어서 금방 나갈 수도 있어요."

"농담이죠?"

"아주."

민혜가 생긋 웃으며 도경의 사무실로 완전히 들어왔다.

"놀란 얼굴이네요."

"네."

"제가 여기 올 일은…… 아마도 없죠?"

"그런데 오셨고요."

"왜 왔는지 안 물어요?"

"도연 씨 일이겠죠. 아니면, 세무 조사 받을 일 있습니까?"

민혜가 세무 조사 받을 일이 제발 있었으면 좋겠다며 소리 내어 웃었다.

"일하시는 모습, 꽤 멋있네요."

"립 서비스 취향 아니신 것 같은데, 뭡니까?"

도경이 웃으며 물었다. 민혜가 그럴 줄 알았다는 얼굴로 대답했다.

"저한테 잘 보일 기회를 드리죠."

"잘 보일 기회?"

"네."

"왜 그래야 합니까?"

"지금 따지는 거예요?"

"무척."

"내일 클래스에는 도경 씨만 연필로 선 긋기 해야겠어요."

"잘못했습니다."

민혜가 들뜬 표정으로 방긋 웃더니 이어 말했다.

"자기소개 안 해요?"

"네?"

"허락도 안 받고. 뻔뻔하게."

"아."

도경이 멋쩍게 웃으며 다시 빌었다.

"잘못했습니다."

"도연이 아트센터 갔다가 정원으로 온대요. 그사이에 잘 보일 기회를 주고 싶은데."

"뭐부터 하면 됩니까."

"적극적이네요. 점수 좀 올라가요."

기분 좋게 팔짱을 끼고 그녀가 이것저것 준비한 말들을 했다. 듣다 보니 이미 파티 준비를 다 해 두고는 저를 부르러 올라온 것이었다. 생일도 그냥저냥 넘겨서 도연에게 미안하다고 했다. 그러고보니, 저는 이제껏 도연의 생일조차 묻지 않았다. 그저 보는 것만해도 좋아서 다른 생각은 할 수 없었다는 것을 그나마의 변명거리로 내놓았다.

바로 보고 있던 서류를 덮었다. 조심스레 눈치를 보던 민혜가 그렇게 바로 덮어도 괜찮냐고 물어 왔다. 때마침 들어온 종길이 대신대답을 했다. 그가 없어도 사무실 잘만 돌아간다나. 미적거리는 도경을 얼른 다가와 일으켜 세우기까지 했다. 박종길 때문에 점수가조금 더 오를 것 같았다.

정원에 내려오니 남자가 테이블을 끄는 것이 제일 먼저 보였다.배치를 다시 하려는 듯싶었다.

"아. 같이 듭시다."

슥, 와 닿는 눈길이 그다지 호감은 아닌 것 같지만 도경은 그의맞은편에 서서 테이블을 번쩍 들어 올렸다. 탁한 소리를 내며 끌리던 테이블이 반듯하게 남자가 원하는 대로 놓였다. 그 테이블에서손을 떼자마자 도경은 그 손을 다시 그에게 내밀었다.

"구도경입니다."

"악수와 함께 자기소개라. 촌스럽게."

그 말에 멈칫하던 도경이 부드럽게 웃었다.

"애인이 알면 서운해할 거 같은데요?"

"뭐요?"

"유민혜 씨가 하라고 했거든요. 자기소개."

"그럴 리가."

그 말 다음은 커피를 가지고 들어서던 민혜가 받았다.

"맞거든?"

"뭐?"

"너도 해. 자기소개."

"왜."

"왜라니. 오는 게 있는데, 가는 것도 있어야지. 왔잖아, 소개가."

"누가 하랬나."

현수가 툴툴대며 못 이긴 체 말했다.

"윤현습니다. 딱히 더 갖다 붙일 말은 없고. 클래스 할 때 저기 앉아요."

"저기?"

현수의 손이 테이블 가장자리를 가리켰다. 무슨 말인지 몰라 도경과 민혜가 멀뚱대며 서로를 바라보자 현수가 발끈하며 말했다.

"민혜 옆자리에 앉지 말라고."

"이거 질투임?"

"어."

"여기 도경 씨는 하도연 소속인데?"

"소속이고 나발이고."

"이게 뭐라고 난 지금 기분이 좋지?"

"좋아야지. 내가 옆에 있는데."

현수가 민혜의 허리를 끌어당겨 제 곁에 세우며 도경을 바라보았다. 제 키가 얼만데, 비등한 눈높이부터 마음에 안 든다.

오늘 이 자리는 민혜가 아니라 현수가 만들었다. 도연의 얼굴에 생기가 돌게 하는 인간을 한 번은 만나 봐야겠다고, 궁금해서 돌겠다고 했다.

그런 주제 툴툴대는 제 남자 친구가 귀여워 민혜는 마음을 숨길 수 없는 손짓으로 그를 쓸었다.

"내가 점수를 따려면, 뭐부터 해야 합니까? 부러워서 일이라도 해야겠는데."

그제야 민혜가 민망한 얼굴로 주섬주섬 챙겨 온 것들을 테이블 위에 늘어놓기 시작했다.

오늘은 강의가 없다. 새 시즌에 들어가기 전 비는 타임이었다. 새 계절이 오는 것이 이렇게 반가울 수가 없었다.

"왜 이렇게 안 오지?"

"그러게. 전화해 봐."

"안 받아."

주고받는 작은 목소리들이 도경을 바라보았다. 이미 도경도 여러 통의 전화를 한 후였다. 부드럽던 오후 햇살도 자취를 감춘 저녁이었다.

초조한 눈길로 그가 정원 밖을 바라보던 그때였다.

"뭐지."

"뭐가요?"

앉은 자리에서 밖이 잘 보이지 않아 민혜가 일어서며 도경의 시선을 좇았다. 그곳에는 막 차에서 내린 것 같은 도연을 안은 남자의 뒷모습이 있었다.

"하도연?"

중얼거리는 민혜의 말이 채 끝나기 전에 도경이 벌떡 일어났다. 도연이 있는 곳을 향해 고정된 눈동자가 새까맸다.

가타부타 말을 붙일 겨를이 없었다. 그대로 정원 문을 박차고 나간 도경이 도연을 안고 있는 남자의 멱살을 거칠게 잡아챈 건 순식간의 일이었다.

"현수야!"

"알았어."

멍하니 보던 현수가 얼른 뛰어나갔다. 멱살을 잡힌 남자의 얼굴을 보고 난 다음이었다.

"지금 뭐 하는 거예요!"

도연의 날카로운 말이 채 끝나기도 전에 도경이 말아 쥔 주먹이 잡고 있던 남자의 오른 턱을 쳤다. 도연이 짧게 비명을 질렀다.

"승규야!"

뛰어온 민혜가 승규를 일으키는 사이 도연이 도경에게 다가갔다. 다음 순간 민혜는 손바닥으로 얼굴을 반쯤 가리고 경악했다. 도연이 도경의 뺨을 올려붙였기 때문이다.

멍하니 그녀를 내려다보는 눈에 의아함이 가득했다. 갑자기 이 자리에 소환된 것 같은 사람처럼. 그의 턱이 툭 떨어졌다. 이어 낮은 목소리가 도연에게로 날카롭게 향했다.

"뭡니까."

"지금 당신이 누굴 친 건지 알아요?"

그 말을 들은 도경의 눈동자 색이 깊어지는 것 같았다. 하지만 곧 손바닥으로 얼굴 전체를 한 번 쓸고는 원래의 눈동자로 다시 도연을 바라보았다. 덜덜 떨리는 그녀의 손을 확인하고는 그가 손을 뻗었다.

"손 줘 봐요."

그 손을 잠시 노려보던 도연이 얼른 승규의 곁으로 가서 섰다. 현수를 붙들고 일어나 막 바지를 툭툭 털고 있는 그의 여기저기를 살폈다.

"승규야. 괜찮아? 어디 다친 데는 없어?"

"없어. 그보다, 누나."

"응."

"나 지금 왜 맞았는지 설명이 좀 필요한데."

승규의 눈이 거칠 것 없이 도경에게로 와서 닿았다. 그는 뻗은 손 그대로 서 있었다.

"승규야."

"오늘 얘기한 사람이야?"

"⋯⋯."

"기야, 아니야."

"기야."

승규가 입을 늘였다. 웃는 것에 가까운 표정이었다.

"한 대 맞고 억울하지 않기는 처음이네."

"뭐?"

"현수야."

"어. 왜."

"맞아서 쪽팔리는데, 자연스럽게 사라질 방법 없냐."

"왜. 한 대 안 갚아 주고?"

승규가 그 말에 조금 더 웃었다. 어깨가 으쓱, 솟았다 가라앉았다. 원래보다도 더.

"하도연이 갚았네. 넘치게."

현수가 손을 내밀었다. 승규가 제 자동차 키를 그에게 건넸다. 현수가 그의 차 운전석 문 옆에 서자, 민혜가 기민하게 다가가 뒷좌석에 올랐다.

조수석 문을 열어 두고 승규가 뒤를 한 번 돌아보았다. 꼼짝도 않고 선 남자와 저를 보고 있는 여자가 보인다. 도연의 커다란 눈망울에서 금방이라도 눈물이 쏟아질 것 같았다. 승규는 고개를 돌렸다.

"빨리 출발 안 하냐."

"간다."

차가 사라지고 정원 앞엔 두 사람만이 남았다. 남자는 내밀었던 손을 제 다리 옆으로 내렸다. 차가 사라진 방향을 보고 있던 도연이 그대로 서서 말했다.

"그 사람 동생이에요."

"······그 사람."

"뭘 오해했는지는 모르지만, 일단 내 말을 들었어야 해요."

"미안합니다."

"나는 사과 안 해요. 맞을 만했어요."

"성질 있네. 하도연."

도경의 그 말에 도연이 홱 돌아보았다. 눈동자에서 감정이 펄펄 끓었다.

"내가 지금 승규에게 무슨 말을 하고 왔는지, 당신이 알기나 해요?"

"나는 당신 손이 걱정인데."

"네?"

"때려 놓고 떨긴 왜 떱니까."

"지금 그 말을 하는 게 아니잖아요."

"나한테 중요한 건 그건데."

"구도경 씨."

"말해요."

도연은 다음 말을 잇기가 힘들었다. 할 말이 많은데, 이리저리 얽히고설켜서 그중에서 골라낼 수가 없어서였다.

"도연 씨."

"……."

"그런데. 나는 걱정 안 됩니까?"

"네?"

"나는 당신만 보입니다. 도연 씨더러 그러라는 게 아니에요. 잊지 않아도 된다고 누누이 말했듯이. 그런데 말입니다. 나를 좀 생각해 주면 안 됩니까. 왜 그 사람의 동생을 때렸는지, 그걸 먼저 짚어 봐 주면 안 됩니까?"

그냥 한마디면 되었다. '왜 그랬어요.' 그러면 할 말이 많았다. 변명에 불과하지만, 순간 화가 치솟아서 그랬다고. 끌어안긴 등을 보는데 눈이 빡 돌았다고.

그런데 도연은 그 말 대신 그가 누구인지만 설명했다. 너 따위가 때린 그 남자가 감히 누구인지 아느냐는 듯이.

"그 남자가 그렇게 중요합니까? 동생이라는 이유만으로 도연 씨가 날 이렇게 대할 만큼?"

"당신은 모르겠죠. 구도경 씨는 죽은 사람은 쉽게 잊으니까."

……뭐라고?

도경은 귀를 의심했다. 분명, 지금 여자가 무슨 말을 했는데. 내가, 뭘, 어쨌다고?

"……쉽……게?"

왜 그런 말이 튀어나와 버렸을까. 줄곧 그렇게 생각해 왔던 걸까.

그리고, 이건 또 뭘까.

그녀 앞에 정원의 테이블이 있었다. 테이블 위에는 온통 예쁜 것들뿐이다. 민혜가 한 것이 분명한 꽃 장식과 케이크, 온갖 간식들. 현수가 사다 놓았음이 분명한 윤현수 취향의 맥주들. 그리고 구도경의 것임이 분명한 꽃. 오늘 치의 메리골드.

그는 그대로 돌아섰다. 무슨 말을 꺼내려는 듯 입술을 달싹였지만, 끝내 아무 말도 하지 않았다. 도연도 아무 말을 하지 못했다. 할 수 없었다. 제가 내놓은 말이 어떤 말인지 깨달았을 때에는 그가 등을 보이고 사라진 뒤였다.

내가, 대체 무슨 말을 한 걸까.

도연의 눈동자가 쨍하니 깨졌다. 너무 미안해서, 그 틈으로 눈물이 솟지도 않았다.

더 이상 정원에 있을 수가 없었다.

❋ ❋ ❋

다음 날엔 메리골드를 볼 수 없었다. 어제 모습 그대로인 테이블을 치우던 민혜가 슬쩍 눈치를 보며 아침은 먹었냐고 묻던 것을 제외하곤 정원에 돌아다니는 말은 없었다.

점심시간에도 그는 나타나지 않았다. 저녁에 민혜의 수채화 클래스가 있었지만, 그곳에도 오지 않을 것 같았다.

그리고 다음 날도, 그다음 날도, 그 그다음 날도. 한 주가 지나도록 그는 오지 않았다. 정원에 그의 그림자 자리가 휑했다. 그 자리를 보는 도연의 얼굴색이 짙어졌다.

정원 뒷문으로 나가서 계단 몇 개만 오르면 그가 일하는 사무실에 갈 수 있다. 그런데 그 계단이 천 리 길 같았다. 도연은 상상 속에서 그 계단을 수천 번 오르내렸다. 힘이 들었다.

"민혜야."

"응? 응."

바닥에 떨어진 자잘한 꽃송이들을 정리하던 민혜가 화들짝 놀라며 대답했다.

"나 좀 나갔다 올게."

"어, 그래. 도연아. 그런데…… 어딜?"

"그냥."

"아, 알았어."

"오후 클래스 하나 남았는데, 부탁 좀 해도 될까?"

"응, 그럼. 압화지?"

"응."

"알았어."

민혜가 고개를 크게 끄덕였다. 그 모습을 보던 도연이 조용히 옷을 챙겨 입었다. 옷걸이에 걸린 코트를 들려고 팔을 뻗으면서, 가는 손목이 고스란히 보였다.

"하도연."

"왜?"

"갔다가 정원으로 올 거지?"

"……응."

"그럼 내 코트 입고 가. 옷이 너무 얇다."

며칠째 코빼기도 보이지 않는 남자의 3층 사무실에 갈 것 같지는 않다. 그렇다면 저런 얼굴로 정원을 나서려고 하지는 않겠지. 그럼 하도연이 갈 데가 어딨을까.

민혜의 생각엔 도연이 저런 얼굴로 갈 곳은 하늘재뿐이었다. 사시사철 냉랭한 바람이 부는 그곳.

아니, 이제 하늘재에는 가지 않으려나. 구도경이 있으니까 그러려나. 그런데 꽤 오래 그가 오지 않았다. 마치 연의 정원 직원처럼 드나들던 그가 오지 않는다.

둘 사이에 있었을 어떤 일에 대한 것보다 그의 부재 자체가 마음에 걸렸다. 그 껄끄러운 마음이 도연이 하늘재에 갈 것 같은 마음을 뒷받침했다. 참 논리와는 거리가 먼 것이 사람 마음이었다.

도연이 그곳에 가지 않는다고 해도 앙상한 손목으로 얇은 코트를 걸치고 밖에 나가 설 걸 생각하니 마음에 걸렸다. 보태 줄 수 있는 것이 조금 두꺼운 제 옷뿐이라서 민혜는 마음이 아렸다.

그날, 승규의 얼굴은 금세 부어올랐다. 그러면서도 그는 웃었다. 현수의 핀잔에도 아랑곳 않고, 그냥 마음이 가벼워졌다고 했다. 그에게 들을 수 있는 말은 그다지 많지 않았다.

이승규의 마음은 가볍게 해 주고 정작 저는 저렇게 무거운 얼굴을 하고 있다. 민혜는 작게 혀를 끌어 찼다. 마땅치 않았다.

"아니야. 내 거 입고 가도 돼."

"도연아."

"응."

"도경 씨…… 오늘도 안 와?"

"그러게."

"물어도 돼?"

다 생략한 말이었지만 도연은 모두 알아들었음이 분명했다. 그녀는 조용히 고개를 저었다.

묻지 못하니, 제가 가진 말이라도 좀 해야 했다. 하도연 성격으론 승규에게 전화도 못 했을 거니까.

"그게 말이야."

"응."

"이 얘기 했던가?"

"뭘."

"승규는 괜찮대."

"……그래? 다행이네."

"좋은 사람 같대."

"뭐?"

"나도 기가 막혀서 이유를 물었어."

"그랬더니."

"그러더라. 승우 형이었어도 그랬을 거라고."

"……."

"승우 형과 동급인가, 하면서 웃더라."

"······."

"그러니까 너무 오래 화내진 마."

"화?"

"도경 씨한테 너 화난 거 아냐? 승규 손대서."

화였을까. 그렇다면 그도 내게 화가 나야 한다. 나도 그에게 손을 댔기 때문에.

그래, 그 사람이 내게 내는 건 화다. 단순히 화가 나서. 그래서 정원에도 오지 않고, 밤마다 하던 전화도 하지 않고, 오늘 치 메리골드도 보여 주지 않고······.

"고마워."

"아니. 나는 뭐, 그냥."

"다녀올게."

도연은 민혜의 코트를 내려 입었다. 그제야 친구가 웃었다. 그녀가 눈치를 본 지 며칠 만의 웃음이었다.

※ ※ ※

"어디 있습니까?"

"저기."

우현의 손끝, 잔디 정원 벤치에 여자가 앉아 있었다. 커다란 나무 그늘 아래였다.

외근을 마치고 들어가던 차를 돌린 도경이 해가 늘어지는 방향을 향해 쉬지 않고 달려온 끝이 여기다. 하늘재.

왜 선뜻 그러마, 하고 대답을 했는지 모르겠다. 우현의 말을 듣는 순간, 휴대폰을 쥔 손이 저절로 움찔했던 것만 어렴풋이 기억이 났다. 그다음은 기억이 없다. 아무 생각을 할 수 없었으니까.

"쓰러졌다면서요."

"119 불러야 하나 고민했다니까요."

"불렀어야죠."

"그게."

그녀는 추모관에 들르지 않았다. 우현의 눈에 여자가 몇 번이나 걸렸다. 왜냐하면 여자는 한동안 우두커니 그 자리에 서 있었기 때문이다.

가서 말이라도 붙여 볼까, 싶은 순간 서 있던 여자가 시야에서 사라졌다. 흙바닥에 쓰러진 여자를 발견하고 미친 듯이 달려갔을 때, 머리를 짚고 일어나 앉은 여자를 볼 수 있었다.

'괜찮아요?'

'죄송한데, 저 좀 일으켜 주시겠어요?'

병원에 가자고 했더니 소용이 없다고 했다. 구급차를 부르겠다고 했더니 괜찮다고 했다. 붙이는 말들 모두를 거절한 여자는 그대로 벤치에 앉았다. 그러고는 꼼짝도 하지 않았다.

"그런데 왜 나한테 전화를 했습니까?"

"그러게요."

도경의 말에 대답을 하면서 우현은 머쓱하게 웃었다. 알 수 없다는 듯 어깨를 들썩였지만, 너무나 잘 알고 있다. 도연을 보던 도경의 눈빛이 떠올라서였다. 제가 어찌해 줄 수는 없고, 혼자서 집에 가게 하는 것보다 호감의 눈빛을 가진 사람을 하나 불러 주는 것이 괜찮을 것 같았다. 나쁜 사람도 아니고. 제 친구니까.

도경에게서 도연에 대한 이야기를 들은 적은 없다. 하지만 그가 그녀를 업고 사라진 이후, 두 사람의 하늘재 출입이 뜸했다. 그것이 두 사람 사이의 진전을 말해 주는 완벽한 증거는 아니었지만 감이라는 것이 그렇게 말했다. 이제 여기 자주 안 올 모양이라고.

"가 봐요. 나는 말도 못 붙이겠던데."

도경의 눈이 가늘어졌다. 차를 몰아 오는 동안 숨을 제대로 못 쉬었던 것을 기억해 내고 심호흡을 했다.

"그래. 말 붙이려면 그 정도는 해야겠더라."

웃으면서 우현이 등을 떼밀었다. 손을 흔들며 그가 관리관 안으로 들어갔다. 덩달아 같이 흔들리는 휴대폰으로 인사를 한다. 또 연락하겠다, 라는 말을 손으로 전한 그의 모습이 천천히 사라졌다.

"나 참."

그 자리에 혼자 남은 도경이 머리를 쓸어 올렸다. 여기까지 어떻게 왔는지 그 과정이 기억이 안 난다. 주차할 때 기어를 P로 두고 내렸는지도. 아니, 차 키가 차에 남아 있을지도 모를 일이었다. 그만큼 정신이 없었다. 내가 왜. 도대체 왜. 이유를 알 수 없는 것은 항상 두렵다. 집 안에서 이유를 알 수 없는 가스 냄새가 날 때. 몸에서 이유를 알 수 없는 열이 오를 때. 뭐 그런 순간들.

그런데 지금 맞닥뜨린 알 수 없는 이유는 그것들보다 훨씬 상급인 것 같다. 알 수 없는 이유에, 알 수 없는 두려움까지 얹어 그는 그녀에게 한 발짝 다가갔다. 거기에 긴장이 내려앉았다. 한 달도 아니고, 일주일 못 봤을 뿐인데, 그 시간이 반년 같았다.

여자를 내려다보는 지금 그 마음이 조금 가벼워졌느냐 하면, 그런 것도 아니었다. 복잡했다. 그녀가 했던 말들이 제 곁에서 맴을 돌았다. 여상한 얼굴로 아무렇지 않게 말을 걸기엔 데미지가 큰 말이다. 누구도 그게 쉬울 수는 없다. 자신을 더없이 가볍고, 모자라고, 작게 만드는 말.

그런데 그녀에게 그렇게 가벼워 보였다는 것보다도 마음이 쓰이는 사실이 하나 있었다. 스스로 느끼기에도 너무 들이댔던 것 같았다는 생각, 거기에 불이 지펴졌다. 그저 직진, 그녀가 정신을 차릴 수 없게. 정신을 차린 그녀가 지적한 말은 어쩌면 사실일 수도 있었다. 아니, 사실이냐 아니냐가 중요한 것이 아니었다. 그녀가 그렇게 느꼈다는 것. 그게 사실보다 더한 현실이었다.

가볍고, 쉽고, 그저 빠르기만 한 남자가 믿음직할 수는 없는 노릇이다. 도경은 깊이 절망했다.

그렇다고 저 조막만 한 얼굴이 파리해진 걸 그냥 보고 있을 수도 없고.

도경은 애가 탔다. 하지만 이젠 아무 일 없었다는 듯이 메리골드를 건넬 수는 없을 것 같았다. 한숨을 쉬며 그는 그대로 걸음을 돌렸다.


가끔 귀에 거슬리는 삐, 소리가 난다. 그리고 뒤이어 벼락같은 고통이 따라온다. 관자놀이를 관통하는 것 같은 느낌하고 같이. 그러면 무릎 뒤가 휘청 꺾이고 몸을 가누기가 힘들다. 이건 병이 아니었다. 그저 증상이라고 했다. 교통사고 후유증, 혹은 정신적인 증상.

오랜만이라 더 정신이 없었다. 기억하기로 마지막은 생일날 홀로 앉았던 칵테일 바 화장실에서였다. 간만에 느낀 아찔한 고통이 서서히 몸을 빠져나가기를 기다렸다. 하늘재 바람이 시리도록 차가운 것이 오히려 다행으로 여겨졌다.

관리인이 다가와 도와주었고, 한참 지나고 다시 돌아와 따뜻한 물을 건네주었다. 마치 그가 신경을 쓰기를 바라고 벤치에 그대로 있었던 것 같은 느낌이 들어 도연은 무안했다. 고맙다는 말을 제대로 하지 못한 것 같아 전하고는 물컵을 받아 들었다. 그러자, 그가 망설이듯 말을 했다.

"저. 아무도 안 왔던가요?"

"네?"

"그게. 제가 누굴 불렀는데."

"구급차는 안 불러도 된다고 제가."

"아니. 구급차 말고요."

도연이 물끄러미 그를 올려다보았다. 어긋나던 시선이 마주치자 그가 말을 이었다.

"구도경. 제가 불렀는데. 방금까지만 해도……."

우현의 말이 떨어지기도 전에 도연이 벌떡 일어났다. 어질, 눈앞이 빙글 돌았다.

추모관과 잔디 정원, 그리고 주차장까지 다 돌아도 그는 없었다. 오늘은 두 번이나 무릎 뒤가 휘청거렸다.

나를 봤을까?

틀림없이 봤을 것이다. 보고 싶지 않아 그냥 돌아갔을 테고.

찬바람 때문에 몸이 덜덜 떨려 왔다. 민혜의 코트도 소용없을 정도로. 턱 아래가 시릴 정도로 이를 사리물고 버티던 도연은 다급히 차에 타 시동을 걸었다. 하늘재에 온 이유가 마치 그와 마주치기를 바라서인 것처럼. 그래서 반드시 만나야 할 것처럼.

그가 보고 싶었다.


※ ※ ※


정원에서 몇 걸음 비켜선 자리, 회원들 사이를 이리저리 옮겨 다니는 민혜의 뒷모습이 보인다. 고개를 살짝 들었다. 절로 눈이 3층 자리에서 멈추었다.

[해인 세무사무소]


한 번도 사무실에 가 본 적이 없다. 왜 사무소 이름이 '해인'인지 물은 적도 없다. 사무실에 가려고 생각을 해 본 적도 없다.

"아."

도연은 저도 모르게 신음 비슷한 소리를 냈다. 가슴 한쪽이 뭉그러지듯 형체가 비틀려 갔다.

나는. 도대체 나는.

아무것도 그 사람에게 물은 것이 없었다. 어떤 음식을 좋아하는지와 같은 소소한 것들부터 꽤 중요한 일들까지. 그 어느 것도. 그 무엇도.

……하늘재의 그 여자에 대해 물은 적도 없다.

그걸 사무소 간판을 보고서야 생각해 내다니. 이제 와서 생각해 내다니.

도연의 용기가 꺾였다. 이 시간에 그가 있을 사무실에 다짜고짜 가서 그를 봐야겠다는 마음이.

그때 정원 안의 민혜와 눈이 마주쳤다. 눈물이 솟으려고 해서 손가락을 뻗어 카페를 가리켰다. 커피를 사 오겠다는 말로 잘 알아들은 민혜가 웃으며 고개를 끄덕였다.

그렇게 도연은 카페 달 앞에 다시 섰다. 그 자리에서도 3층 그의 사무실 간판은 훤히 보였다. 저렇게 눈에 띄게 있었는데. 이렇게 가까이 있는데.

눈가를 문지르며 도연이 카페의 문 열림 버튼을 누르려고 할 때였다. 거짓말처럼 그가 보였다.

이미 버튼이 눌려 문이 훤히 열렸다. 순간 도연은 망설였다. 이 문 너머로 들어갈까, 아니면 연 적이 없는 것처럼 돌아설까.

그 찰나의 순간도 기다릴 요량이 없는지 문이 스르륵 닫히려고 했다. 도연은 저도 모르게 다시 버튼에 손을 올렸다.

그때였다. 그렇게 듣고 싶던 음성이 들렸다. 꽤 거리가 있는데, 지척에 있는 것처럼 똑똑히 들렸다.

"배 안 고픈데."

"구 소장 얼굴은 배가 고프다는데."

"됐어."

"어디 안 좋아?"

"안 좋으면, 누님이 해결해 주실 겁니까?"

"그러지 뭐. 마음 크게 쓴다."

누님. 누님? 도연의 눈이 크게 뜨였다.

"어, 도연 씨?"

들켰다. 해경의 반가운 반달눈이 제게 다가왔다. 도연은 그 얼굴을 보며 마주 인사를 할 수 없었다. 그가, 그가 저를 보고 있었기 때문이다.

무어라 더 움직일 겨를이 없이 해경이 와서 팔짱을 끼었다. 여자의 푸근한 팔이 따스했다. 찬 곳에 한참 서 있었던 몸이 카페 안 훈기에 가려웠다. 해경이 그 가려운 곳을 긁어 주듯이 도연의 팔을 쓸었다.

"잘 왔어요."

"안녕하셨어요."

"그래요. 요새 왜 이렇게 뜸했어요? 지척에 있는데."

"그러게요."

"내가 클래스 많이 빠졌는데, 연락도 안 주시고."

"아. 무슨 일 있으셨어요?"

"아니 뭐. 선생님 관심 좀 끌려고."

"네?"

"농담. 뭘 그렇게 진지하게 들어요."

해경의 보기 좋게 큼직한 입가가 더 훤해졌다. 도연이 다음 말을 붙이고 나서.

"저. 남자 소개해 주고 싶다고 하셨죠?"

"네? 아, 그랬지."

"그분이 올해 나이가 몇인가요?"

혹여 도경이 아닐 수도 있어 묻는 확인이다. 그 말을 하면서 도연은 슬쩍 도경을 보았다. 그는 단 한 번도 이쪽에서 눈을 뗀 적이 없는 것처럼 그녀를 보고 있었다. 얼어 터진 볼이 베일 것만 같은 그런 눈길이었다.

아. 그 눈길에 얼굴이 베여도 괜찮을 것 같았다. 제가 할 수 있는 확인은 그의 이름과 나이, 고작 단 두 가지뿐이었으므로.

사무실 간판을 보며 떠올렸던 생각에 그 사실이 보태어져 도연의 볼이 확 달아올랐다. 그에게 너무 미안했다.

"서른둘인데."

도연이 잠시 침묵했다. 그러고 나서 내놓은 말에는 물기가 있었다.

"저, 그 소개 받아도 될까요?"

해경의 눈이 휘둥그레졌다.

"정말요?"

"네."

"어머. 그 소개 지금 당장 해요. 여기 지금 내 동생이······."

해경은 채 말을 맺지 못했다. 어느새 다가온 도경이 말을 빼앗았기 때문이다.

"지금, 뭐 하는 겁니까."

더는 크게 뜨일 수 없을 것 같은 해경의 눈을 남겨 두고 두 사람은 카페 달에서 나왔다. 도연의 손목을 뜨겁게 잡은 남자의 옆얼굴에 날이 섰다. 조금 마른 것 같았다.

"도경 씨."

"······."

"도경 씨. 우리 어디 좀 앉아요."

그 말에 그가 고개를 돌려 내려다보았다. 그의 눈동자가 말하는 것이 무엇인지 가늠해 보려는 듯 도연은 눈을 두어 번 깜박였다. 하지만 쉬이 찾을 수 없었다. 그래서 그저 제가 원하는 눈빛이나 찾을 수 있을까 싶어 애를 썼다. 그런데 도연에게 그것마저 허용하지 않는 눈동자가 무심히 돌아가 버렸다. 가슴 한쪽이 횡했다.

서운했다. 서운함을 느끼지 않아야 할 말을 한 건 저인데, 그래도 서운했다.

도연은 그에게 잡히지 않은 손을 들어 눈가를 문질렀다. 꾹꾹, 압이 느껴지게. 정신을 바짝 차리고 서운함을 털어 냈다. 적어도 오늘은, 그에게 서운함을 갖다 붙일 날이 아니었다.

나는 지금, 쉽게 잊는 사람이니까.

어디로 향하는지도 모르고 그의 큰 걸음을 힘겹게 따라 걷는데 발아래에 무언가 채였다. 다리가 휘청했다. 그제야 그가 다시 돌아보았다.

"괜……."

"괜찮아요. 아까 하늘재에서처럼."

나를 보고 가지 않았느냐, 는 말이었다. 도경이 작게 한숨을 쉬더니 주위를 둘러보았다. 앉을 자리를 찾는 것 같았다.

벌써 카페 달 건물에서 서너 블록이나 떨어져 있었다. 마침 도경의 눈에 자그마한 카페 하나가 보였다.

"저리로 갑시다."

도연이 목적지를 확인하고는 제 손목을 잡고 있는 그의 손에 다른 손을 올려놓았다. 떼어 내라는 말로 오해한 도경이 손가락을 하나하나 펴 내었다.

"놓으란 말, 아닌데."

"……."

"난 늘 이렇게 오해만 하게 하죠."

"무슨."

"오해 풀고 싶어요. 들어가요."

도연이 카페의 열린 문으로 쏙 들어갔다. 여자는 들어가자마자 주문대 앞에 섰다. 그러고는 망설였다.

"뭐 합니까. 주문 안 하고."

"미안해요."

갑작스러운 도연의 사과 때문에 도경은 순간 숨이 턱 막혔다. 단순한 그 한마디는 곳곳에 다른 의미를 숨겨 놓는다. 듣기 나름인 그 말은 때로는 솔직하기도, 그렇지 않기도 했다. 그렇다면 지금 이 말의 의미는 솔직함인가, 아니면 다른 의미가 있는 말인가.

도경은 그 자리에서 오래 고민했다.

"도경 씨가 좋아하는 커피, 모르네요."

"네?"

"늘 당신이 가져다줘서. 나는 몰랐어요."

"무슨."

"그게 미안해요. 내가 미안해요."

"도연 씨."

"카페 라떼 두 잔 주세요."

도연이 주문을 했다. 도경은 우유가 들어간 커피는 마시지 않았다. 좋아하는 커피가 무언지 모른다고 미안하다더니, 입에도 대지 않는 커피를 주문한다. 여자의 의중을 알 수가 없어서 도경은 가까운 테이블에 가서 먼저 앉았다.

"저 카페 라떼 안 마십니다."

"알아요."

"알아요?"

"네. 단 한 번도 도경 씨가 라떼 마시는 걸 못 봤거든요."

"그런데, 왜."

"나는 오늘 사과를 할 거거든요."

"무엇에 관한 사과입니까."

"알잖아요. 카페 라떼. 그걸 사과한다고요."

"지금 저랑 장난합니까?"

도연이 그의 눈에 시선을 정확히 맞춰 왔다. 입술을 꾹 다문 채로. 그저 그의 얼굴을 훑듯이 꼼꼼히 바라보았다. 너른 이마부터 견고해 보이는 턱까지.

"나 소개받을 거예요. 카페 달 사장님이 주선해 주시는 그 소개."

"하도연."

"서른두 살이라는 그 남자."

"그걸 사과한다는 겁니까?"

"아뇨. 사과할 일 아니죠. 내가 할 사과는……."

도연이 살짝 고개를 숙이고 가만히 생각을 했다. 미간이 찌푸려져 다시 어디가 아픈가 싶은 순간, 그녀의 표정이 원래대로 돌아왔다.

"나도 쉽게 잊는 여자거든요."

"뭐?"

"나도, 나도 말이죠. 죽은 사람을 쉽게 잊어요. 그래서 소개팅도 하고 싶고. 그리고."

"……."

"당신이 자꾸 보고 싶어요. 당신이 했던 말이 자꾸 생각이 나요. 당신이 맞춰 오던 입술이 그립고. 당신이 뚫어지게 쳐다보던 그때의 그 느낌이 자꾸 떠올라요. 그리고……."

"그만."

"내가 그러니까 당신도 그렇다고 생각했는지도 몰라요. 내가 그러니까. 너무나 그러니까. 어떻게 나를 살려 주고 죽은 그 사람을 두고. 내가 감히. 내가 어떻게. 그런데 자꾸 당신에게 끌리니까…… 내가, 내가……."

도연의 말이 느려졌다. 도경이 괴로운 표정으로 대꾸를 했다.

"도연 씨. 그만해요."

"진심이 아니었다는 말로 사과하고 싶지 않아요. 너무 진심이었어요. 내가 그러니까. 내가…… 너무 쉽게 당신을 좋아하게 된 것 같아서. 내가, 내가요. 그래서 그렇게 말했어요. 상처가 됐다면 미안해요. 하지만, 도경 씨."

무슨 말인지 충분히 전해졌다. 도경은 자리에서 벌떡 일어났다. 여자의 놀란 눈이 얼른 따라 올라왔다.

"왜요?"

"여기서 커피를 마시고 있을 이유가 없습니다."

"네?"

"나는 우유는 한 방울도 안 마셔요."

"네?"

"사과 제대로 해요. 우유 든 커피 시켜 놓지 말고."

"어떻게……요?"

대답 없이 남자가 여자의 어깨 아래를 잡아 일으켜 세웠다. 다가온 발걸음과는 다른 아주 부드러운 손짓으로.

도연은 잠시 뒤, 다시 카페 달에 들어갔다. 도연을 안쪽 자리에 앉혀 놓고 그가 들어오는 순간부터 의아한 눈으로 바라보는 해경에게 다가갔다.

"달 사장, 이리 와 봐."

"안 그래도 가. 두 사람……."

"도연 씨한테 소개해 주려는 서른두 살 놈팡이가 누구야."

"뭐?"

"소개해 줄 남자 있다며."

"응. 있지."

"그 기분 나쁜 놈이 대체 누구냐고!"

"너."

"도대체 어떤 놈인데, 도연 씨한…… 뭐?"

제멋대로 뻗던 말이 확 기가 꺾였다.

"뭐라고? 누구, 나?"

"그래, 너. 서른두 살 기분 나쁜 놈팡이."

도경의 휘둥그레진 눈이 얼른 도연에게로 갔다. 그 자리에서 그는 그대로 굳고 말았다.

그녀가 환하게 웃고 있었다.

## 7화. 반드시 오고야 말 행복

도경이 그녀의 앞에 반듯하게 섰다. 여자의 얼굴이 보기 좋게 익어 있다. 복숭앗빛 뺨에 가만히 손을 가져다 대었다.

"지금, 웃었습니까?"

"그런가요?"

"사람을…… 이렇게 들었다 놨다."

"마음에 안 드나요?"

그럴 리가. 도경의 가슴속에서 그 말이 두방망이질 쳤다. 그렇지만 바로 그렇게 말하고 싶지 않았다. 내가 얼마나 애를 태우고, 속을 끓이고……. 그래서 마음과는 전혀 다른 말이 튀어나왔다.

"아주. 너무. 무척."

"음. 그럼 구도경 씨 방식대로 나도 좀 어필을 하고 싶은데요."

"내 방식? 어필?"

"거기 앉으시죠."

"착석하라?"

도연이 다시 한번 생긋 웃더니 자리에서 일어나 살짝 고개를 숙였다 들었다. 그러고는 다시 자리에 앉았다.

"안녕하세요. 저는 하도연입니다."

"지금……."

"카페 달 사장님 소개로 나왔는데요."

"도연 씨."

"저는 올해 스물여덟 살이고요, 연의 정원이라고 작은 화원을 운영하고 있어요. 그리고 3년 전에 사고로 죽다 살아났고요, 그 사고로 애인을 잃었어요."

반가움 반, 어리둥절함 반으로 곁에 섰던 해경이 두 손으로 입을 막았다. 그 모습을 보던 도경이 누나에게 눈짓을 했다. 해경이 두어 번 뒤를 돌아보며 멀어지자 그제야 도경이 도연의 맞은편 자리에 앉았다.

"내 방식이 뭡니까."

두 번째 물음이었지만, 도연은 그에 대해 대답하지 않고 조용히 제 말을 이었다.

"그리고 말이죠. 3년 동안 병자처럼, 아니 병신처럼 살았어요. 누가 그러라고 한 것도 아닌데. 청승도 그런 청승이 없게."

그가 도연을 물끄러미 바라보았다. 제 방식이 무언지 알 수는 없지만, 그건 일단 조금 뒤로 넘기기로 했다. 도연이 먼저 내놓는 말, 처음이었으니까.

그런 그를 보며 고맙다는 듯한 미소를 보인 그녀는 이후로도 많은 말을 늘어놓았다. 가장 친한 친구인 민혜와 그의 남자 친구 현수의 이야기부터, 오늘 아침 빌라 앞에서 본 목련 나무의 몽우리 이야기까지.

끝도 없이 이어졌다. 두서도 뭣도 없었다. 그냥, 정말 그냥 아무 말이나 늘어놓는 것 같았다. 자신에 대한 것, 그리고 자신이 느낀 것. 본 것, 말한 것, 들은 것. 그 모든 것이 정렬 없이 쏟아져 나왔다.

그러다 도연이 입술을 다물었을 때 그가 조용히 물었다.

"다 했어요?"

"네."

"뭐야. 밤샐 것 같더니."

"도경 씨. 그럼 시작하세요."

"네? 뭘 말입니까?"

"제 이야기를 들으셨으니, 도경 씨 이야기를 해야죠."

"무슨?"

"나는 이제 들을 준비가 되었어요."

순간 도경의 팔 바깥쪽부터 자잘하게 전율이 일었다. 그냥 들을 수 있다는 말을 한 것뿐인데.

"도연 씨."

"나는 말하기만 했어요. 왜냐하면, 도경 씨가 그렇게 만들었으니까. 궁금해하고, 괜찮다고 말해 주고, 그리고 위로해 주고."

"……"

"들을 준비가 안 되어 있었어요. 내 안의 것들을 꺼내느라 급급했거든요. 생각조차 못 했어요."

"아무래도 나는 괜찮으니까."

"아니. 그건 아니에요. 당신도 괜찮을 리가 없잖아요. 이제 내가 들어 주고 싶어졌어요. 잊는 게 아니라 잇고 싶어요. 그냥 이어 버려요. 당신과 나. 그리고 이승우와…… 그 여자 이름이 뭐예요?"

"민정이요. 오민정."

"네. 오민정 씨. 나한테 말하면서 꺼내세요. 내가 당신에게 이승우를 건넨 만큼. 아니, 그보다 좀 더 꺼내도 괜찮아요. 내가 후발 주자니까."

"후발 주자?"

"선점하는 거 좋아하잖아요? 당신이 다 먼저였어요. 그리고."

"그리고."

"내게도 이제 먼저고."

도경의 아랫입술이 살짝 내려왔다. 뭐라 말할 수 없는 감정들이 몸을 감싸고 돌았다. 갑자기 쏟아 내는 고백에 정신을 차릴 수가 없다.

"정신없죠?"

"뭐?"

"이게 바로 구도경 방식이죠. 사람 혼을 쏙 빼놓는."

"나 아직 혼 안 빠졌는데?"

"아. 이제 제대로 빼 보려고 해요."

도경이 피식 웃으며 몸을 의자에 살짝 기댔다.

"어떻게?"

"키스해 줄래요?"

즉각적으로 반응이 왔다. 아래가 묵직해졌다. 혼, 빠졌다. 남은 것은 본능뿐이다. 도경은 거칠게 일어나 빠르게 도연의 손목을 쥐었다가 얼른 다시 놓았다. 가느다란 손목, 틀어쥐고 나가고 싶지 않았다. 이제 여자는 제가 애타게 부여잡지 않아도 된다. 그러라고 한다, 이 예쁜 입술로. 듣겠다고 한다, 제 모든 것을. 그 쓸데없어 보이는 기타 등등의 이야기를 내놓으면서 당신의 모든 것은 쓸데없는 것이 없다고 온몸으로 말한다.

"장소는 내가 선택해도 됩니까?"

"선점하세요. 나는 다 내어놨어요."

"들을 준비, 여전한 거죠?"

"네."

"그럼 나 다 털 겁니다."

"그러라니까요."

"이 여자, 쉽네."

"네?"

"내가 어디서 키스를 할 줄 알고. 뭘 털 줄 알고. 또박또박 다 그러래?"

"음. 쉽다, 이거 값은 걸로 하죠."

"그것 가지고는 안 되는데."

"그럼요?"

"궁금하죠?"

"아니요."

"어째서?"

"너무 쉽게 또박또박 그러지 말라면서요."

"흠."

도경이 가볍게 팔짱을 꼈다. 눈이 가늘어졌다. 입매도 그러했다.

그가 참으로 부드럽게 웃었다.

"애국가 3절 같은 하늘, 물었었죠?"

"네."

"궁금하죠?"

"네?"

"그럼 갑시다."

"어딜요?"

"키스하러."


복도가 두 사람의 발소리로 어지러웠다. 빙글 돌아가는 지점에서 도연이 궤도를 벗어나자 남자의 팔이 얼른 그녀의 허리를 감아 들었다.

"저기, 도경 씨."

"네."

"옥상으로 올라가나요?"

"아닌데."

"그럼?"

"6층이요."

"6층?"

도연의 고개가 갸웃 기울어졌다. 더운 숨이 쌕쌕, 같이 기울었다.

"힘들어요?"

"조금요?"

"조금만 더 참아 봐요."

그가 봐주지 않고 잡은 손을 살짝 당겼다. 다시 올라가자는 신호였다. 5층부터는 절로 헉헉 소리가 났다. 심한 운동 부족 같았다.

"이렇게 부실해서야."

"알아요. 나 부실한 거."

도연의 말이 절로 삐죽하게 나왔다. 다행인 건, 이미 6층이었다. 눈앞에는 커다란 문 하나만이 보인다. 숨을 몰아쉬며 도연이 물었다.

"여기가, 어디?"

"황무지죠."

"황무지요?"

내가 아는, 그 황무지? 도무지 알아들을 수 없는 말에 도연이 눈을 동그랗게 떴다.

"개간이 안 됐거든요."

"혹시, 여기 도경 씨 집이에요?"

"그러면, 마음이 바뀝니까?"

느릿한 남자의 말, 그 말 앞에서 도연은 잠시 빳빳하게 굳었다. 눈빛이 확 바뀌어 있었다. 그가 한 걸음, 성큼 다가왔다.

"내가 왜 엘리베이터 안 타고 올라왔는지 압니까."

"글쎄요."

"내 숨이 거칠어져서. 숨기고 싶었거든."

놓아줄 생각이 없는 시선이 깊이 얽혀 들었다.

"그리고."

"그리……고?"

"숨이 달릴 거니까, 내 숨을 좀 나누어 주려고."

그는 더는 말이 없었다. 대신 뜨겁고 거친 입술이 도연의 입술에 겹쳐졌다. 그의 커다란 손이 도연의 눈가에 닿았다가 미끄러졌다. 볼과 귓가, 여기저기를 매만지는 손이 조금 바빠진다 싶을 때쯤 그가 입술을 떼어 내었다.

"애국가 4절 압니까?"

"네? 알죠. 그건 왜요?"

"애국가 4절 같은 남자가 되고 싶어서요."

"음. 나라 사랑이요?"

"나라 대신 도연 씨로 합시다. 그다지 애국자는 아니니까."

"애국가 사랑하시나 봐요."

"네. 속으로 많이 불렀거든요."

"속으로?"

"도연 씨가 이렇게 나를 올려다볼 때마다. 아니, 나를 보고 있지 않을 때에도. 내 생각 속에서, 상상 속에서. 밤마다, 아침마다. 그리고 사무실에서도, 정원에서도, 하늘재에서도. 아니, 다 취소. 다 필요 없고. 당신을 안고 싶어질 때마다."

도연의 얼굴이 확 붉어졌다. 민망해진 얼굴을 가리고 싶었다. 그런데 손으로 가리고 싶지는 않다. 잠시 망설이던 그녀는 까치발을 들어 도경의 목을 확 끌어안았다.

그가 화답하듯 도연을 한 팔로 들어 안았다. 그리고 나머지 팔은 도어록 비밀번호를 한 자씩 누르기 시작했다.


그는 서두르지 않았다. 갈급하게 들리던 그 비밀번호 누르는 소리 때문에 그럴 것만 같았는데.

안은 몸을 조금 더 깊이 끌어안기는 했다. 목덜미에 입술을 대고 오래 숨을 내쉬고, 들이쉬었다. 그러고는 그녀를 소파에 앉혔다. 집으로 들어온 지, 10여 분은 지난 것 같았다.

"저, 아직 신발 신고 있어요."

"음?"

"두고 올게요."

도연이 몸을 일으키려고 하자, 그가 어깨에 손을 올렸다.

"오늘 벗기는 건, 다 내가 하고 싶은데."

"……악."

"그거, 비명입니까?"

"네."

건조한 여자의 대답이 더할 나위 없이 사랑스러웠다. 도경은 심호흡을 했다.

"나 지금 주방에 가려고 했습니다."

"왜요?"

"따뜻한 차, 한 잔은 줘야지. 처음 집에 오는데."

"아. 주세요, 차."

"그런데 생각이 바뀌었어요."

"방금 제 비명 때문에요?"

"네. 그 비명 같지 않은 비명 때문에."

"그럴 의도는 아니었는데."

"그럼 무슨 의도?"

"의도가 있다면, 아마도……."

"아마도?"

"……떨려서요."

도연의 입술이 그 말처럼 작게 떨리는 순간, 그의 인내가 허물어졌다.

따뜻한 차고 젠틀이고 뭐고. 모르겠다.

여자의 무릎 아래로 들어간 손이 번쩍 그녀를 들어 올렸다.

"뭐가 떨리는지, 물어도 됩니까."

"도경 씨한테 안기는 게 떨리는 게 아니라는 걸 알고 있는 말투네요."

"그게 떨리는 여자가 그렇게 건조하게 비명을 지르지는 않겠지."

도연이 생긋 웃었다. 입술 양쪽 끝이 오목하게 들어가 사랑스럽게 반짝였다. 그 닫힌 입술을 들여다보는데 문득 어서 열고 싶어졌다. 안고 있지 않았다면 분명 손을 뻗어 만졌을, 그 얼굴을 향해 도경은 제 얼굴을 가져다 댔다.

"벗기는 건, 도경 씨가 한댔잖아요?"

"그런데?"

"그게 좀 떨려요."

"어째서?"

안기는 건 떨리지 않는다는 여자가, 벗기는 건 떨린단다. 도경은 눈을 반짝이며 다음 말을 기다렸다. 이어 나온 말은 대강 마음을 먹고 들었어도 놀라운 말이었다.

"당신이 놀랄까 봐."

"내가, 놀랄까 봐?"

도연이 팔을 그의 목에 둘렀다. 이어 다가온 여린 숨이 목덜미에 흩뿌려졌다.

"놀라지 않겠다고 약속해요."

"……도연 씨."

"나는 내 몸을 누군가에게 보일 일이 있을 거라고는 생각하지 않았거든요. 그게 당신이라서, 좋아요. 그러니까……."

"절대 놀라지 않습니다."

"놀리지도 마세요."

"그럴 리가."

"이건 농담인데."

"지금, 농담이 나옵니까?"

여자가 다시 웃었다. 그러고는 남자의 셔츠를 살짝 끌어당겼다. 그 작은 손짓이 도경의 가슴에 불을 당겼다.

침실에 들어가 도연을 침대에 내려놓은 그가 그녀의 신발부터 벗겨 침대 곁에 내려놓았다. 술에 취한 도연을 업어 조카의 방에 내려놓았을 때가 생각이 난다.

그날, 여자의 입술이 생각난다. 만지고 싶고, 키스하고 싶던 그 입술. 발간색으로 빛나던, 거세게 가르고 싶던 그 입술. 저를 충동질하던 입술.

오늘은 충동이 아니어도 된다. 놀라지 말라는 그녀의 말부터 들어 주고 천천히 나눌 생각이었다. 그녀를 가지고, 저를 내어 주고. 주고, 받고. 더 주어도 억울하지 않고, 덜 받아도 모자라지 않은. 그런 나눔. 그런 사랑.

도경의 손이 도연의 블라우스에 와 닿았다. 목에서 제일 가까운 단추부터 하나씩 풀었다. 매끈한 어깨가 드러나자 그는 잠시 멈추었다. 그리고 속옷 위, 봉긋한 가슴이 드러나자 또 한 번 그는 멈추었다. 단추가 다 풀어지고 바지 버클에 손을 대었을 때는, 도연이 잠시 숨을 멈추는 것 같았다.

"놀랄 준비 됐어요?"

"놀라지 말라면서요."

"생각해 보니, 놀라도 되겠어요."

"어째서?"

"당신은 면역이 있는 남자니까. 그 면역이든, 이 면역이든."

알 수 없는 말을 내놓는 그녀의 입술을 그가 얼른 집어삼켰다. 여자를 뉘인 그가 잠시 입술을 떼어 내고 그녀의 바지를 벗겼다. 하얀 다리가 그대로 드러났다. 그리고 군데군데 하얗지 않은, 다친 자리가 확연한 다리도.

"……도연 씨."

"놀랐어요?"

그가 깊게 숨을 삼켰다. 그 숨이 채 삼켜지기 전에 도연이 상처를 가렸다. 왼쪽 허벅지에 길게, 마치 지져진 것 같은 상흔. 그리고 그 아래까지 뻗은 화상 자국.

"……그 사고, 때문입니까."

"네. 다른 데는 표 나지 않게 다쳤는데, 다리는 그렇게 안 됐어요."

"다리 때문에 놀라지 말라고 한 겁니까."

"네. 상처가 좀 보기 흉해서."

"그래서 떨렸다고 한 겁니까."

어딘가 그답지 않고 이상하다는 느낌에 도연의 대답이 한 템포 늦게 이어졌다.

"……네."

"도연 씨."

"네."

"내가 지금 기분이 어떤지 압니까."

"……묻기 두려운데요."

"놀라지도, 놀릴 마음이 들지도 않아요."

"그럼요?"

"내가 아니라 다행이라는 생각을 했습니다."

의외의 말에 도연의 눈이 크게 뜨였다.

"무슨 뜻인가요?"

"내가 이렇게 만들었다면……."

뒷말은 안 들어도 알 것 같았다. 도연은 조용히 그의 뒷말을 감추었다.

"그런데, 도경 씨."

"네."

"나 이렇게 벗겨 놓고, 지금 심각하신 거예요?"

남자의 표정이 바뀌는 걸 구경하는 건, 꽤나 재밌는 일이었다. 하지만 울 것 같던 얼굴도, 제 몸을 다시 다른 눈으로 내려다보는 얼굴도 모두 매력적이었다.

무언가 많이 참는 것 같은 얼굴로 다친 다리를 연신 쓸던 그의 손길이 더는 부끄럽지 않을 무렵, 남자가 몸을 겹쳐 왔다. 부분 부분 매끄럽지 않은 몸 위를 너무나 매끄럽게. 원래부터 그렇게 붙어 있던 사이처럼.

여전히 남자는 서두르지 않았다. 어디쯤인지 모를 그녀의 계절을 제대로 아는 사람같이, 뜨거운 몸으로 밤새 데우고 싶었다.

차가웠을 그녀를 온통 데우고 싶었다.

"도연 씨?"

"네."

"말하라고 했죠. 내 이야기."

"네. 나는 들을 준비가 되어 있다고 했고요."

도경이 도연의 이마에 몇 가닥 내려온 머리카락을 쓸어 주었다. 여자의 향기로운 몸 안에서 나온 지 얼마 되지 않았는데, 다시 들어가고 싶었다. 아니, 영원히 나오지 않고 싶었다.

그런데 제가 원하는 것을 떠올렸더니, 그녀가 원하던 것이 저절로 떠올랐다. 그녀를 다시 안는 것보다, 그쪽이 더 충만할 것 같은 느낌 때문에 도경은 눈을 질끈 감았다 떴다.

욕구보다 배려가 앞서게 만드는 여자. 이게 좋은 걸까, 나쁜 걸까.

잠시 고민하던 도경의 손이 아쉬운 듯 도연의 오른쪽 가슴을 덮었다. 손에 닿는 여자의 가슴이 그의 가슴 한쪽을 채워 온다. 뭐라 말할 수 없는 아늑한 감정이 해일처럼 일었다.

한참 뒤 손을 떼어 낸 그가 도연의 목 뒤쪽으로 팔을 뻗었다. 배려의 탈을 쓴, 고백의 시간이었다.

"나는, 과거를 잊으려고 했습니다. 정확히는 오민정을."

도연이 그의 품을 파고들며 고개를 끄덕였다. 계속 말해 보라는 신호였다.

"내 과거를 잊는 것이 당신에 대한 예의라고 생각했는데."

"그런데?"

도연이 조심스레 되물었다.

"당신은 과거를 잊는 게 아니라, 잇자고 했죠."

"잊게 하는 사람이 아니라, 이어 주는 남자. 도경 씨가 내게 그러니까요."

도경이 도연의 머리칼을 쓰다듬었다. 이어 볼로 다가온 손은 도연의 귓가와 뒷목까지 덮었다. 그 따스한 손끝이 뒷목을 살살 간지럽혔다. 저도 모르게 몸을 틀어 대자, 그가 부드럽게 끌어안았다.

"잠깐 잠들었을 때 꿈을 꿨습니다."

"제가 나왔나요?"

"아니. 애석하게도."

"그럼요?"

"민정이. 민정이가 나왔죠."

도연의 입술이 더는 말을 않고 그에게 집중했다.

"어디서 많이 본 장면이었어요. 민정이는 병원에서 죽었어요. 그 팔에 이것저것 꽂고, 감고. 그 장면이 꿈에서 나올 때마다 진저리가 났죠. 마음이란 건, 참 질기니까. 그런데 오늘 꿈은 이질감이 들었습니다. 분명 그 장면, 그 시간인데. 내가 느낀 그 시간인데 뭔가 다른 이질감."

도연이 또렷한 눈으로 그를 바라보았다.

"내가, 내가 보고 있었어요."

"네?"

"내가 그 과거를 위에서 내려다보고 있었다고."

"계속 말해 봐요."

"내가, 그 자리에 그 사람과 마주 앉아 있지 않고 그 장면을 보고 있었다고요."

도연의 눈빛이 흔들렸다. 완전히 이해를 한 것은 아닌 것 같았다. 당연한 일이었다. 그렇지만 도경은 도연이 모든 것을 이해했다고, 꼭 그렇게 생각하고 싶었다. 도연은 그럴 수 있는 여자였다.

"나는 과거를 지났어요. 그 과거 속의 구도경이 아니라, 이제 지켜볼 수 있는 구도경."

"그게……."

"비겁하게도 나는 사랑하는 사람이 죽어서 슬퍼하는 당신을 보면서 위로를 받았던 것 같습니다. 이 여자보다는 낫잖아. 나는 괜찮은 거다. 다 잊은 거다."

"도경 씨."

"그런데, 잊지 못하죠. 그럴 수가 없는 거였어요. 그냥 이어 둔 채, 서랍에 넣어야 하는 거니까."

"도경 씨."

"도연 씨가 말하고 싶은 것이 그거 아닙니까?"

"네. 무척이요."

"나 지금 잘 꺼내고 있는 겁니까?"

"네. 무척이요."

"잘 받아서 어쩔 겁니까. 당신 몫도 만만찮은데."

"잘 받아서 정리한 다음, 도경 씨 서랍에 다시 넣어 줘야죠."

"……다시?"

"각자의 몫이라는 매정한 말은 하지 않을게요. 수틀리면 다시 꺼내요. 과거라서 아무렇지 않은 것이 아니고, 미래의 우리 일이기 때문에 나는 괜찮아요."

"미래. 우리 일."

"마음에 들어요?"

"네. 무척."

"다행이에요."

"그 말에서 절박함이 느껴지는 건, 기분 탓인가."

"네. 제가 좀 절박했어요. 당신이 내게 아무 말도 해 주지 않을까 봐."

"어째, 억울한 말투입니다."

"어째, 조금 그러네요."

"너무 억울해하지 마요."

"어째서요?"

"지금은 내가 좀 절박하니까."

도경이 도연의 손을 끌어 제 왼쪽 가슴에 올려 두었다. 힘차게 뛰는 심장이 고스란히 느껴졌다.

"소리 커졌습니까?"

"네. 무척이요?"

"그 소리보다 더 커진 게 있습니다."

"어. 굳이, 확인하고 싶지는 않……."

굳이 확인하고 싶지 않다는 얄미운 여자를 단번에 제 아래에 눕힌 그가 소리 없이 웃었다.

그의 완벽한 시선이 제자리를 찾았다. 꼭 맞물린 톱니가 천천히 돌아가기 시작했다.

아침이 올 때까지 도연은 수없이 많은 과거를 떠올렸다. 일부러

관찰자가 되려고 하지 않고 순수하게 떠올렸다. 그 마음이 더 관찰을 하게 만든 것일까. 제3자의 눈으로 저와 승우를 볼 수 있게 된 것 같았다.

이기적인 걸까. 그 생각이 떠오르는 순간, 도경의 말도 같이 떠올랐다.

'나는 이기적입니다. 그리고 현실적이죠.'

이제 현실을 살고, 미래를 살아야 했다. 그래서 도연은 제 이기심을 억지로 꾹 누르려는 헛된 에너지 낭비는 하지 않았다. 그냥 두고 싶었다. 제 곁의 이기적인 남자가 너무도 이기적이어서 저는 좀 덜 그래 보인다. 스스로도 귀여워 보이는 그 이기심 덕에 그녀는 웃었다.

잊는 것이 아니라, 잇는 것.

정말 마음에 쏙 드는 말이다. 승우를 잊으려고 했다면, 아마 평생 그러지 못했으리라. 그런데 이제 넌지시 바라볼 수 있게 되었다. 이을 수 있게 되었다.

가슴에 무언가가 계속 차올랐다. 툭툭, 소리를 내며 가슴을 두드리는 그 고삐 풀린 생각들을 그녀는 그냥 내버려 두었다. 이대로 가슴이 터져 버린다고 해도 후회하지 않을 것 같았다.

❆ ❆ ❆

민혜와 여행을 가는 날이 성큼 다가왔다. 도연은 그 아침, 도경과 마주 섰다.

"잘 다녀와요."

"네."

"자, 이거."

"이게 뭐예요?"

"용돈."

"용돈?"

그가 정말로 봉투를 하나 내밀었다. 도연이 열어 보려고 손가락을 봉투 끝에 대는 순간, 그가 휙 다시 가져갔다.

"주는 사람 민망하게. 앞에서 확인합니까?"

"받는 사람 민망하게. 줬다 뺏기 있어요?"

곁에 선 민혜가 박수를 짝짝 쳤다.

"자 자, 커플. 용돈 봉투 하나로 이러지들 마시고. 화근인 봉투는 제3자가 보관하는 걸로."

민혜가 도경의 손에 들려 있던 봉투를 슥, 가져가는 찰나 그녀의 의미심장한 표정이 그에게로 향했다. 작게 눈짓을 한 그가 도연의 등을 가볍게 쓸었다.

"민혜 씨 옆에 딱 붙어 있어요. 슬쩍할지 모르니까."

"어라? 내가 슬쩍할 수 있는 게 맞는지나 모르겠네."

민혜를 향해 가볍게 검지를 입에 빠르게 댔다 뗀 그가 도연의 등을 가볍게 밀었다. 도연이 한 걸음 떨어지며 뒤를 돌아보았다.

"잘 다녀와요."

두 사람 사이를 민혜의 손바닥이 휘휘 저었다.

"이러다 여기서 자겠네요. 적당히들 하시고…… 현수야!"

순식간에 눈앞에서 사라지는 민혜를 보던 도경이 슬쩍 도연의 손을 잡았다.

"보고 싶을 겁니다."

"저도요."

"다녀오면, 나하고도 갑시다. 여행."

도연의 말간 눈이 환하게 웃었다. 그 여행, 가지 않아도 원이 없을 것 같은 그런 미소였다.


"좋아?"

"응. 진짜 좋아."

앞이 탁 트인 강가가 보이는 도로 한편에 차를 세웠다. 이 강이 무슨 강인지는 모른다. 시작이 어딘지도 모르고, 하다못해 이름도 모르지만 유민혜가 좋아하니 다 되었다.

조수석 쪽 창문이 내려가는 소리가 들린다. 다 내려갔을 때, 도연이 다시 운전석 쪽 버튼으로 그 창문을 끝까지 올렸다.

"왜?"

"내리자."

"그럴까?"

한적한 도로에 발을 내려놓는 순간의 느낌이 좋다. 아무 목적지 없이 그냥 달려와 처음 내린 곳이었다. '아무' 라는 단어를 떠올리니 생각이 나는 사람이 있다. 중증인 것 같았다.

"도연아, 여기!"

빠른 걸음으로 내려 사라졌던 민혜가 손짓을 했다. 풀밭을 조금 밟으니 손끝만 보이던 민혜의 온몸이 보인다. 아래쪽에 산책로가 있었다.

"좀 걸을까?"

"좋지."

민혜가 손을 내밀었다. 척, 하는 소리가 들리는 것만 같은 씩씩한 손짓이었다. 그 손을 이번에는 도연이 진짜 소리가 나게 잡았다. 제 손 아래 놓인 손이 무척 따뜻했다.

"손 정말 따뜻하다."

"그렇지? 윤현수가 환장한다니까."

"가슴에 환장하는 거 아니고?"

"어머, 얘. 그런 말을 그렇게 대놓고 하니."

민혜가 손을 놓더니 제 가슴을 아래에서 한 번 받쳐 올렸다. 웃음이 터진다. 자그마한 강가 산책로에 한들거리는 풀들도 같이 웃는 것 같았다.

"구도경 씨는 하도연 뭐에 환장을 할까나."

"응?"

"이렇게 두둑한 용돈 봉투를 다 주시고."

"현수도 줬잖아."

"줬지. 돈."

"도경 씨도 돈 줬는데?"

"과연 그럴까?"

민혜가 몇 걸음 지나 있는 벤치에 도연을 앉혔다.

"나 저기 가서 돌 좀 던지고 올 거니까 얼만지 확인해 봐."

"응? 같이 가."

"아니. 물수제비 내가 너무 잘 떠서 너 기죽을까 봐 그래."

"뭐라니."

"자 자, 어서. 나 갔다 올게."

민혜의 서두르는 등 뒤로 도연의 손에 봉투가 하나 남았다. 그냥 웃음이 나왔다.

여행 간다고, 돈 봉투라니.

그런데 입구를 열어 확인하는 순간, 입꼬리가 의문으로 다시 올라갔다. 봉투에 든 건 돈이 아니라 편지였다.

민혜가 산책로를 걸으며 눈치 보듯 이쪽을 바라보는 것이 곁눈으로 보인다. 길이 구부러져 친구가 완전히 보이지 않게 되자, 도연은 봉투에서 편지를 꺼내 들었다.

천천히 다 읽고 나서 원래대로 접어 봉투에 다시 넣었다. 마침맞게 민혜가 곁에 와 앉았다.

"도연아."

"응."

"울어?"

"아니."

"우는데?"

"아니야. 안 울어."

도연의 고개가 들리자 정말 울고 있지 않은 얼굴이 보인다. 그런데 딱 울기 직전의 얼굴 같았다. 민혜가 다급히 달려와 물었다.

"왜. 헤어지자는 편지야?"

"아, 진짜."

민혜가 멋쩍게 웃으며 곁에 앉았다. 도연이 말을 이었다.

"편지인 건 어떻게 알았어?"

"이 등신아. 그런 표정으로 돈을 주는 남자가 어디 있니."

"어떤 표정이었는데?"

"너한테 뭐든 다 줄 것 같은 표정이더라. 그런 얼굴로 돈을 줬다면, 난 정말 실망했을 거야."

"뭐?"

도연이 민혜의 말에 피식, 소리를 내며 웃었다.

"그러니까 울지 마. 무슨 말이 적혀 있는지 정말 궁금하지만 나 안 물을게. 진짜야. 안 물어. 절대 안 물어."

"그 말이 어째 꼭 물을 거라는 말로 들리는데?"

"그래? 그럼 제대로 들은 거고."

도연이 웃으며 제 손에 들린 편지 봉투를 꼭 쥐었다.

저를 말로 홀리게 하던 남자는 정말로 잘하는 게 말뿐은 아니었다. 잘하는 게 말뿐은 아니더라는 말을 할 때 유민혜의 엉큼한 표정을 꾹 누르고도 남을 정도의 남자. 그런 남자가 글도 잘 쓴다.

도연의 가슴에 바람이 불었다. 지나는 바람이 아니라, 고이는 것 같은 바람. 그 바람이 가슴에 걸린 것들을 하나하나 거두어 갔다. 그러면서 하나하나를 얽었다. 아주 단단하게.

꺼내서 얽을 생각을 하지 못했던 도연에게 그가 손을 빌려주었다. 갚을 필요가 없는 그런 손을.

돌아오면 나하고 연 날리러 가요.

가만히 둔다고 떨어지는 것이 아니고.

노력한다고 더 잘 나는 것이 아닌 게 연날리기거든요.

우리는 각자의 연을 날리는 중이니까.

곁에 있어 줄게요.

바람이 되어 준다, 라고 하면 오글거리려나.

도연 씨는 그대로 아무것도 하지 말고 있어요.

아, 그런데.

내가 연날리기 정말 못한다는 말, 했던가요?


도연은 민혜의 손을 꼭 잡았다.

방패연이 큰 그리움을 만들며 날았다. 기대감이 있는 결핍의 그
리움을. 제게 얽힌 연이 묵직하게 방향을 틀었다. 비어 있는 것을
기꺼이 채울 사람에게로 기꺼운 바람이 불었다.

"민혜야."

"응. 이제 털어놔 봐. 궁금해 죽겠어."

"각자의 연을 날리는 중이래."

"뭐가."

"그 사람이. 우리가."

"각자의 연?"

"그런데 네가 날리는 연에 항상 내가 실려 있었어. 이제 그만 내
려놔도 돼."

"왜 괜히 서운하지?"

"내가 이번엔 실어 줄게. 언제든."

"난 너처럼 염치없지 않아."

"그럼. 나처럼 가치 없이 시간을 보내지도 않을 거고."

"도연아."

도연이 미간을 바짝 좁혔다. 아마도 내리쬐는 빛에 민혜의 얼굴

을 똑바로 보고 싶어서인 것 같았다. 그걸 콕 집어 말하려는 것처럼 도연의 시선이 친구에게로 곧게 뻗었다.

"연을 잘 날리려면, 바람이 불어야겠지?"

"무슨 소리야."

알 수 없는 말에 민혜의 눈동자가 반들거릴 무렵에 도연이 웃었다.

"그 사람이 바람이 되어 준다고 했어. 이제 나는 네 연 위에서 정말 내려와도 돼."

말을 하는데 팔 바깥쪽으로 무언가 오스스 돋아났다.

바람이 되어 주겠다는 그 사람. 그리고 그걸 제일 먼저 말하고 싶은 친구.

돌연 도연의 가슴에 바람처럼 무언가가 휘몰아쳤다.

이런 순간을 다시 마주할 수 있을 거라고는 생각해 본 적도 없는데. 상상해 본 적도 없는데.

감사해서, 너무나 감사해서 가슴이 일렁였다.

"도연아."

"고마워. 네가 없었다면 살기 싫었을 거야."

"진짜."

민혜의 코가 훌쩍였다. '바람'이라는 말을 할 때 도연의 표정이 무척 그러게 했다.

❊ ❊ ❊

민혜가 사 준 신발을 신고, 민혜가 사 준 옷을 입고 떠난 여행은 온통 유민혜였다. 시간은 민혜의 사심을 그득그득 채우며 흘렀다.

둘은 걷고, 먹고, 마시고. 그리고 끊임없이 눈빛을 나누었다. 말이 없어도, 그 어떤 행동을 하지 않아도 곁에 있어 편안하고 든든했다.

무엇보다, 도연의 웃는 얼굴이 민혜는 반가웠다. 그냥 입술을 조금 늘여 올린 것뿐인데. 그 평범한 얼굴 하나를 되찾아오기가 너무힘이 들었던 걸 생각하니 그저 반가웠다.

웃는 얼굴에 겹치던 승우의 얼굴이 이제는 나타나지 않는다. 사람의 마음이란 참 간사한 것이라고 단언할 정도로 아무것도 떠오르지 않았다.

하도연과 이승우는 그렇게 이별했다. 할 수 없을 것 같은 그런이별을 했다. 너무 일방적이어서 억울한 시간이었다. 하고 싶어도할 수 없는 이별, 전하고 싶어도 전할 수 없는 이별. 그건 너무 가혹한 일이었다.

도연의 마음이 어떤지는 알 수 없지만, 제가 증인이 되기로 한다.

도연의 얼굴을 볼 때마다 같이 떠오르는 건, 이제 구도경이었다. 처음부터 이상한 울림이 있던 그 남자. 인연이라는 게 있다면, 딱그런 느낌일 거라는 생각을 했다. 이렇게 되고 보니 인연이었다, 라고 생각하는 걸 수도 있지만 민혜는 그렇게 생각하지 않기로 했다. 제 깊은 감사에 대한 예의였다.

도연의 웃는 얼굴에서 너무나 많은 감정을 끌어낸 민혜는 여러가지가 뒤섞인 얼굴로 웃었다.

어색하게 웃는 얼굴을 보더니 도연이 마주 웃는다. 가지런한 하얀 이가 보일 정도로. 이 단아하고 정갈한 인상의 제 친구는 가끔 눈이 부실 정도로 예쁠 때가 있었다. 딱 지금이 그랬다. 이 예쁜 얼굴을 마지막으로 보았던 건, 3년도 더 된 일인 것 같았다.

그런데 조금 서운하기도 하다. 그 얼굴을 오롯하게 찾아 준 사람이 제가 아니라서. 질투 같은 묘한 마음이 스멀스멀 피어올랐다.

"도연아."

"응."

돌아가는 차 안, 운전하는 도연을 한참이나 바라보던 민혜가 어렵사리 말을 붙였다.

"나는 너를 이제껏 걱정했던 게 아니었나 봐."

"그게 무슨 말이야?"

"걱정을 했다면, 지금 무척 다행이어야 하는 거지?"

"그런가?"

"뭐야. 내가 물었잖아."

도연이 민혜의 마음을 짚어 보기라도 하는 것처럼 가만히 바라보았다. 다행히 아니라고 말하는 친구의 입술 위로 망설임이 지나갔다. 굳이 무슨 말이냐고 묻고 싶지 않아졌다.

대강 짐작은 한다. 제 웃는 얼굴을 보며 팔짝팔짝 뛸 정도로 좋아하던 그 얼굴이 망설이는 이유. 무언가 걸려 하는 이유. 안다. 착한 유민혜는 오지랖도 그 못지않게 착하다는 것을.

"민혜야."

"왜."

도연이 민혜를 부르더니 속삭이듯 말을 이었다.

"그 사람이 뭐라고 해?"

"귀신같은 계집애."

"무엇 때문에?"

"운전석."

오늘 아침 운전석 쪽으로 가는 민혜를 얼른 잡아채던 도연의 손길을 도경이 불편하게 바라보았다. 도연은 6층에 올라갔던 날 이후로 그의 차를 타지 않았다.

"내가 너무 좋아해."

알아들을 수 없는 말에 민혜가 고개를 비뚜름하게 두었다. 그 모습을 보던 도연이 또 환하게 웃었다. 정말, 계속 비뚜름하게 둘 수 없는 그런 웃음이었다.

괜히 눈물이 날 것 같아서 민혜가 손가락을 꼼지락대는데, 기특한 휴대폰이 징징 대신 울었다.

"차 세운 김에 오는 전화는 받고 가자."

"운전은 내가 하는데?"

도연의 말에 눈을 찡긋거린 민혜가 전화를 받았다. 현수였다. 수화기를 타고 지금 무척 생각나던 달콤한 목소리가 흐른다. 보고 싶었다. 이 커플 너무 질투가 나니까.

민혜가 그걸 투덜대며 말할까, 하는데 말할 필요가 없도록 현수의 목소리가 연이어 들렸다.

"도연아."

"응."

"현수. 저 앞이라는데?"

"저 앞?"

"그러게."

"여기가 어딘 줄 알고?"

"그러게."

민혜가 미심쩍은 눈으로 차에서 내렸다. 한적한 시골 도로, 오가는 차는 한 대도 없다.

"어디서 거짓말을 해."

"타. 추워."

"잠깐만."

혹시나 싶어 뒤를 돌아본 민혜의 눈에 달려오는 차 한 대가 보였다. 익숙한 차의 앞모습.

"어?"

"뭐야. 현수가 진짜 왔어?"

"그런가 봐."

도연도 차에서 내렸다. 그러고는 차 안의 공기와는 사뭇 다른, 볼 옆을 스치는 시원한 바람처럼 웃었다.

"뭐야. 그새를 못 참고. 윤현수 하여간."

"너. 현수 흉보지 마."

"응?"

"조수석에 누가 있어."

"뭐?"

이제는 육안으로 차 안의 사람이 누군지 훤히 보이는 거리까지 현수의 차가 다가왔다. 그 차가 멈추어 서더니 조수석에 있던 사람이 먼저 내렸다.

"도경 씨."

"안 놀랐어요?"

"놀랐어요."

"하나도 안 놀란 얼굴인데."

"아닌데."

"놀란 얼굴이 아니라, 반가운 얼굴이라고 해야 하나요?"

그 말에 도연이 활짝 웃었다. 그 웃음으로 대답을 들은 그가 그녀의 손을 끌어다 잡았다. 그 모습을 보던 현수가 운전석에서 내려 민혜에게 성큼 다가가더니 말했다.

"아주 그냥. 못 봐 주겠어."

"왜?"

"저 커다란 남자 사람이 안절부절못하는 거, 상상이 돼?"

"왜?"

"몰라. 하도연이 그렇게 좋은가 봐."

그 말에 민혜의 표정이 묘하게 변했다.

"너는?"

"응?"

"너는 아주 평안한 상태로 일상을 즐기셨다, 이 말이야?"

"아? 아닌데?"

"아니긴 뭐가 아니야."

"아냐. 구도경보다 내가 만 배는 더 안절부절못했어. 진짜야."

"됐어. 늦었어."

현수가 삐죽이는 여자 친구의 입술을 가만히 만졌다.

"뭐야. 왜 만져."

"보고 싶었어."

장난스러운 입매가 싹 정리된 현수의 단정한 얼굴에 이끌려 민혜는 그의 차로 갔다. 현수는 조수석에 놓인 도경의 가방을 집어 들고 한창 좋을 때인 두 사람 사이에 던지듯 내려놓았다.

"나는 할 일 다 했으니, 갑니다?"

"고마워. 현수야."

그 말과 함께 도연이 웃었다. 너무나 자연스럽게. 현수의 표정이 순식간에 사라졌다. 멍하게 내려다보는 그의 어깨를 도경이 툭, 건드렸다.

"이봐. 윤현수 씨. 그렇게 보면 곤란한데."

"네?"

"여기뿐만 아니라, 저기도 그렇고 말이야."

도경의 손끝이 가리키는 곳에 예의 주시하고 있는 민혜의 얼굴이 보인다. 현수는 얼른 고개를 털어 내며 정신을 차리려 노력했다.

사람이 웃는 것뿐인데. 기분이 뭐 이래. 원래 하도연은 저런 얼굴이었다고. 저렇게 웃는 사람이었다고.

기분이 좋아졌다. 그 기분 그대로 민혜에게로 간다. 이제 아무것도 걱정할 것이 없는 저 얼굴에게, 더는 질투를 느끼지 않아도 될 것 같다. 이제, 유민혜는 진짜 내 것이다.

현수의 어깨 위로 따끈한 무언가가 넘실거렸다. 아직은 서늘하지만, 곧 더운 바람이 불 계절이 성큼 다가와 있었다.


"안 춥습니까?"

도경이 겉옷을 걸치지 않은 도연의 어깨 위로 얼른 제 옷을 벗어 걸쳐 주었다.

"네. 하나도 안 추워요."

"내 옷 때문에?"

"아뇨. 도경 씨 덕분에."

짧은 그 말이 왜 그렇게 듣기 좋게 들리는지. 그는 잠시 그녀를 가만히 바라보았다.

"도경 씨는요?"

그녀가 묻는다. 춥냐고? 정말로 전혀 안 춥다. 도연의 얼굴을 마주 본 순간, 온도를 느끼는 회로가 멈췄다. 그저 이 발간 볼밖에 안 보인다. 춥기는, 어딜. 그런데 슬쩍 장난을 치고 싶어진다. 장난스럽게 웃는 여자의 얼굴이 그렇게 만들었다.

"춥지는 않은데, 허전은 합니다."

"그럼, 자."

그녀가 팔을 벌려 안길 품을 만들었다. 그 작은 어깨가 만든 품이 미치게 사랑스럽다. 그가 그대로 다가가 제가 만든 품 안에 그녀를 들였다. 사랑스러운 그 어깨가 마주쳐 오는 순간, 숨을 길게 들이마셨다. 살 것 같았다.

"어떻게 왔어요?"

"목적을 묻는 겁니까, 수단을 묻는 겁니까."

도연이 작게 웃음을 터뜨리며 대답했다.

"당연히, 목적이요."

"당신이 보고 싶어서. 그래서 왔습니다."

"너무 식상한 대답인데."

"그렇다면."

"그렇다면?"

도연이 고개를 가볍게 들었다. 그의 팔이 느슨해졌다.

꾹 다물린 그의 입술을 도연이 오래 들여다보았다. 기대하는 눈빛을 함빡 담아서.

그도 깊어진 눈으로 그녀를 마주 내려다보았다. 한참을 말이 없이 마주 서 있던 두 사람 사이에 소리 없는 대화가 오갔다.

"자, 그럼 이제 갑시다."

"어딜요?"

"여행."

"여행?"

"민혜 씨하고 방금 바통 터치 했잖아요."

"릴레이였어요?"

"네."

"누구 마음대로?"

"내 마음대로."

바람 탓인지, 든든하게 안은 제 팔 덕인지는 모르겠지만 그녀의 볼 색이 너무나 마음에 들었다. 그는 가볍게 도연의 볼을 손끝으로 쓸었다. 촉감은 더 마음에 들었다.

"너무나 내 마음대로."

그의 눈빛이 가까워졌다. 들리는 숨소리가 줄어든 거리를 실감하게 한다. 도연의 볼에 그의 입술이 닿았다. 마음에 드는 볼의 색, 그리고 촉감. 입술에 닿는 그 색과 촉감은 더 마음에 들었다.

너무나 내 마음대로. 너무나 내 마음에 드는. 너무나 내 마음 같은 여자.

볼에 닿는 입술이 뜨거워진다. 저절로 체온이 확 올랐다. 마치

도연에게서 온기를 가져온 것처럼. 여자의 볼에서 사람을 미치게 하는 향기가 났다. 도경은 무언가를 찾듯이 도연의 입술을 손가락으로 더듬었다. 손이 떨어지자마자 빠르게 입술을 옮겼다. 그 입술은 오래 도연의 입술을 감쌌다. 마냥 부드러운 키스였다.

"그거 알아요?"

"뭘요?"

"이렇게 키스를 하면, 도연 씨가 실감이 나지 않는다는 거."

"어째서요?"

"보기만 할 때는, 보는 것만으로 실감이 안 나고. 지금 이렇게 안고 있으면, 내 팔에 전해 오는 이 느낌만으로는 실감이 안 나고."

"그게……."

"아마 더 원하는 거겠죠."

"아마?"

"아마."

올려다보는 도연의 눈이 말갛다. 마음에 꼭 들던 볼의 색이 더 진해졌다. 그가 웃으며 그녀의 양 볼을 감싸 쥐었다. 도도록하게 솟은 입술이 예쁘게 꿈틀거렸다. 그 입술의 움직임을 따라 가슴이 뛴다. 어쩔 수 없이 그가 그녀를 꼭 안았다. 실감이 나지 않아서, 실현하고 싶어지는 이 마음을 어찌할 수가 없을 것 같아 그냥 꼭 안았다.

그녀의 마음은 아직 보이지 않게 소용돌이치고 있을 것 같다. 그 마음이 잔잔해지는 것을 본 후에 실감하고 싶다. 그게 무언지 정확하게는 모르겠지만, 마찬가지로 폭풍이 이는 가슴 한쪽이 그렇게 말하고 있었다.

그리고 그 마음의 말은 곧 증명되었다. 정색하는 여자의 얼굴로.

"제가 해요. 운전."

꼭 안고 있다가 아쉽게 흩어 낸 팔이 조수석 문을 열어 주자 도연이 한 말이었다.

이제 도경은, 그녀를 통째로 가지고 싶어졌다.

∗ ∗ ∗

"갑시다."

"어딜요?"

"공원."

"이 시간에?"

"이 시간에."

여행을 다녀온 후 도경은 제 여자에게 더 집중을 했다. 눈앞에 보이는 순간부터, 보이지 않는 순간까지. 그 시간들이 사무치게 좋았다. 사랑을 했다.

그런데 도연은 여전히 단 한 가지를 내어 주지 않았다. 자동차의 운전석. 그 자리가 어떤 의미인지 모르는 바 아니다. 그렇지만, 자꾸 '그렇지만'이 붙었다. 그녀에게 조르는 형국처럼 보이고 싶지 않으면서도, 갖고 싶었다. 하도연은 제게 이제 그런 여자였다.

"추울 텐데."

"내가 옆에 있으면 하나도 안 춥다면서요."

"그 말을 믿었어요?"

앙큼한 표정을 짓는 도연의 눈매가 둥글게 휘었다. 그 눈을 한 번 쓸듯이 만진 남자가 말했다.

"그럼. 믿죠."

"아. 뭐예요. 무안하게."

"그러라고 한 말은 아닌데, 난 도연 씨 말이라면 다 믿으니까. 그게 진심이니까."

"알았어요. 가요. 공원."

그가 도연에게 원하는 것은 거창한 것이 아니었다. 그가 둘러 주는 가벼운 머플러를 목에 감고, 커다란 그의 손을 잡고 걷는 것. 그는 그런 걸 좋아했다. 잡힌 손의 촉감이 좋다고 했고, 보이는 발끝이 같이 걷는 것이 좋다고 했다. 그리고 이따금 내려다보는 도연의 옆얼굴이 좋다고 했다. 그 말들이 곧 고백이고, 곧 사랑이었다.

아무것도 아닌 것 같은 일들을 하지 못할 때가 있었다. 그의 말대로 고맙다는 말, 미안하다는 말. 그 해야 할 말들조차 하지 못할 때가. 제 감정은 사치인 것처럼 느껴질 때가. 그 모든 것을 되돌려 준 사람에게 마땅히 그 말을 해야 할 것 같다. 지금 너무나 하고 싶으니까.

"고마워요."

"뭐가요?"

"다. 전부 다."

도경이 큰 걸음을 걸어 성큼 다가왔다.

"나를 믿습니까?"

"네?"

"나를 믿느냐고."

"도경 씨."

"고마운 것과, 믿는 것은 별개인가."

"무슨 말이에요?"

"오늘은 내가 차를 몰고 갈 거예요. 공원이 아니라 달릴 수 있을 때까지."

도연의 눈동자가 애매하게 흔들렸다. 그는 그 눈이 시선을 돌릴 때까지 놓치지 않고 바라보았다.

"나는."

도연의 입술이 달싹였다. 도경은 기다려 주었다.

"내가 운전하지 않는 차를 타는 게 무서워요."

"운전하는 사람이 또 죽어 버릴까 봐?"

"도경 씨."

"그게 나를 믿지 못하는 증거죠."

"아니에요."

도연이 단호한 말투로 말하며 그를 올려다보았다.

"사라지는 것이 겁나는 사람이 되었잖아요. 그게 어떻게 못 믿는다는 증거가 돼요?"

"사라지는 것이 겁난다고요?"

"네. 도경 씨는 이제 제게 소중한 사람이니까. 나는. 나는……."

말을 잇지 못하는 도연의 눈이 빠르게 깜박였다. 꾹 다문 입술 사이에서 금방이라도 울음이 터져 나올 것 같았다. 그저 꼭 안아 주고 싶지만, 그는 참았다. 그리고 오늘 꼭 해 주고 싶었던 말을 꺼내기 시작했다.

"며칠 전에 다큐 하나를 봤습니다. 시각 장애를 가진 스키 선수와 가이드 러너의 이야기였죠."

잠시 말을 멈추고 숨을 내놓은 그가 천천히 말을 이었다.

"그 스키 선수와 가이드 러너는 같이 알파인 스키를 탑니다. 가이드 러너가 앞서고, 선수가 뒤에서 따라오는 방식으로. 두 사람은 무전으로 의사소통을 해요. 아니, 처음엔 난 일방적인 의사 전달이라고 생각했어요. 소통이 아니라. 왜냐하면, 앞서가는 가이드 러너가 알려 주는 방식이었거든요. 그래서 아, 저 가이드 러너가 없으면 그 선수는 정말 힘들겠구나. 스키를 탈 수 없겠구나, 이렇게 생각했습니다. 그런데."

"그런데?"

"그 가이드 러너의 인터뷰가 내겐 충격이었습니다."

"어떤 면에서요?"

"그 가이드 러너도 선수 출신인데, 스스로를 믿지 못해서 기록 경신을 할 수 없었다고 했습니다. 내가 할 수 있을까, 저기서 살아남을 수 있을까. 어제 잠을 잘 못 잤는데, 그게 경기에 영향을 미치진 않을까. 끊임없이 그렇게 고민하고 고민했다고. 그런데."

이야기를 꺼낸 이유는 아직 말하지 않았지만, 어느 정도는 성공이었다. 도연의 깜박이던 눈이 호기심으로 젖어 들었기 때문이다. 물끄러미 도연을 바라보던 그가 조용히 말을 이었다.

"그 스키 선수는 맹목적으로 자신을 믿는다고 했어요. 믿지 않으면 따라갈 수 없다며. 실제로 실수를 했을 때도 그 선수는 그렇게 말했다고 했습니다. 언니가 한 실수는 내가 한 실수라고. 그걸 보면서 그렇게 생각했다고 합니다. 나를 믿자고. 내가 나를 믿으면, 나를 따라오는 한 사람의 믿음을 믿게 되는 거고. 그 사람을 믿게 되는 거고."

"도경 씨."

"도연 씨를 믿어 봐요."

"네?"

"운전석. 내게 주지 않는 도연 씨를 보면서 나는 서운했습니다. 나를 믿지 않는 것 같아서."

"그건."

"남들이 봤을 땐 아무것도 아닌 것처럼 보일 수도 있지만, 나는 그렇지 않아요. 아, 내가 도연 씨의 전부를 다 간섭하고 싶다는 의미가 아닙니다. 나는 그저, 도연 씨가 편해졌으면. 그랬으면 좋겠으니까."

도연이 작게 한숨을 내놓았다. 힘든 모양이었다. 그는 마음을 굳게 먹었다.

"트라우마를 해결할 수 있는 방법은 딱 두 가지가 있는데."

"그게 뭔데요."

"해결하거나, 가지고 살거나."

그녀가 빤한 대답에 살짝 웃었다. 그 웃음에 화답하듯 웃던 그가 이어 말했다.

"가지고 사는 건, 내게 실례예요."

"네?"

"말했죠. 나는 면역이 있는 사람이라고."

"그래서요?"

"면역이 있는 내가 도연 씨 때문에 매번 예방 접종 맞으러 같이 다닐 수는 없는데."

"네?"

"우리 해결합시다."

"도경 씨."

"내가 생각한 방법이 있어요."

"그게 뭔데요."

"우리가 서로를 믿는 거죠. 오늘부터 운전은 내가 합니다."

그 말에 도연이 잠시 생각을 했다. 그는 잠자코 기다려 주었다.

"그 스키 선수는…… 행복했겠죠?"

"당연히."

"우린 어떻게 믿어야 하는 건데요?"

"면역이 될 때까지 계속 부딪칩시다. 그 선수들이 깨지고 넘어져
도 계속 연습을 한 것처럼."

"깨지고, 넘어져도?"

"도연 씨는 그렇게 불안해해요. 그러면서 적응하고."

"도경 씨."

"나는 수명이 길다고 했던 말, 기억납니까?"

"네."

"그 말 취소합니다."

"네?"

"내가 언제든 죽을 수 있는 사람이라는 거, 도연 씨도 잘 알죠?"

"너무 잔인한 말인데요."

"우린 누구나 그런 사람들입니다. 내가 내일 죽을 수도, 도연 씨
가 몇 시간 뒤에 죽을 수도 있는."

"나는 왜 몇 시간인가요."

도연의 말에서 여유를 본 그가 작게 웃었다. 더 말을 해도 괜찮

을 것 같았다.

"도연 씨가 불안해하는 모습도 사실은, 행복이죠. 나를 그만큼 아끼고 있다는 의미니까."

"맞아요."

"그럼 불안해해요. 그걸 나는 즐기고 싶습니다."

"변태."

"6층으로 올라갈까요? 편안하게 변태로 변신하도록."

"언제는 정원이 가장 편하다더니."

"저것 때문에 영."

"저것?"

도경이 가리킨 곳은 전면이 통유리로 된 정원의 한쪽이었다. 그 손가락의 의미를 알아챈 도연이 가볍게 웃었다.

"그럼, 갈까요? 본능이 부르는 곳으로?"

"어디든?"

"어디든."

"운전은 누가?"

"제가요."

그의 표정이 굳었다. 그 얼굴로 도연이 가만히 팔을 뻗었다.

불안할 거면 더 불안해하라는 남자. 그게 익숙해질 때까지 곁에 있겠다는 남자. 나를 믿어 보라는 남자. 나를…… 너무나 사랑하는 이 남자.

"나를 믿어 볼게요."

"어떻게."

"일단, 내가 혼자 코스를 내려와 볼게요."

"네?"

"가이드 러너가 있어야만 한다는 거. 내가 직접 깨지면서 느껴 보겠다고요."

"도연 씨."

"필요하다고 손을 내밀면, 언제든 잡아 줄 거죠."

"당연합니다."

"나를 믿는 것이 당신을 믿는 거, 내가 잘 이해한 것 맞죠?"

"네. 아주 그렇습니다."

"오늘 그럼 운전하지 않고 당신 집에 가고 싶어요. 이 생각을 한 나부터 믿어 볼래요."

도경이 그녀를 와락 끌어안았다. 정원의 은은한 조명 아래로 합쳐진 그림자가 길었다. 초봄의 밤이 빨리 찾아왔다. 그리고 아주 길 것이었다.

아마도, 도경의 수명처럼.

*— The end*

에필로그. 그리고 봄

명목은 봄나들이인데, 바람이 제법 세고 차다. 꽃샘추위다. 수목원 한쪽에 깔아 놓은 돗자리 끝이 바들바들 떠는 것 같았다.

"안 추우세요?"

"나는 좋은데."

해경이 춥냐고 되물어 오며 손을 가만히 끌어 잡았다.

그녀는 틈만 나면 이렇게 손을 잡아 온다. 카페에 들어가도 가만히, 정원에 와서도 가만히, 그리고 자신과 나란히 선 그녀의 동생을 보면서도 가만히.

사람의 온기는 이렇게 기분이 좋은 거란다, 알려 주기라도 하는 것처럼 해경은 늘 온화하게 웃었다.

"사장님."

"아. 우리 밖에 나온 김에 호칭 정리 좀 해요."

"네?"

"사장님이 뭐야, 사장님이. 다른 말 많잖아."

멍한 시선이 한참 와 닿자 곁에 앉았던 도경이 말을 받았다.

"뭐라고 불리고 싶은데?"

"뭐. 언니라든가."

"언니?"

도경이 한 번 그 말을 중얼거리더니, 도연에게 속삭였다.

"언니랍니다."

"네?"

"여기 달 사장 듣고 싶은 말이 언니라네요?"

"아."

못 할 것도 없다는 얼굴로 도연이 입술을 아무지게 붙였다. 그러고는 기대하는 눈빛으로 바라보는 해경을 향해 조용히 웃으며 말했다.

"언니."

"아. 정말 좋다."

제 손을 잡은 손이 더 꼭 죄어 왔다가 떨어졌다. 추위에 가볍게 떨리던 어깨가 한층 잦아들었다. 해경의 온기 덕분이다. 해경의 마음 덕분이다. 그래서 도연은 다시 입을 열었다.

"이번에는 제 차례죠?"

"응?"

도시락을 가방에서 막 꺼내던 해경이 고개를 틀고 되물었다.

"호칭 정리요. 혹시, 언니만 하실 생각은 아니셨죠?"

"아. 그러네? 우리 선생님은 어떻게 불리고 싶으실까."

"도연아, 라고 편하게 불러 주세요. 말씀도 편하게 하시고요."

"그거 좋지. 그럼 나 이제 도연이라고 부른다? 말도 편하게 막

하고? 응?"

말은 답을 받으려는 것 같은데, 말투엔 이미 답이 나와 있는 묘한 화법에 도연이 싱그럽게 웃었다. 그러느라고 곁에 있던 도경이 슬그머니 불만스럽게 팔짱을 끼는 것은 보지 못했다.

"뭐야. 넌 왜 입이 나왔어."

해경의 말에 그를 돌아보니 정말 그렇다. 무언가 불만이 있는 얼굴로 멀뚱하게 바라보는 것이 웃기다. 처음 보는 남자의 표정이었다.

"도연아. 네가 모르는 게 진짜 많은데 말이야. 도경이 얘가 어릴 때 얼마나 잘 삐쳤는지 아니? 거기다가 울기는 왜 또 그렇게 울어. 아주 그냥 저 커다란 눈에서 눈물이 마를 새가 없었어. 제 말 안 들어준다고 훌쩍, 나뭇잎이 떨어지는 게 불쌍하다고 훌쩍……."

듣다 못한 도경이 얼른 다가와 누나의 입을 막을 때까지 해경의 증언은 쉴 새 없이 이어졌다.

"그만 안 해?"

"아, 나 죽네. 그러게 왜 삐치고 그러니."

해경이 동생을 흘기며 손을 떼어 냈다.

그리고 이어진 동생의 다음 말에 박장대소를 해야만 했다.

"나도 그렇게 은근히 못 불러 봤는데. 어딜."


도시락을 꺼내다 말고 물을 깜박했다며 해경이 자리에서 일어났다. 도연이 얼른 따라 일어나는데, 그녀가 찡긋 한쪽 눈을 감았다 떴다. 자리를 피해 주려는 모양이었다.

물을 사러 가는 아니, 물을 더 사러 가는 해경의 뒷모습을 엉거주춤한 자세로 바라보는 도연을 도경이 슬쩍 끌어 앉혔다.

"호칭 정리는 우리가 먼저인 것 같은데."

"우리가 무슨 호칭 정리가 필요해요?"

"응? 왜 안 필요해요?"

"서로 이름 부르는 거, 별로예요?"

"이름 부르는 건 별로가 아닌데."

"그럼?"

"나도 그렇게 부를 겁니다. 아까 누나가 했던 것처럼."

도연이 쿡쿡 웃었다. 그렇게 부를 겁니다, 할 거면 지금부터 그렇게 부를 것이지. 그 말만 쏙 빼놓고 말하는 그가 귀여웠다.

"지금 웃어요?"

"웃기니까 웃죠."

"뭐가 웃겨요. 나 말고는 아무도 그렇게 못 부르게 해야 하는데."

"아니, 내 이름이 뭐라고 그래요. 거창하기까지 하네."

"도연 씨 이름이 뭐여서 그래요. 거창하기까지 하고."

"도경 씨."

"부모님이 일찍 돌아가셨어요."

갑작스러운 말에 도연이 눈을 크게 뜨고 그를 바라보았다.

"그래서 누나가 내게 부모님이나 진배없죠."

그가 무슨 말을 하려는지 감이 온다. 봄나들이를 제안하던 해경을 말리던 그 얼굴로 미루어 짐작해 볼 때, 자신이 혹 부담스럽지 않은지를 묻고 싶은 것 같았다.

"다정하시고, 온화하세요. 좋은 분이시죠."

"그래도……."

"저도 부모님이 일찍 돌아가셨어요."

"네?"

"그래서 그 사람이 죽었을 때 조금 더 힘들었던 것 같기도 해요."

"도연 씨."

"하나도 불편하지 않아요. 오히려 감사하죠. 그리고 도경 씨한테
도 감사하고요."

"그 감사, 별로 듣기에 좋지 않은데."

"음. 그럼 감사 말고 부러운 걸로 해요."

"내가, 부러워요?"

"네. 부러워요."

도경의 눈가가 안쓰러움으로 축 처졌다. 감사의 말이 별로 듣기
에 좋지 않다는 그처럼, 저도 그 눈가가 보기에 좋지 않다. 도연이
나직하게 말했다.

"오빠."

"뭐?"

도경의 눈이 최대치로 커졌다. 이게 무슨 말인가, 싶은 얼굴이
다. 놀란 얼굴이다.

"내 이름을 다정하게 부르고 나면, 듣고 싶은 말은 이 말일 것
같아서."

"와. 이 여자."

"왜요. 내가 선수 쳐서 억울해요?"

"아니. 감사합니다."

도연이 눈웃음을 짓더니 도경의 말투를 따라 했다.

"감사는 별로 듣기에 좋지 않은데."

"그럼. 나도 부럽습니다."

"뭐가요?"

"내가."

"네?"

도경이 싱긋 웃으며 도연의 한쪽 어깨를 끌어안았다. 마른풀 냄새가 나는 여자의 작은 어깨가 제 몸에 닿은 것이 그렇게 좋을 수가 없다.

스스로를 부럽게 만드는 여자. 제게 이보다 더한 자랑거리는 없을 것이다.

멀찍이서 생수병을 양손에 하나씩 들고 오는 해경이 보인다. 비죽 열린 도시락 가방 안에는 생수병 서너 개가 이미 들어 있었다. 아마도, 오늘 나들이 도시락 주메뉴는 물인 모양이었다.

"불러 봤니?"

해경이 도경에게 은근히 물었다.

"뭘."

"의뭉스럽긴."

해경이 웃으며 동생의 어깨를 톡, 건드렸다.

돗자리 바깥으로 밀려 나온 나란한 그림자가 그렇게 보기가 좋았다.


사랑을 느끼는 순간은 여러 가지가 있다.

곁에 선 남자의 옅은 비누 향기에서 사랑을 느낄 수도 있고, 나란히 카페에 앉아 마주한 창문으로 서로 시선을 주고받으며 사랑을 느낄 수도 있다.

도연에게는 지금이 그런 순간이다.

하늘재에 나란히 선 지금, 지금 이 순간.

제 손을 꼭 잡은 남자의 손을 내려다보았다. 한 치의 공간도 없이 딱 맞붙은 손바닥과 손가락. 그 틈이 없는 사이 분명히 존재할 남자와 저의 마음의 자리. 그 묘한 모순이 가슴을 떨리게 한다. 고작 맞잡은 손 하나로.

"도경 씨."

"오빠."

"음."

그 추웠던 봄나들이 이후로 남자는 오빠에 집착을 한다. 그때는 그렇게 쉽게 나오더니, 이게 또 매번 쉽지는 않다. 새삼 습관이라는 것이 무섭다는 생각을 했다.

그 말을 했더니 도경이 헌헌하게 웃었더랬다.

'우리가 만난 시간의 습관이 힘이 셀까요, 우리가 만날 시간의 습관이 힘이 셀까요.'

그리고 덧붙였다.

'나는 수명이 긴 남자인데 말이야.'

수명이 긴 남자는 자기가 한 말을 실천하는 중이었다. 우리가 만날 시간의 습관을 위해서 함께 하늘재에 가자고.

처음엔 그 말이 무슨 말인지는 알 수가 없었다. 그러나 곧 도연은 그게 무슨 말인지 알아챘다.

도경이 제 손을 꼭 잡고 승우의 자리로 향했으니까.

도경은 별말 없이 승우의 사진을 오랫동안 바라보았다. 도연은
몇 번 말을 붙이려는 것처럼 입술을 오물거렸으나, 결국 아무 말도
하지 않았다.

잘생긴 남자가 사진 속에서 웃고 있다.

지난 밤, 도연과 함께 하늘재에 오기로 마음을 먹고 난 후의 그
아릿한 격통이 되살아났다. 무엇 때문인지는 정확히 알 수 없지만
마음이 아팠다. 웃고 있는 남자의 선한 얼굴이, 도연이 두고 갔음
이 분명한 마른 꽃의 흔적들이 마음 아프다. 그렇지만 거기까지가
이승우와 하도연에 대한 배려였다.

그 격통이 익숙해진 다음에는 다른 것이 제 가슴을 채웠다. 세상
사람들이 질투라고들 부르는 그 흔한 감정. 그렇지만 제 일이 된
다음에는 결코 흔할 수가 없는, 어쩌면 너무나 귀한 감정.

도경은 그 감정이 반가웠다. 가슴을 콕콕 쑤시는 그것을 그는 기
꺼이 받아들였다. 시원했다.

그 감정을 일게 하는 이가 죽어서는 아니었다. 이 앞에 서면서
내내 도연이 했을, 그러한 생각들을 자신이 조금이나마 덜어 줄 수
있어서 다행이라는 생각이었다. 사진 속의 그가 질투를 일게 할 만
큼 좋은 사람으로 보여서 또 다행이었다.

옅게 원망도 겹쳤다. 지나치게 좋은 사람이라 도연이 헤어 나오
는 데 시간이 걸렸으니까. 그러면서도 거기에 묘하게 으쓱한 마음
이 가 붙는다. 도연을 헤어 나오게 만든 사람은 바로 자신이니까.

거기까지 생각하고 도경은 그녀가 준비한 꽃을 그의 앞에 조심

스레 두었다.

그의 앞에 고마움보다는 제 질투하는 마음을 놓았다.

그의 앞에 애도보다는 제 으쓱한 마음을 놓았다.

그 어느 것도 허투루, 가식인 것은 놓고 가고 싶지 않았다. 있는 그대로 보이고 싶었다.

이 여자는 존재만으로 가치 있는 여자라고.

나는 이 여자를 이렇게 사랑하노라고.

그래서 당신 앞에서 젠체할 수 없지만, 진심을 내보일 수는 있다고.

도경은 제 옆에 선 여자의 손을 꼭 잡았다.


"저."

"네. 말해요."

"민정 씨는…… 어디에 있어요?"

추모관 로비에서 머뭇거리며 도연이 말을 꺼냈다.

"민정이?"

그의 입에서 제 이름이 아닌 생경한 이름이 흘러나오는 것이 이리도 이상한 기분이 들 줄은 미처 생각 못 했다. 말을 잘못 꺼낸 건 아닐까. 가슴이 적이 일렁였다.

"네. 나도 만나 보고 싶은데."

도경이 한참을 깊은 눈으로 내려다보았다. 아무 말 없이 승우의 사진을 들여다볼 때보다 더 숨이 막힌다. 그렇게 바라보던 그가 어렵사리 입을 열었다.

"꼭, 봐야겠어요?"

"그렇게 묻는 이유를 물어도 돼요?"

남자의 어깨가 한 번 들썩였다.

"내가 서 보니까 별로였어서."

"별로……요?"

말끝이 벼랑 끝에 선 것처럼 툭 떨어졌다. 가슴이 속절없이 뛰었다.

"질투가 나서 미치겠던데."

"네?"

생각지도 못한 말에 도연이 제법 큰 소리를 내었다.

"도연아."

그의 다정한 목소리에 잠시 울컥했다. 그래서 길게 말을 내놓지 못하고 뭉뚱그려 대답했다.

"……네."

"너는 속았어."

잠시 숙였던 고개가 반듯이 들렸다. 장난기가 묻은 목소리는 여전히 다정했다.

"뭘 속였는데요?"

"나는 내가 했던 말처럼 괜찮은 남자가 아니야."

"말만 번지르르했던 거예요?"

"여기에 와서 알았어. 너한테 특별한 사람이 되고 싶어서, 조급해서 멋있는 척했다는 걸. 실은 말이지."

도경이 긴 팔을 뻗어 도연의 등에 손을 대었다. 그러고는 그대로 훅, 당겼다. 순식간에 그의 품으로 달려온 여자의 입에서 바람 새는 소리가 났다.

"거기서 이렇게 너를 안고 싶었어. 질투가 났거든. 그럴 필요가 없다는 걸 알면서도 그러고 싶었어."

"그러지 않았잖아요."

"그러지 않은 것이 아니라, 그럴 수가 없었어."

"어째서요?"

"어째서는. 못난 놈이니까 그렇지."

너를 다른 남자 앞에서 안기는 싫더라. 보여 주고 싶은 것보다, 널 사랑하는 게 먼저거든. 나는 그럴 수가 없었어.

"그런데 왜. 아까부터 반말이에요?"

"싫어도 할 수 없는데. 난 이 편이 더 좋거든."

"누가 싫댔나."

"그럼?"

"나도 이 편이 더 좋은데. 우리 만날 시간의 습관에 더 도움이 되겠네요."

"응?"

도연이 꼭 붙었던 몸 사이로 제 팔을 밀어 넣었다. 틈이 벌어지자 한 발짝 물러나더니 곧게 시선을 펴서 올려다보았다.

"가요. 민정 씨 보러."

"그⋯⋯."

"내가 제대로 된 질투가 뭔지 보여 주지."

"뭐?"

"오빠."

아무래도 하도연의 오빠는, 무척 힘이 센 것이 분명하다.

이제는 여유를 찾은 도연이 같이 장난을 묻혔다. 남자가 조용히 웃었다.

웃는 얼굴에서 무언가 쏟아진다. 눈이 부시다. 햇살을 정면에서 마주 본 것처럼.

눈이 멀어 버릴지언정 이렇게 계속 마주 서 있고 싶다.

질투는 이제부터 시작이었다.


민정의 앞에 선 도연도 그처럼 오래 그녀를 바라보았다.

이 마음이, 질투인 걸까.

도경의 말처럼 이전에는 그녀에게 느끼지 못했던 마음들이 슬며시 솟았다. 몽글대며 간질이듯이 솟은 그 마음들이 조금씩 흐르기 시작한다. 그녀에게서, 그에게로.

형체가 없는 누군가를 떠올리는 것과, 사진 속의 얼굴을 마주하는 건 달랐다. 상상을 하게 되었다. 형체가 없는 것을 떠올릴 때 더 그러해야 할 것 같은데, 아니었다.

스스로 컨트롤할 수 없는 마음들이 형체를 잃고 두리번거렸다. 길을 못 찾는 그 마음들을 안다는 듯 그가 손을 잡아 주었다. 이상하게 그 손짓 하나에 마음이 달라졌다.

사진 속의 오민정과 사진 밖의 하도연.

사진 속의 이승우과 사진 밖의 구도경.

그리고, 사진 밖의 하도연과 구도경.

질투가 난다. 그녀가 아닌 스스로에게. 그를 사랑하는 제게 질투가 날 정도로 그가 좋다.

도경이 그의 앞에서 느꼈을 감정도 크게 다르지 않을 거라 생각한다. 가슴이 크게 부푸는 것 같았다.

예쁜 마른 꽃 한 다발을 민정의 앞에 고이 놓아두고, 도연은 제 남자의 손을 잡고 추모관 밖으로 나왔다.

꽃샘추위가 물러난 하늘재에 꽃이 활짝 피었다.


"어딜 가?"

"따라와 봐요."

"나 막 두근대는데."

"마구 두근대세요."

"기대해도 됩니까?"

"기대해도 됩니다."

도연이 도경의 손을 잡아끌고 간 곳은 하늘재의 주차장이었다.

"자."

"자?"

"타요."

"어딜 가는데 이렇게 서둘러?"

"아무 데나."

"아무…… 데나?"

도경이 어리둥절한 눈으로 그녀를 내려다보았다. 눈이 잘 보이지 않을 정도로 활짝 웃던 그녀가 망설이는 것 같은 입술로 읊듯이 빠르게 말했다.

"여기 타요. 운전석."

"네?"

"오늘부터 여기 타요. 내 의지로."

도경은 매일 그녀를 태우고 드라이브를 했다. 면역을 만들기 위해서, 그리고 그녀를 스스로 믿게 만들기 위해서. 아주 자신의 의지로.

그런데 오늘은 그녀의 의지라고 한다.

그 말을 듣는 순간 심장이 빠르게 뛰었다. 도연을 가지던 그날, 제집에서도 이만큼은 뛰지 않았던 것 같았다.

"나, 지금 심장마비 올 것 같다면 믿겠습니까?"

"타기도 전에 잘못되면 어떡해요. 내 트라우마는 어떡하라고."

"어떡하긴. 극복하면 되지."

"이제, 나도 면역이 생겼으니까?"

그가 그 말을 듣자마자 도연을 와락 끌어안았다.

"숨 막혀요."

"가만히 있어. 내가 숨이 막혀 죽을 것 같으니까."

품에서 바르작대던 그녀의 움직임이 부드러워졌다. 도연의 팔이 천천히 그의 등으로 둘러졌다.

"고마워요."

"난 고마운 사람은 됐다고 했는데."

"그건 사실 내숭이었고."

"내숭?"

그가 그녀의 어깨를 조심스럽게 잡아 제 몸에서 떼어 냈다. 내숭이라고 말하는 그녀의 눈이 궁금했다. 더불어 다음에 나올 말이 기대되었다.

"네."

"내숭 접어 두면."

"접어 두면?"

"네."

"그럼 한 가지만 남죠."

"그게…… 뭘까."

도경은 생각했다. 지금 눈앞에 보이는 그녀의 얼굴을 오랫동안, 아니 평생이 지나도록 잊을 수 없을 것 같다고.

그녀의 눈이 웃었다. 그녀의 코가 웃었다. 그녀의 입술이 웃었다. 그녀의 모든 것이 활짝 피어나는 꽃처럼, 생기 있는 생화처럼 그렇게 향기를 내뿜으며 웃었다.

"사랑해요."

"다시, 다시 한번만 말해 줘."

"사랑해요."

"한 번만 더."

"사랑해요."

울 것 같은 얼굴로 그가 그녀를 하릴없이 내려다보았다.

"내 소박한 선물인데."

"전혀 소박하지 않아. 넘치고 흘러서 주체가 안 될 만큼."

도연이 뿌듯한 얼굴로 웃었다.

"그럼 내 선물도 한번 풀어 볼까."

"어디."

도연의 입술이 기다리듯 다물렸다. 도경이 천천히 입을 열었다. 할 수 있는 말이 단 한 마디뿐인 사람처럼.


아무래도 사진 밖이 더 좋다. 이제 막 발을 내뻗은 자의 용기로 도연은 남자의 손을 세게 쥐었다. 그 악력을 이기지 못한 것처럼, 남자가 신음하듯 말했다.

"도연아."

"네."

"도연아."

"네."

"도연아."

"……네."

사진 밖의 구도경은 오래 도연의 이름을 불렀다.

남자가 부른 이름이 제 몸 안으로 가득 밀려들어 왔다. 더는 밀려날 곳이 없다 싶을 때쯤 남자가 움직였다. 물러나는 사이에도 그가 부르던 이름은 빠져나가지 않았다. 빼곡하게 들이박힌 이름들이 빠르게 움직이며 체온을 높였다.

도연아, 도연아, 도연아.

운전석을 넘겨받은 남자는 정속으로 운전을 했다. 그렇게 좋아해 마지않는 여자의 얼굴을 한 번 들여다보지도 않고.

내내 굳은 얼굴로 앞만 보던 그가 고개를 돌린 건, 상가 주차장에 주차를 하고 난 뒤였다. 그 마음을 너무 잘 알 것 같아서 도연은 입술을 지그시 물었다.

하지만 남자의 정속은 거기서 끝이었다. 여자를 잡아채듯 안은 남자가 망설임 없이 6층으로 올라가는 엘리베이터 버튼을 누르고, 거침없이 현관문을 열고, 방으로 들어가 그녀를 침대에 눕힌 건 순식간의 일이었다. 과속이었다. 그것도 측정이 불가할 정도로.

운전석과 함께 남은 시간을 제게 달라던 남자는 아예 온몸을 통째로 내주었다.

키스를 하고, 부드럽게 핥고, 몸 위로 올라온 건 남자인데 꼭 그렇게 느껴졌다.

이대로 바스라져도 좋을 것 같았다.

탁한 신음이 거친 숨에 섞여 목덜미에 부서진다. 도연은 그의 귓가에 대고 끊임없이 속삭였다. 그도 그의 이름으로 가득 채워 주고 싶어졌다.

비로소 찾은 서로를, 서로에게. 하도연으로, 구도경으로.


아침, 열어 놓은 정원의 문 사이로 바람 냄새가 들어온다. 마른 꽃 냄새 같은, 봄바람.

유난히 길었던 겨울은 언제 그랬냐는 듯, 차가운 표정을 감추고 사라졌다. 거리에는 한층 얇은 옷차림의 사람들과 흩날리는 꽃잎뿐이다. 햇살이 부드럽게 흘렀다.

"도연아."

남자의 목소리가 봄바람을 타고 가슴속으로 들어왔다.

그렇게 도연에게도 봄이 왔다.


어디쯤이었을까, 너의 계절.

비로소 찾은 이 자리에서 나는 너를 부른다.


당신의 꽃과 나의 봄.

이 봄, 너라서.

작가 후기

　이 글의 시작은 작년 봄, 광양 매화마을에서의 꽃놀이부터였습니다.

　우연히 아이들 연 날리는 모습을 보았는데 '연' 이라는 이름으로 글을 하나 써 보고 싶더라고요.
　서로 얽히고 또 그랬다가 함께 나는 연들을 보면서 우리네 사랑도 그렇지 않을까, 더불어 생각했습니다.

　저는 상처를 가진 사람들이 등장하는 글을 좋아합니다. 그래서 제 글에도 그런 이들이 자주 등장하죠.

　누구에게나 상처는 있고, 그리고 또 누구에게나 그 상처를 아물게 할 연고 하나씩은 있다고 믿습니다. 소설 속에 나오는 사람들처럼,

독자님들 모두에게요.

　오늘을 살아 낸다는 슬픈 말을 주위에서 종종 듣곤 합니다. 이 글을 읽는 모든 분들께 감히 선물하고 싶습니다. 살아 내는 것이 아니라, 살고 싶은 하루하루를요.

　제 곁의 모든 하루들에게 감사를 전합니다.

2017년 5월,
송지성 드림.